亲爱的素燕

著 （台）胡素燕 ［英］罗伊·普利思

译 刘劲飞

绘 （台）胡素燕

中国青年出版社

目录

诗作索引

序

　　素燕之所以写这本书，如她所说的，是因为"我想要表明的是，诗歌是如何像音乐一样，能够疗伤止痛。我希望此书能激励所有那些有梦想的人，让他们相信：在那个梦想和现实之间，他们不必妥协。可能我心中尤其挂怀的是那些我不得不别离的台湾朋友们"。

　　我也参与了本书的写作。是我首先将素燕带进英国诗歌的天地，书里很大一部分是对所引诗歌及其背景的解读。我们发现，就这些诗歌展开的思考和写作帮助素燕重新思索了她一直都在回避的人生诸多方面，她一面读诗，一面写起了自己的人生境遇，因为这些境遇看起来同那些诗是有联系的。一定程度上这成了一个疗伤止痛的过程，最后素燕得以与她事业和家庭生活中的痛苦经历达成了和解。也许更重要的是，这些诗提供了一个理解英国历史和文化的渠道，而她从在台湾度过的童年时代起就一直有这个远大的志向。

　　很多人出国到英国来学习一系列的专业。多年以来，能帮助这些人，是我的快乐，也是我的殊荣。我非常敬重这些学生的聪慧和勇气，但常常抱以为憾的是，尽管他们都表达出学习英国文化的意愿，但由于在英国驻留的时日不多，就没有多少时间来吸收这里的文化。这些求学者常常会在异国求索时感到相当的孤独，而我们共写此书的目的，就是期望他们能通过素燕的故事找到同情和理解，发现简易可行的门径，以步入英国诗歌、绘画和历史的天地。我们希望，而且到目前为止经验也表明，那些本以为英语诗歌"太艰深"的异国学子在阅读本书之后将会感到惊喜。

书中之所以选了这些诗歌，首先是想代表诗歌的一系列不同类型，也想涵盖英国生活的很多方面，从凯德蒙（Caedmon）的盎格鲁－撒克逊圣歌到迪伦·托马斯（Dylan Thomas）的怪异风格。但是，随着素燕开始书写她自己生命中的境遇，诗歌的选择也就随着这些境遇有了一定的针对性，诸如她非常敬爱的祖父的逝去，她离他如此遥远而生的悲痛，或者她很好奇英国人为何在 11 月要戴红色的罂粟花。在开始阶段，我生了病，没法离开我的住所，所以书里的故事、诗歌以及对诗的评论大多是通过一封封信件交流的，所以就有了本书的标题"亲爱的素燕"。

对素燕来说，这些诗帮她理解并调整了她自己的生活，尽管她依旧扎根于社会现实，却过上了心灵的生活。她的故事表明了她的进步：从一个不善表达的异国学子，到三年之后她参加英国传统的圣诞节，并且最后能体会到深切的归属感。她非但没放弃自己本来的文化，还发现了所有文化的普遍真理。与这些经历交织在一块儿的，是那些诗歌和诗歌的背景，随着故事的展开，就越发显得有意义了。我们发现，这些诗歌以及它们与绘画、建筑和历史的渊源，能帮助人们过上神思与万物相通的生活，也能帮助人们形成更为平和的世界观。我们希望本书也能帮助其他人达到同样的境界。

2010 年罗伊·普利思于牛津

译者序

此书的作者是师生二人，老师是牛津的教授，学生是台湾去的留学生。此书是他们关于文明、文化、文学、诗歌、建筑、绘画以及人生等很多话题的交流和对话。当然，这是比较"宏大"的主线；微观上，素燕讲述了她求学和追梦的经历，因此还有她与她自己过去（甚至包括未来）的对话——由被压抑、挫伤到逃避，进而开始理性地反思，直到"复苏"，达成某种程度的和解，及对未来的憧憬。所以书虽不算太厚，也能见到大我和小我、今我与故我的交织，以及中英文化乃至中西文明的交汇，内容还是非常丰富、引人深思的。

素燕虽然以英文写作本书，但中国传统文化无疑在她身上留下了深刻的烙印。在此书中我看到很多亲切却又似乎日益陌生了的印象、观念和视角，包括原书目录里的繁体字和一些有趣而特别的译法。比如：sympathy 一词，我们用的词典一般都译为"同情心"，而她译作"同理心"，这让我想起前人说的"东海西海，心理攸同"。素燕所记录的"小历史"无疑是观察台湾的一个窗口。

素燕原本没有专攻英语或是英国文学，去英国留学前只去新西兰强化学习了三个月。以她的勇气和勤奋，能用英文写作，虽然行文还有明显的中文印记，也还是很难能可贵的。尤其难得的是，她能在英国教授的指引下步入英国诗歌的天地，直接面对英国语言和文化中的最精华之一，并在阅读诗歌的过程中逐渐认识和升华自我，走向精神和文化上的健全和成熟。我感觉这样的"留学"才有一定的深度，得以窥见异国独到的文化基因或是精神气质。这样的求学态度和方法都很有启发意义，值得学习。

书中的罗伊教授可谓"循循然善诱人"，深入浅出，因材施教。书中谈到的很多诗和文学典故我都读过甚至深爱，但这位老师的讲法亲切、平易，不枯燥，没有学院气，富有常识却不失深度和厚重，表现出"公共知识分子"的正义感和同情心，偶尔还幽默俏皮地流露出对本国乃至西方文明的批判和反思。尤其难得的是，他引导素燕将一般学生望而生畏、束之高阁的"诗"与自己切实的人生联系起来，去理解、印证、履践，从而"能帮助人们过上神思与万物相通的生活，也能帮助人们形成更为平和的世界观"。这正是学习、研究英国文学的中国学者、老师和学生都要学习和借鉴的。

素燕以直觉而本真的观察直接或是间接地描写了国人的一些特色，甚至包括陋习，有些很是"童言无忌"。但这似乎像英国史家爱德华·吉本（Edward Gibbon）所说的"positive ignorance"，不失为知识和世故的一方解毒剂。她对梦想的坚持和追求尤其动人。但是，她笔下的国人和台湾似乎稍显灰暗，而她所说的牛津和英国也的确像是梦境。但英国在罗伊教授笔下并非完美。"好而知其恶，恶而知其美"，也许这样才会有更深刻而全面的观察和批评。

书中所引的英诗有些引用了名家的译本，在此特向前辈的劳动表示谢意和敬意。其他的诗歌系独立译出，请读者和专家批评指点。

2012 年刘劲飞于南京板桥

致谢

我们非常感谢麦登夫人（Lady Madden）、王黎晖博士（Dr Lihui Wang）和帕里斯·林（Lin Paris），他们善意地承担了通读本书草稿的任务，并且提供了宝贵的意见，还有最为重要的，是他们的鼓励。对于一直不遗余力地给予素燕慷慨支持和陪伴的挚友黎晖（Lihui），素燕想特别表达她深挚的感谢。还要感谢新西兰的皮特·琼斯（Pete Jones），是他给素燕后来进一步深造英文打下了良好的基础。也要感谢卢一家（the Lu family）和乔先生、乔太太对待素燕这个异国的学子有如此的善意。我们也要感谢作者资格发放与领取协会（Authors' Licensing & Collecting Society）的厄西莉亚·西兰蒂（Ersilia Cilenti）女士，她为版权事宜提供了慷慨的建议和帮助。最后，对所有在牛津圣母玛利亚大学教堂的热心的同事们都表示谢意，感谢他们的体贴和友情，尤其要感谢安，因为她真心邀请素燕去喝下午茶，还去她家参加圣诞晚餐，给了素燕对英国文化别样的感受。

我们感谢以下个人和机构的好意，允许我们引用下列作品：

劳伦斯·宾雍产权（the Estate of Laurence Binyon）的文学代言人——作家协会（The Society of Authors）：劳伦斯·宾雍的《致阵亡者》（For the Fallen）。

戴维·海厄姆联合公司和J.M.邓特父子有限出版公司（David Higham Associates and J.M.Dent & Sons Ltd, Publishers）：迪伦·托马斯（Dylan Thomas）的《羊齿山》（Fern Hill）；迪伦·托马斯的《诗选》

凤凰

整整那一年，我都努力去忘却。我真的忘却了。现在，梦又浮上心头，困扰着我。所以有时候，我怕沉沉睡去。

昨天我去看了桑德姆纪念教堂（Sandham Memorial Chapel）里斯坦利·斯宾塞（Stanley Spencer）的画作。指南上说他画这些画是为了重新找回自己的一部分。他这么说是什么意思呢？他怎么会丢失了他自己的一部分呢？画的内容是关于第一次世界大战的，但看起来并不残暴。画中士兵在做着寻常的事：搞卫生，洗衣服，在路边拣个地方就睡觉，还有，战死后复活。复活！我怎么写了这么古怪的东西啊。死而复活还是什么寻常的事吗？但在这些画里却仿佛是的。那些士兵都穿着军装，看起来就同活着的时候一样，正从他们的坟墓里爬出来，将写着他们名字的白色十字架丢到远处，同他们没有战死的朋友们握着手。

那想法真是非常美，充满了希望。

成长

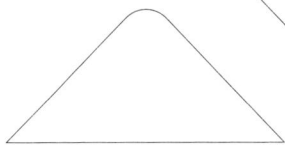

一旦艰苦的日子熬过去
了，生活反倒突然失去了
目标。时间每时每刻都像
我们能看穿的拱门那样敞
开着，寂然不动的建筑尖
顶，未被造访过的建筑，
流连于四处的不为人知的
人们……当思绪沉浸在远
古的气氛里，或许就越有
智慧去面对人和世界。

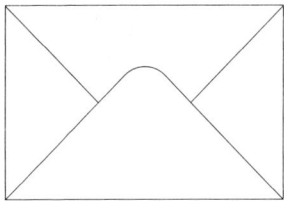

我想我的父亲过去是非常疼我的。那时候我还小，他尽了最大的力气来保护我，以免那个复杂的世界伤害我或是污渎我白纸一般的心灵。除了我上学的时候，他时刻不让我离开他的视线，即便是穿过马路去超市都不行。他甚至在紧挨着我们学校的地方买了一处房子，那是他能为我做出的最好选择了，因为我们没法住在学校里面。我平常需要什么，他都很舍得花钱。我要一支铅笔，他会给我买一打；我想吃个布丁，他就给我买一盒，够我和全班的同学分的。就这样，我完全生活在他的保护之下，根本没出过门。可是我并不像他所期望的那样快乐，我想看看我家和我学校外面的世界。

　　"爸爸，我得去商店买点牛奶。"这是我能想到的出门的最好借口了。

　　"你每天都有鲜羊奶喝啊，干吗还要去买瓶冷牛奶呢？喝了也不健康啊。"

　　"但是，爸爸，有时我就是想喝点牛奶嘛，求您了。"

　　"问题是，你得穿过马路去超市，这对小孩子来说太危险了。"

　　第二天我放学回家，发现冰箱里有三大瓶牛奶。这着实让我吓了一跳，因为我担心一个人怎么才能在保质期之前干掉所有的牛奶。我花了好大的力气去喝那些牛奶，因为牛奶是爸爸买给我喝的，没有别人来喝。好不容易，最后几滴牛奶总算倒进了我的喉咙。我真是松了一口气，但高兴了没多久。

　　次日，我父亲下班回家，冰箱里又来了五瓶牛奶。我吓得连气都不能喘了，但又不敢告诉他实情：两天之内我真的没法喝光这么多牛奶。找不到更好的法子，眼看着牛奶快要过期的时候，我把一瓶半牛奶倒进了洗涤槽里。

"你怎么这么浪费东西啊！我这么辛苦地干活，供你过上好日子，你要什么我就给你什么。为什么你把牛奶倒了？"

"真是对不起，爸爸，但是让我两天喝完，太多了。"

"要是太多你可以告诉我啊。要是你不想喝，我可以喝啊。你干吗要把它倒掉呢？"父亲的语气很凶，但我看到他眼里满是伤痛。我很内疚，真希望自己没干这桩错事。我现在还感觉我把牛奶倒到洗涤槽里时我是在残忍地丢弃父亲给我的爱。从那时起，我就再也没想去丢弃任何吃的东西，即便是我吃撑了的时候。

"我们的午饭来喽！"

"你们怎么能这么说呢？你们应该说你们的爸爸回家了。"

每逢寒暑假的时候，我和妹妹总是特别盼着父亲回家，因为他会从监狱的员工餐厅给我们带回美味的午饭。我们特别爱吃，因为他们的菜目就像五星级酒店里的一样，花样多，做得也好。

"你们从明天起能不能自己去买午饭啊？被人看到抱着这么多饭盒，我真是难为情。他们会以为我带着这些饭盒去卖呢。"我父亲很严肃地说，一脸的不快活。

我怎么能忘了考虑父亲的处境呢？因为我和我妹太爱吃监狱餐

厅做的饭，所以我们总是每人要两盒，再加上我母亲的一盒，我父亲每天至少要抱五个饭盒。一个监狱官，还穿着制服，却抱着这么多饭盒，看上去肯定是很古怪的。

"对不起，爸爸，给您添了这样的麻烦，是我们不对。但我给您出点主意：首先，您下班离开办公室前可以换掉制服；其次，您可以告诉饭店里的那些师傅，您的闺女真是太爱吃他们做的饭菜了，您在她们的假期里也没有其他的选择；最后，您应该快点赶回家来，以免更多的人在那儿撞见您。"

听了我的话，父亲没说什么，只是转过脸去笑。最重要的是，尽管发了点火，但他还是继续每天给我们带饭回来，所以我们整个假期都能继续享受我们最爱吃的美味。

有一天，午饭没有往常那么丰富可口了。可能是厨师放了假，或许是他得了感冒，没法像平常那样闻出或品尝饭菜的味道了。不知为何，这情况持续了一个多星期。

"爸爸，我们不晓得你们的餐厅出了什么问题，我们不像以前那么爱吃那儿的午饭了。"

"别再要求这么多了。厨师服刑期满，得出狱了！"

这真是让我讶异。不管身在何处，每个人都可以给别人带去快乐。

等年纪稍长，我觉得我是个基督徒。父亲上班的时候，我母亲时常带我到我家边上的公园去玩。那里的一位美国老人每天下午给我讲一个圣经故事。他还教我如何向上帝祈祷，这样上帝就时刻佑护着我，让我免受邪恶和噩梦的侵扰。

每次从父亲那里收到圣诞贺卡时我都感觉特别的祥和。有一个西方小女孩，交叉着手指，闭着眼睛，跪在蜡烛前。我想象着自己就是那个小女孩，每晚上床睡觉前都向上帝诉说。

"要是有人来引你去信佛，你会成为一个真正的佛门信徒。"我的一个叔叔是算命的，要是他"看到"什么事会发生，有时会告诉我。

"怎么可能呢？我觉得要是不吃牛肉，改吃素食，我就不会快活了；而且，相比起剃发在寺庙里做尼姑，我还是更乐意穿基督徒的服装。"我这么说是因为我真的以为我是属于某个教堂的，就像我在电影中看到的那些教堂一样，只是我没有机会去受洗罢了，因为在我的家乡没有那种中世纪的教堂。

成为基督徒的想法一直藏在我心中的某个角落，但是在接下来的几年里，这个想法仅仅成了一个梦，因为我父亲在我的新学校边上又买了一所房子，所以从那时起我就再也没去过那个公园，也再没见过那个传教的美国老人。

🐜

"孩子一长大了就忘恩负义，从来不记得爹娘的好。我们再爱她们，再疼她们，也是白搭。你们迟早也是这个德行。"一听父亲这么说，我们就知道他又把某个闹心的故事带回家来了。每当他不得不在他的单位为那些年轻的犯人做笔录时，他就总是很愤怒，对我们的态度很是粗暴。某种程度上，他仿佛是在假想中将他的悲哀和压抑统统归罪于我和我妹，因此慢慢地他对我们日益冷漠和苛责起来。到我14岁的时候，我感觉他已不再爱他自己的孩子了。

"我看到他的眼神是那么的坚定，没有任何愧疚，尽管他的父母那么为他的命运感到悲哀和担心。他肯定是故意犯下这桩罪行的，这只是他为未来做的长远计划的一部分。"

我不能肯定这仅仅是我父亲对那个年轻囚犯的判断，还是那个少年真的选择在牢狱中终其一生。他在几分钟内就杀了三个人，只用了一把指甲剪。我父亲说那动作非常老练纯熟，肯定是事前精心策划过的。就在那年，那个18岁的少年刚刚被台湾公认为最好的大学录取了，所以在每个人看来他的前途都是非常光明、充满希望的。看到他锒铛入狱，做父母的都要发疯了，本以为他自己也该悲恸欲绝，可做儿子的竟然没法理解父母的心情。我觉得父亲是设身处地地同情那两位家长，可他也琢磨不透为什么是这样。这个儿子没流露出任何的愧疚之心，我相信就是这点使得我父亲很悲观，对人感到很绝望，最终都开始怀疑起我们来了。

"但是为什么他前程似锦却干出这样的事来呢？"听到这样的事，我真的很纳闷，虽然我父亲的态度很让我害怕。

"他知道，所有人尤其是他的父母，对他的前途都抱有厚望；而且他也知道，在最好的大学学习，仅仅是他人生旅程的开始，此后他要走向成功，要影响别人。但似乎他无法承受这样的压力，所以他就以一种很奇怪的方式自杀。他明白，在监狱里，没有人敢惹他，因为他太聪明了，很有天赋，而现在又杀了人，他将是囚犯里的王。谁也看不出他这心思，还都想为他不小心的过失求情，但是我明白此中道理，因为他这死不悔改的念头分明地写在他的眼神里呢，我都看到了。"

我父亲的专业和工作都是和犯罪心理学打交道，这导致他怀着悲观、多疑的心态待人，觉得每个人都在算计着什么，都有邪恶的念头。我和我妹已不再是天真的孩子，很快就长大成人了。但是果真我们会如他所想象的那样也像他看管的那些罪犯一样坏吗？从那些反面的例子来推论我和我妹会怎样怎样，我就是看不出他这样推论有什么道理，况且那时我们都自认为非常爱我们的父母。他难道真的相信那个男孩子乐意选择在监狱里度过一生吗？我觉得我父亲并没有错，而且，尽管他经常为他在一些罪犯身上发现的恶念感到震惊，但是在工作中他有必要保持他的超然。我相信，他肯定经常都是对的，因为那些囚犯都因他特别能理解他们而十分尊重他。尽管如此，随着他见到越来越多的恶行，他深感震惊的同时，就开始不怎么信任人了。换言之，由于他这么多年已能很好地融入另一个更为黑暗和悲观的世界，我想他都不知道该怎么相信正常人了。

这些至少我们当时觉得不合情理的态度，使得父亲对我们越发失去了往日的和蔼可亲。尤其大的变化是，以前他在我们身上很大方，甚至是奢侈，可后来即使是为了我们的学业，他也不乐意花钱了。

我想父亲的转变有两个原因。有人曾给我讲过，像精神病学这样对情感进行冷静的研究，需要研究者保持情感的超然，而我父亲似乎正是把这种超然带到家庭生活中来了。同时，我也怀疑我父亲是不是渐渐得了"多疑症"或"被迫害情节症"的心病。多年之后我告诉他，我们从小长到大这期间，他的变化可真是大啊。他不承认他自己有我们想的那么冷漠刻薄，也就是严厉一点而已，他说这全是我瞎想出来的。现在我能体会到了，他那些在办公室没法流露的由衷的震惊，只能向我们宣泄，因为我们是他的心肝宝贝，还是可以信任的，至少比外面的世界更值得信任。虽然他可能没存心想吓我，可是他着实让我吃惊不小，因为我把什么都当真，也想了很多，所以我的童年是相当压抑的。

如此复杂的成人世界会把我变成像那些无情的人一样吗？我长大后会像他们那样残忍地对待我的父母吗？我当时真是害怕，不知道该怎么做才能成为一个好人，不知道该怎么做才能在将来不给我们家造成类似的悲剧。

像大多数孩子一样，我也喜欢在业余时间读传奇故事。

可能有时候我读书的兴致太高了，想一口气读完一整本小说，所以即使在半夜三更，也拿着手电筒躲在鸭绒被下面看。但不像我的大多数朋友，我最爱读的传奇故事是以欧洲中世纪为背景，有很多中世纪的生活场景。故事里写的都是简单的生活，但那些技巧娴熟的小说家们将一切描摹得如此真切，在我看来那些画面都栩栩如生，太引人入胜了。关于中世纪，我以前就从电影和书上了解过一些，现在读这些小说，城堡的模样，花园的造型，石头的纹理，服饰的风格，生活的方式，一切都像画面一样映进了我的脑海。

我是在台湾这么个小岛上长大的，那里地震频繁，很多老建筑都给毁掉了。我怎么可能想象得出那些城堡能经过久远的时间留存至今呢？我所见过的最老的建筑也不过是日本政府在大概一百年前建的。以我对世界有限的了解，我本以为所有那些中世纪时代的景象只能在电影或书中看到，因为那些东西都太古老了，不可能还存在的。

除了看中世纪传奇故事之外，我还喜欢站在油画或是城堡的照片前，一站就是个把钟头。我会挑画里面的一个好去处，然后就使劲儿地祈祷。我祈求上帝能让我进到画里的那个去处，哪怕一秒钟，也许会长点，一分钟，就更好了。我感觉只需那么一分钟，就足够让我一辈子感到心满意足了。当然，也许上帝在嘲笑我了，因为尽管我祈祷了，还是孤零零地站在地上，空对着那幅画。我的另一个试图进入城堡的办法就是玩拼图游戏。我一边拼，一边对着每一块拼图都祈祷一番，想象着在做完游戏时我能蹦到图里面去，实在不行，至少我可以在床上梦见它。

结果，魔法在 2005 年的 6 月 13 日这天在我的生命里降临了。在那一天，牛津最繁华的商业街第一次跳进我的眼帘。我感觉上帝真的听到了我的许愿，总算把我领到了我梦寐以求的图画中，而且待的时间远远比一分钟要久。

自从发现牛津是个古老却活力四射的城市，足够我一辈子来探寻，我几乎有三年的时间，一直都魂牵梦系着牛津。我想知道每一块石头的故事，我感觉那都是历史的一个不同侧面。但是我也瞧见过有些设计拙劣的现代建筑闯进这个历史胜地，我很不解，怎么会是这样呢？那些建筑看上去很扎眼，每次经过时我都要闭上眼睛，只想将思绪沉浸在远古的气氛里。

写我第一个硕士论文的时候，我正在研读一本关于约翰·贝杰曼（John Betjeman）和牛津建筑的书。当时我的导师发给我贝杰曼的一首诗的节选。虽然有很多生词要查，但我感觉那首诗描摹出了牛津的静谧与神秘，正好和我的思绪产生了共鸣，读来甚是开怀。

亲爱的素燕：

你喜欢此书，我甚是高兴。约翰·贝杰曼对英国的建筑有很深挚的敬意和热爱，这在他的行文中常有流露。我现在发给你他的一首诗的一小部分，因为诗里所描述的正是你现在所做的：在书里书外探寻牛津的神韵。

有很多年贝杰曼的诗都不被人看好。这些诗常常看起来太浅白，无论是写还是读都如此，就是那种所有人都写得出的简单的押了韵的诗句。但是，他的诗现在又开始赢得人们的喜爱了，也许是因为他对人生和人性的弱点有锐利而坦诚的观察吧，也许是因为我们现在离他所写的时代（20世纪五六十年代）有了足够的距离，能够更全面地看他的作品。下面是我认为他的最好的诗中的一首：

In Memory of Basil, Marquess of Dufferin and Ava, By John Betjeman (1906-1984)

纪念达费林和阿瓦侯爵巴兹尔　约翰·贝杰曼（1906—1984）

...the long peal pours from the steeple	……钟声悠长，从教堂塔尖
Over this sunlit quad	泼洒到我们大学城中
In our University City	被阳光照耀的方院
And soaks in Headington stone.	直浸润到海丁顿的石头里。
Motionless stand the pinnacles.	众尖顶都寂然屹立着。
Then there were people about.	于是，人来又人往。
Each hour, like an Oxford archway,	每个时刻，都像牛津的一道拱门，
Opened on long green lawns	向修长的绿色草坪敞开
And distant unvisited buildings	还有遥远的人迹未至的楼宇
And you my friend were explorer...	还有你，我的朋友，那探寻者……

亲爱的罗伊：

时间每时每刻都像我们能看穿的拱门那样敞开着，这个想法我很喜欢。这让我想起来时间不止意味着当下，也让我记起在我小时候，为何我那么想走进那些中世纪的图画中。整首诗读来如梦似幻，寂然不动的建筑尖顶，未被造访过的建筑，流连于四处的不为人知的人们。可能最后我终于找到了我可以踏进的一个梦境。我得先在词典里查许多词，慢慢才领会到这诗的意思：比如 peal 这个词——我想是指许多钟齐鸣的声音——还有 pinnacles 和 steeple 两个词，该是建筑物的一部分吧。我现在明白了，尖顶当然会是一动不动的，但感觉诗人一定是有意选了这个词来强调那种寂静的意境，要不然用这个词就没有什么意义了，是不是？但是说老实话，我也不知道这诗究竟是好还是不好。中国诗歌在结构和韵律方面都有严格的规则，借此我们来判断一首诗有多巧、有多美。但我感觉英国诗歌完全不是那么回事，所以我真的不知道该怎么去思考。

许多我在台湾的朋友也有同样的感觉。我们都听说过英语和英国诗歌是多么美，当然，我们也都听说过莎士比亚，但感觉读他的英文原著对我们来说太难了，而且，所有关于诗歌的书也都太难了，所以我们只能读中文译本。

亲爱的素燕：

你对此诗的评论很有见地啊。它似乎激发了你的想象，或者，我们可以这么说：这首诗具有想象的气质。这是评判所有优秀艺术的一个标准。可能你会简单地说这首诗"向你开口说话了"，这是一个很不错的开始。

我第一次在牛津遇到我的室友时是失望的。我们被安排在一块儿，要么是巧合，要么就是某个管理者的决定，就我所知，根本就没考虑到我们各自的性格。她让我想起了我以前和另外五个外国留学生共住一间宿舍时的不愉快日子。但是在她的眼睛里有种特殊的气质，很坦诚，让我感觉她可能不会像我过去的室友那样狂野和吵闹，虽然她也同那些人一样打扮得像个派对动物。在她的眼睛里我能看到一种奇怪的好奇和单纯。但她干吗要打扮成那样子呢？为什么她留着那么疯狂而笨拙的一点也不适合她的发型呢？她告诉我她刚刚从牛津大学取得了她的博士学位，我听了更是傻了眼。难道她是又一个不知在哪儿只学了几天英文课程就自命为牛津精英的中国女生？我的疑虑越发强烈，心情也越发沉重了。

但随着我们不断地聊天，疑团就慢慢解开了，这是个好兆头。过了一段时间，我确信我初见她时的第一感觉是对的。她遇到我之前，世界于她而言就是她实验室上方的那片天。拿到了博士学位后，她开始为自己的人生感到迷茫和困惑。这种情况我见得多了：一旦艰苦奋斗的日子熬过去了，生活反倒突然失去了目标。她尝试着不同的发型，穿各式奇异的衣服，有一次还去过夜总会，可还是没有找到人生的方向。她对什么都好奇：怎么打扮，怎么化妆，怎么社交，怎么和不搞科学的人物交谈。过去她的生活仿佛是张纸，上面只写了一个词：学习。听着她发表的好奇甚或是发傻的议论，我时不时地在心里偷偷地笑。我也不多说什么，只是耐心地教她，不论她想从外面的世界学到什么。我告诉她我当初是怎么以19岁的年纪，在台湾的一家百货商店给顾客打扮。我告诉她，我是怎么在21岁时凭着几乎是零的电脑基础起步，最终成为一届全台湾计算机展览会上的首席销售员。我告诉她，在23岁时，我是如何在与台湾高雄市的当地居民交流的过程中发现了一段当地的历史，那是当地的一个火车站，已被废弃了多年；还告诉她我是怎么说服当地政府相信它的价值，又怎么设计了一个项目，把这个废弃的车站变成了一处旅游胜地。

我们说了一夜又一夜，我感觉我都成《一千零一夜》里的那个公主了。我竟然每天晚上都有个故事可讲，我自己都感到惊奇。很长一段时间，她一回家就会讲起她如何如何想像我一样，让大家感到快乐和富有魅力。我总是告诉她，人岁数越大，就越有智慧面对人和世界。但在我内心深处，我真的不想让她在达到我目前的状态之前经历我所经历的那些。要不是因为她，我可能把以前所做的事统统忘却了。就是她给我的第一印象，那种好奇，那份单纯，才唤起了我的回忆。当然，我也乐意和她慢慢地分享那些回忆。现在，所有的记忆在我脑海里复活了，我又回到那个世界了吗？

发觉

从孩提时代到长大成人，我们都有自己的梦想。有时梦很渺小，有时梦又很壮阔；有时梦可以很强大，有时梦又很脆弱；有时梦很容易圆，有时梦却偏偏很难实现。当我们情不自禁地请人分享梦想时，只能恳求别人能够"轻点，因为你踏着我的梦"。

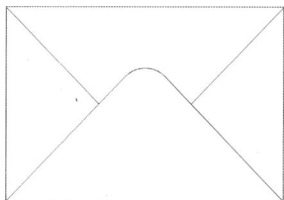

"这本书在我手里捧了三天，我不想还回图书馆。"

"这书真的那么有意思吗？我感觉教科书大都枯燥无趣。这本书是讲什么的啊？"我的同事很好奇，会是什么书让我这么着迷。

"哦，其实我也不知道它是讲什么的。我还没看完绪论部分呢，而且看完的部分我也不能肯定就看懂了。"

"但是你已经读了三天啦。你都读什么了呢？"

"哦，亲爱的！我得承认，我的英文还不够好，所以目前读这种对话哲学还有些吃力。所以我还没读完绪论呢。但没什么关系，我只是捧着这本书做我的梦而已，这书可有一百多年的岁数啦。你能想象得出吗，一百多年间有多少人捧起过这本书？"

一在图书馆找到本老书，我就兴奋不已。我情不自禁地要想象，过去那些人可能就在一张昏暗的桌子边上，在一盏小小的油灯下读着这书。我真是爱我们的图书馆，因为它就像一座大大的宝库，供我探寻历史的幽深，虽然我算不得一个历史学家。

"但是如果你连语言都搞不通，你怎么能做你的作业呢？"我的同事问得很对很实际，因为我的作业最后没获通过。我特别担心，因为我确信我总能在哪里得到帮助的，缘故是：我正在学习的是一门地道的英国课程，上课的几乎全都是以英语为母语的学生。

🐜

我真的乐意信上帝，因为他总能聆听到我的心愿，总让它成为真实。有一天，在我们图书馆，我发现有一屋子的老书要卖，这事在台湾只能在梦中见到。我打算买上一些那样的老书，充实一下我的书柜。我想都没有细想，一下就挑了大概有 15 本。

"哇噢，这本真可爱。我也想买一本。"

"素燕，你疯了吗？你看过书的内容了吗？你真的肯定你要读这所有的书？"我的同事看到我买下这么多书，很是不解。

"总有一天我会读的。我喜欢这些书。"

"但是……素燕，你瞧，我觉得你不会读这本，这不是我们的语言写的，是法语的。你干吗要选这本呢？"

"因为……这书的封面非常漂亮。"

"啊，老天啊。你买书仅仅是因为封面好看？"

在我们的生活中，喜欢什么东西的内容之前，总是先爱上它的包装。怎么人们就不懂这个道理呢？这道理适用于食品、书籍，或是其他任何我们给自己挑的东西。我高中时设计课的导师给我们讲过，生产商在他们的包装设计和广告设计上花了很多钱，当然他们也很注意产品的质量，因为他们不想失去自己的信誉。

我感觉那些挺立在我小巧的学生书架上的书看上去很美。有一天，我对自己许了个愿，我想要有一满屋子的好书，就像我在电影中的老房子里看到的那些书一样。但是，我得先让我的作业过关才行。

我的系主任建议我应该去找另外一位导师，他是系里的一位半退休的老师，一直乐于帮助海外留学生，在他的帮助下，学生都通过了我们建筑环境学院的那些非常地道的英国课程。

"你明白你现在是什么处境吗？"看到我的两个作业一个将将及格，一个不及格，罗伊没有谈我的学习，而先问了我这个问题。

"我知道我现在非常危险，有可能我拿不到我的硕士学位。"

"不错，你明白自己的处境就好。我还以为你不清楚呢，因为你正在微笑。"

我是在笑，因为我很开心，因为一瞧见他眼里的善良和睿智，我就知道：就是他，他肯定能帮我。

"你知道这个作业是要你干吗的吗？"他严肃地问道。

"我感觉与其说是关于设计的，不如说是关于决策的，也许很难说得清究竟是什么，我不能肯定。"

"这就是你的写作如此混乱的原因：你的论述思路不清晰，你当然写不清楚。你在台湾拿的第一学位是什么专业？"

"我在大学里学的是室内设计。"

"室内设计？我正纳闷呢，你干吗选了这门课。"他说的时候很小心，仿佛怕吓到我似的，"我从未遇到过一个学室内设计的学生选这门课。你知道吗，这是和你以前所学的很不同的一个科目？你瞧，研究生课程并不能真正改变你的研究路向，而是要以你以前所做的事为基础。要是你愿意，现在变回来还不迟。"

"但是我不想改变我的课程。我想了解一下制定政策的人和最后拍板的人是怎么思考问题的，想知道决策是怎么转变为现实的，我认为这门课对我了解这些问题很重要。我想让我的设计能对人有用途，而不仅仅是美的。"

"好吧，既然你看起来的确需要帮助，那我会尽量帮助你，这于我是开心的事。我所见的很多人其实根本不需要很多帮助。"

罗伊非常耐心，向我讲解了大多数学生在拿第一学位期间学到的很多知识。我不过是一年前才发了狠心想在英国留学的，从那时才开始学习英语。他了解了这些情况后，就尽量为我特别放慢了语速。

我肯定他也很喜欢书。聊着聊着，我很快意识到这是个大好机会，有很多东西可待发现呢。那时我就决定我要把我不长的人生故事讲给他听听，但现在还不是时候。

"我们能以后再谈我的功课吗？"我说道，"我想告诉你的是，在我的书架上有很多古老的诗歌书籍。"将我的快乐和能懂的人分享，对我来说真是太重要了。

"那好啊。"他加强了语气说道。

他听起来真的很有兴致，这让我很开心。每当我想给别人讲讲我的老书时，没多少人有兴趣听。他们经常说的是，我永远也不会读那些书，那些书对我来说太难了，或是，我干吗那么浪费钱呢？

"你是在哪儿买的那些书呢？你读诗吗？"

"那些书是我在可爱的图书馆里买的，那里特价卖非常多的老书。因为这个，我现在比以往更爱我们的图书馆了。我读诗，但不是用英文读诗。我感觉我的英文还不够好，还没法感受英国诗歌。"

"你从我们图书馆买了些什么书呢？"他的话又流露着兴致和热情，而不仅仅是礼貌。那时我确信他非常爱书。

"我不知道，因为我记不住那些诗人的英文名字。有一首诗我想是布朗宁写的。但是我可以肯定，将来一旦我将我的英文提升到那个水平的话，我会很喜欢读那些诗。但是，你瞧，因为那些书和我开口说话了，它们让我将它们带回家，像珍宝一样照顾好，所以我就把它们给买了下来。"

我不知道我的语言技能是否好到能读懂英国诗歌，但是罗伊说诗歌是理解英国文化的一个很好的途径。他说，同样的一些词语，在诗歌中要比在日常写作或是散文中有更为丰富的意蕴。这是因为，诗歌像音乐一样有韵律，而音乐即便没用任何词语，听起来却有意义。

"我不知道在诗歌中韵律是指什么。"

他开始慢慢地讲起来，用了一些我看起来很奇怪的词：

Full fathom five thy father lies. 五噚深躺下了你的父亲。

"这句听起来很美。为什么美呢？"

"这句读起来之所以美是因为听来轻柔慰藉，之所以听来轻柔慰藉，是因为句中将'f'这个音重复了四次。诗句中没有艰涩或是生硬的声音。当然还有韵律的原因。"

"什么是韵律呢？"

"就像音乐中的节奏一样。"他解释道。

因为我喜欢弹钢琴，所以这个我能懂。当年我可是求父亲让我学弹钢琴的，如今我为此美滋滋的，因为总算让我尝到了甜头。

我还了解到，写诗需要依照一定的格律（metre），而韵律（rhythm）就是格律产生的音乐效果。例如在这行诗中，共有八个小单位，称为音节（syllable），就像这样：*Full-fath-om-five-thy-fath-er-lies*.

读这些词时，我们总是将第二个音节读得略重一些（但也别太重），就像这样：*Full-Fath-om-Five-thy-Fath-er-Lies*.

真像音乐一样。我明白了，这种韵律来得很是自然，诗歌的结构巧妙地运用了我们讲话的方式，当然了，是英国人讲话的方式。我还发现，想要别人真的懂你在用英文讲什么，在正确的音节上表示强调是非常重要的。

诗句中的四组音节在某种程度上达到彼此的平衡，所以全句感觉很完整，很安然，句终时全然没有什么急促之气。另一个使全句感觉很完满的原因是第四个音节"five"与第八个音节"*lies*"有一个相同的元音"i"。我这才知道，两个词发出类似的声音时，我们称之为押韵，和韵律不完全是一回事。实际上，这一句诗是由两个押韵的短句构成的，所以全句才看上去那么平衡。

还有更多的要问，但是我先问他："'fathom'是什么意思呢？它有没有'想'的意思？"

他解释说这个词也用作长度单位，大约有一米半，一般只在海上用，所以一看我们就知道这个人是淹死的。

"那'thy'这个词呢？我从来没见过这个词。"

罗伊解释说，这只是个老式的表达法，意思是"你的"。他接着说："过去的人都那么说，所以诗人很自然也就那么写。尽管今天我们不再用那些老词了，有些人依旧感觉那些词听起来颇有'诗意'。"

"但是这些词都摆错了位置啊，"我说，"我们以前学的是要把主语放在句首啊。"

"词序被调整是为了形成韵律，还有押韵。"他指点道，"在平常的写作中我们可能说：'你的父亲在海里溺死了，沉到了七米半深。'但那就不美了，是不是？"

"不美了。还有吗？"

他又讲了起来。

Full fathom five thy father lies;	五寻深躺下了你的父亲，
Of his bones are corals made;	他的骨头变成了珊瑚；
Those are pearls that were his eyes;	变成了珍珠，他的眼睛：
Nothing of him that doth fade,	他的一切都没有朽腐，
But doth suffer a sea-change	只是遭受了大海的变易，
Into something rich and strange:	化成了富丽新奇的东西；
Sea-nymphs hourly ring his knell.	海女神时时都给他报丧：
Ding-dong!	听！我听见了——叮当的钟响。
Hark! Now I hear them,	
Ding-dong bell!	

他每读一行，就快速将诗句写下来，然后，将那页纸递给我。

我缓缓地读着那首诗。尽管还有很多词不认得，但我能感受到它们奏出的音乐。"是哀伤，"我说道，"但也很美。美丽的哀伤，或是哀伤的美丽。是哪个呢？当你说'你的父亲在海里淹死了'等，可能他的儿子会感到哀伤，但并不是所有其他人都如此。但是此诗却让所有人读来都感到哀伤。但同时，诗也是美丽的，所以也有种欢喜的意思在里面。"

我感觉罗伊喜欢我的想法。"你还以为你不能读懂英国诗歌呢，"他说，"但是这诗已经开口向你讲话了。"

"是的！还有，'Of his bones are corals made'（他的骨头变成了珊瑚）这句有节奏感，但是'Corals are made of his bones'（珊瑚是用他的尸骨做就）却没有。"

"对的，尽管这句与第一行的节奏有些细微的区别。诗歌中可以用很多不同的韵律呢。"

那晚，我一边想着我读到的第一首英国诗歌，一面琢磨着：那个人是为什么淹死的呢？又是谁在讲出那些婉转动听的话来的呢？

🐛

亲爱的素燕：

关于那个溺水身亡的人的诗，有个故事，我说过会发给你的。

首先我要说的是，写这诗的是莎士比亚，可能算得上最伟大的英国诗人了。他生活在16世纪，那时伊丽莎白一世是英国的女王。我肯定你早就听说过他了。

这首诗来自戏剧《暴风雨》（*The Tempest*）。一个国王和他的儿子及朋友在一个被施了魔法的海岛上沉了船。年轻的王子非常悲伤，因为他的父王溺水身亡了。一个名叫爱里尔的善良却又缥缈的精灵，唱了这首凄美的歌来安慰他。这歌真的很灵。他的父亲并没逝去，"他的一切都没有朽腐"；但是他经历了"大海的变易，化成了富丽新奇的东西"，由珊瑚和珍珠构成的。

尽管这样，他的父王并没被淹死，实际上，他经历了一次深刻的变化。因为尽管多年前这个国王对这个魔幻岛的主人做下了一桩非常罪恶的事，但是他现在真心悔过了，最后两个人又成了好朋友。可能这是比变作珍珠和珊瑚更为奇妙美丽的事吧。

莎剧的故事或是情节可以说妇孺皆知，但我觉得他最伟大的天才在于他有趣而美妙的语言。

亲爱的罗伊：

那个溺水身亡的父亲的故事很动人，诗写得很有韵致，尤其是奇妙的用词让我着迷。我们一般会认为人们所遇到的最悲痛的事是他们亲友的谢世。其实，有时尽管家人或朋友并未离世，我们一样会感受到失去他们的悲哀。大概在来英国之前的10年，我那时真真就在经历这样一种奇怪的感觉。我甚至感觉自己比一个真正的孤儿还要痛苦，因为即使是孤儿，至少还可以从世上得到些帮助，只要他们觉得需要帮助，还可以要求得到人们善意的理解。就我的情况而言，虽然我在追梦途中从父母那里是得不到一点援助的，但别人认为我家庭条件不错，再要求什么外界的帮助是不"合适"的。

这首诗后面的故事让我回想起那些日子里的感受。我记得我很小的时候父亲是那么的体贴入微，但从14岁起，我就感觉失去了父亲，因为他变得我再也认不出他来了，我感受不到在这个世界上我还有个"父亲"。我的祖父告诉我说是监狱的工作夺走了我们的父亲，他的心思全陷到另外一个世界去了，那是个正常人不涉足的世界。我也记得母亲总是叫我们做乖孩子，要明白父亲是很在意我们的，只是工作压力大，才弄得他对我们如此冷漠。这种情况是不是"海女神时时都给他报丧"这句诗里所写的？幸运的是，我的父亲现在已经退休了好几年，总算不再干他那可怕的工作。慢慢地，他正又变成一个和蔼可亲的人，我得有二十多年没见过他这样子了。

他的一切都没有朽腐，

只是遭受了大海的变易，

化成了富丽新奇的东西。

亲爱的素燕：

通过《爱里尔挽歌》这个例子略对什么是诗做了一番思考之后，现在我们来讲一讲据说是英国最早的一首诗。

我知道，你带着对中世纪的梦想来到英国，以为她很古老，但是英国与中国和其他很多地方相比，其实历史算不得悠久，英语也算不得是古老的语言。当然啦，数千年前在这里就有人生活过，但是因为他们没留下什么文字记录，所以我们对他们的所思所想了解得不多。

英国历史上第一次有文字出现是在大约两千年前罗马帝国征服不列颠的时候，那时还没有"英格兰"这个名字呢。那时的人们被称为不列颠人，在罗马治下的不列颠社会是非常有文化的。将来有一天你可以去参观一下在赛伦塞斯特（Cirencester）的罗马博物馆，看看那时人的生活是什么样子的。

在公元 5 世纪之初，罗马人不得不撤离不列颠。在接下来的两百年间，慢慢有人侵入这里并定居下来。那些人一是来自萨克森（Saxony），在今天的德国，被称为撒克逊人；一是盎格鲁人，来自丹麦南部。这就是为何我们有时仍被称为盎格鲁－撒克逊人。在这期间，没有了罗马时代特有的政府或法律，所以这段时间常被称为黑暗的时代（the Dark Ages）。像读书、写作和画插图这样的文化活动，在寺院或是修道院里很活跃，由僧侣、修士及其仆从构成的宗教团体所从事。

在英国东北部的怀特比（Whitby）有个修道院，主持是女修道院院长希尔达（Hilda）。那时众僧侣及仆从在晚上要轮班开展一点小规模的娱乐活动。有一个男仆凯德蒙（Caedmon），他没有受过什么很好的教育（他干的活是放牛）。他很着急，因为第二天晚上轮到他表演节目，可是他不知道该干啥。但是那天夜里，在牛棚里睡觉的时候，他做了个美丽的梦，梦里他接到命令，要唱一首赞颂上帝的歌，关于上帝创生万物的。他醒来的时候，还能记得他的歌，于是第二天晚上他就唱了那歌，于是乎这歌就从此闻名了。

The Hymn of Caedmon,

translated from the Anglo-Saxon by A.S.Cook (1853-1927)

凯德蒙的圣歌

由 A.S. 库克（1853—1927）从盎格鲁－撒克逊语译出

Now must we hymn the Master of Heaven,

现在，我们定要称颂天堂之主，

The might of the Maker,the deeds of the Father,

造物者的伟力，天父的神迹，

The thought of his heart.He,Lord everlasting,

他的心灵所想。他，永远的主，

Established of old the source of all wonders:

从远古时就创建了所有的奇迹，

Creator all-holy,He hung the bright heaven,

最神圣的造物主，他临于青天，

A roof high,upreared,o'er the children of men;

明堂高悬，俯视他的子民人类；

The King of mankind then created for mortals

人类之王于是为众生创造了

The world in its beauty,the earth spread beneath them,

世界，在美之中，大地将其承载，

He,Lord everlasting,omnipotent God.

他，永远的主，无所不能的神。

与 *Full fathom five* 不同，这里的节奏是强劲有力的，像鼓声隆隆，和诗中对于力的表达是相符的。试着读读第二行：

The-might-of-the-mak-er-the-deeds-of-the-Fath-er.

瞧瞧这些词是怎么组织起来，形成了强烈的节奏，而这节奏又恰好突出了重要的词。每行有四个重音，就像在 *Full fathom five* 里一样，但音节的排列却造成了很不同的效果：在这里，在重音之间有两个轻音节，而不是一个。

我曾说过，这是已知的最早的英国诗歌，但是你和我都无法读懂它的原文。这是因为它当时是用盎格鲁－撒克逊语写的。这种语言渐渐演变成我们今天所知的英语，但是直到14世纪它才演变成今天大多数人能理解的样子，而且即便懂也要费不少的周折。但是在那之前的几百年前，盎格鲁人的土地，*Angle-land*，就被称作英格兰。

亲爱的罗伊：

这是为上帝写的多美的一首诗啊。我喜欢读这首圣歌，因为在我看来，诗人没用太多的形容词来雕饰全诗：比如，"世界，在美之中"，不是"美丽的世界"，也许这点才使该诗如此有力度。但是，也许是因为现代的译者将这首诗写成了那个样子。因为这个，所以我想学着读点古老的语言，比如古罗马的拉丁语，以便深刻地理解那些古老故事的精神。

我想比起诗歌本身，我更喜欢那首诗后面的故事。凯德蒙肯定是一个很好的人，所以上帝也特别偏爱他、祝福他，不想看到他仅仅因为不知道怎么娱乐别人就不开心。尽管这样，人们常常认为在他们需要帮助或保护的时候上帝不怎么关心他们，所以有时候人们可能选择不再信仰上帝。但是在我自己看来，只有上帝才知道怎么确定我们是否足够好或是我们是否真的需要他的帮助。正如中文里所说的："天助自助者。"我相信，只有当使命过于艰巨，以我一人之力无法应对的时候，上帝通常才来帮助我。比如，在我真的在现实生活中来到古老的海丁顿之前，我就梦见了它；而这个美丽的梦引导我做出了后来申请留学牛津布鲁克斯大学的决定。我无法忘怀我初次来到英国的那天：我在去牛津的车上看到了似曾相识的海丁顿，那时我就意识到了，甚至在我决定来这里之前，上帝早已为我选择了这个最好的去处。

亲爱的素燕：

你要我就《他冀求天国的锦缎》（ *He wishes for the Cloths of Heaven* ）一诗写点什么，因为你读过此诗的中译，感觉它仿佛与你的梦想有关系。但是呢，我觉得你的那些梦想和诗人的那些梦想是不同的。尽管如此，不论梦想是什么，请求别人不要践踏那些梦想，这种心情所有人都是一样的。

因为诗人 W.B. 叶芝（W. B. Yeats）将他所描述的事物称为"天国的锦缎"，又因为他的描写看起来像是一次美丽的日落和黄昏，我们可以认为这就是他写此诗的灵感源泉。他继而想到这些锦缎是用高贵多彩的材料精心织就，能讨任何一个女人的欢心，一想到他爱的那个女人，他也想能有这样的材料，就可以如他所写的那样，"我就把那锦缎铺在你脚下"。但是他是个穷汉，所以也没有这样的锦缎；他只有他的梦想，只能将梦展示给她看。

要是我们不了解叶芝的生平，我们可能会像你读中文译文时那样，认为此诗很美很欢快，也会认为她真的会脚步轻柔地走过去，也许还心怀感激呢。但是一旦了解了诗人的生平，叶芝为之倾吐衷肠的那个人很可能是莫德·戈姆（Maud Gonne）。这个女人，尽管有时似乎能分享一星半点他的梦想，可很多时候她真真就是践踏了他的梦想。显然，正因为你有过相同的经历，所以诗的最后两行引起了你强烈的共鸣。所以，虽是个人的主题，伟大的诗人能将其写出广泛的感召力。

用论诗的术语来讲，此诗可以称为抒情诗，就是表达个人的感情通常也是深厚的感情的诗。你可将此诗与颂歌相比较。所谓颂歌，今天用来赞颂某物的诗歌。前人写了一些有名的颂歌，比如歌颂夜莺，歌颂一个希腊的古瓮或是一个花瓶。我想凯德蒙的歌是献给上帝的颂歌，但因为是献给上帝的，所以我们称之为圣歌。

He wishes for the Cloths of Heaven,by W.B.Yeats (1865-1939)

他冀求天国的锦缎　W.B. 叶芝（1865－1939）　傅浩译

Had I the heavens'embroidered cloths,　假如我有天国的锦绣绸缎，

Enwrought with golden and silver light,　那用金色银色的光线织就，

The blue and the dim and the dark cloths　湛蓝、灰暗和漆黑的锦绣，

Of night and light and the half-light,　黑夜、白天、黎明和傍晚，

I would spread the cloths under your feet:　我就把那锦缎铺在你脚下，

But I,being poor,have only my dreams;　可我，一贫如洗，只有梦；

I have spread my dreams under your feet;　我把我的梦铺在了你脚下；

Tread softly because you tread on my dreams.　轻点，因为你踏着我的梦。

亲爱的罗伊：

　　我喜欢在山顶上俯视着城市，仰望着天空，待一个晚上，直到天明时太阳出来把世界唤醒。天上星光闪烁，如此平和宁静；而路上灯火躁动，感觉如此不同。那时我感觉我的心就悬浮于两者之间。

　　从孩提时代到长大成人，我们都有自己的梦想。有时梦很渺小，有时梦又很壮阔；有时梦可以很强大，有时梦又很脆弱；有时梦很容易圆，有时梦却偏偏难实现。谁也不应该以自己对世界的理解来对我们的梦评头论足，但很多人好像就爱毁掉别人的梦想。我们怎么能指望别人知道怎么珍视或呵护深藏在我们心中的梦想呢？我觉

得我不太懂所谓的梦通常是什么意思，也不知道梦究竟是什么状态。一般人们会说："你在做梦。"或是说："让它待在你的梦里吧。"他们这么说的意思是那事并不真正属于我们的生活，或是不应该去追求。我不知道有多少人还能记得，在他们很小的时候，因为曾想过要像爱因斯坦那般伟大而被人嘲笑是傻子。

在我看来，这首诗表达的是他想与他人分享他的珍宝的强烈愿望。这个人可能是他的家人，也可能是他的爱人。他情不自禁地请人分享，但也只能恳求别人能够"轻点，因为你踏着我的梦"。太阳究竟是照亮了世界呢，还是展现出天上的彩布呢？难道我们总得需要某个人来欣赏或分享我们的梦想，而不能自得其乐吗？也许我们有时都真的需要让别人快乐，自己才能快乐。

沉没

我们不是有意选择去爱还是不爱；爱不是理性的，所以可能我们爱上的是爱本身，而不是某个人。很少有人能那么美好，承载得起那完美的梦想，所以总是有失意，因为我们无法把握住无限。我们唯一能控制的就是自己的心和自己的生命。当找到梦想之地时，我们或许可以永远守护住自己的梦想。

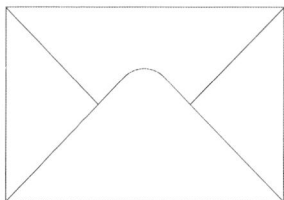

"我的大衣销售女王，再给我们表演一下你是怎么在这么热的天气卖掉一件羊毛大衣的。"我的同事们有时开心地装出一副崇拜我"天才的"销售能力的模样，试着用一些有趣的点子激我，为她们做成一些生意。这么做我并不在意，因为我喜欢和她们共事，虽然为了销售我们也得相互竞争。

"你们想让我卖给下一位顾客哪件大衣啊？"

"你说的是哪一件吗？你的意思是，我说哪件就是哪件吗？"我的同事不相信我，因为顾客心里一般都有他们自己的想法和偏爱。

"不用担心，就让我卖这个牌子最不讨人喜欢的那件大衣吧。"

"就这件古怪的绿色大衣吧，我今年一件也没卖出去。"

"好，就它了。我就把这件卖给下一个来我们店的顾客。"

"你开玩笑吧？店里有这么多其他的牌子。你想收回你的话吗？我担心，要是顾客不听你的，去看其他的牌子，你会感到难堪。"

"我怎么会让这种事发生？在她看到其他衣服之前，我会挡住她的去路，遮住她的眼睛。"

"你们好，女士们！你们是来选大衣的吗？"我站在门口，招呼着两位漫步走进了我们店里的年轻女子。

"也不算是，我们只是想瞧瞧，没想选什么。"

"但是我们的大衣正在打折促销呢。最重要的是，这些大衣可都是百分之百的羊毛大衣，质量非常好。我知道，春天就要来了，但是你们也知道，这些款式的大衣永远不会过气的，能穿十几年呢。"

"哦，你这儿有什么款式的呢？我想看看，但不能保证会买啊，要是你不介意的话。"其中一个女子答道。

"这件怎么样？我想这件很别致，挺适合你。"我立马就拿出那件古怪的绿色大衣，态度很自信。但她皱了皱眉，有些犹疑地看了看她的朋友。于是我转而对她朋友说："你觉得怎么样？颜色适合你朋友，因为她这么白，这样好的皮肤在这儿不多见。看你衣服的款式，我觉得你对时尚很有感觉。你这件上衣是在哪里买的？我喜欢这个 V 形领，很显你脖子的线条。"

我想我真诚的态度使她们的心情放松了一些，她们开始微笑，和我聊了起来。所以，她们没捞到机会在我们店里边转边看。

"噢，我就在一家平常的店里买的。要不是你说，我还真没意识到这领子特别呢。你喜欢这件吗？我可以告诉你这家店在哪里。"

"太谢谢你了。你再逛街的时候，可以过来让我再看看你的衣服。我喜欢看美女穿着时髦的衣服。"我又回到那个顾客，对她说，"你可真幸运，有这样的朋友，她可以做你的时装顾问了。"

"是的，所以我现在和她出来买衣服。"

"现在，你该问问她对这件大衣的看法。也许她有和我不同的意见。从别人那儿学学不同的风格对我也是好的。"我说。

于是她的朋友走过来站在我旁边，开始做我这位顾客的工作，说那颜色和她的肤色很配。

"但相比起这件古怪的绿色大衣，我更喜欢褐色的。这件大衣设计得倒还不错，就是这个颜色，我一点也不喜欢这颜色。"这位顾客已经开始对我为她挑选的大衣有些感觉了。

"古怪的颜色？你怎么能用那样的词来形容这种特别的绿色呢？因为大多数人都不接受，所以它很特别。其他人不怎么喜欢这个颜色，因为她们的皮肤都太暗黄，不配这种绿色。要是她们真想要买这件大衣的话，我也会劝她们别买，因为她们要想穿这件大衣的话，就得化很重的妆让皮肤亮起来。所以呢，我才说这件大衣很特别，很适合你，你在街上很难撞到一件和你一样的。褐色的对你来说就太平常了，你还想试试褐色的吗？"

"我谢谢你的建议。但我还是想试试褐色的，因为我觉得穿褐色感觉更好些。"

"那好啊，当然你喜欢什么就可以试什么啦。我很开心能有机会看看你试穿的这些大衣是什么样子。"

"我是不是太麻烦你了？害得你不停地收拾你的店。"这位顾客还在担心要是最后她们什么也不买我没准会骂她们。我能理解她们的担心，因为我听说过我们的女销售员对那些试衣好久却什么都不买的顾客很不和善。

"别为我担心，时刻保持店面整洁是我的活啊。要不然我就无事可做了，会很无聊。这些衣服各式各样，都很时髦，我喜欢看着顾客试穿，我理解不可能有顾客试什么买什么的。在我这里请你们随意。和你们像朋友一样聊天真是有意思。"一旦顾客感觉我待她们像朋友一样，就打消了戒备心理，于是开始尽情地试穿起她们想穿的衣服。

"你还喜欢刚才试过的那件褐色大衣吗？我感觉你能瞧出和那

件绿色大衣的区别来了。"我继续说服她去买那件绿色的大衣。

她的朋友又一次应和着我的想法："是的，绿色的比褐色的更别致，而且它真的看上去很好，正配你的皮肤。"

"这件大衣和其他的颜色好搭配吗？"终于，这位顾客接受了穿这件绿色大衣的想法。

"是啊。因为在这绿色中融进了些灰色，正好成了大地的颜色。你可以配你衣橱里任何一种颜色的衣服。我在这儿演示给你看。别担心，要是听说你在我这儿买了古怪的衣服后回去遭你朋友嘲笑而丢面子，我也是不开心的。"我将那件绿色大衣和我们店里其他颜色的大衣搭配起来，让她看不同的效果，我还教她怎么在不同的场合营造出不同的效果。

"你能给我点折扣吗？你的价格比别的地方都高，有点超出我的预算了。"

噢，她最后终于谈起价钱来了，因为这就是做成买卖的最后一步了，我可真是开心。"是啊，我会给你打折。因为我相信要是你这件穿得舒服了，以后还会来的。而且你也知道，人都说一分钱一分货。因为服装的面料和质量是我们的设计师主要关注的问题，所以我们的价格不能再低了。"

"你真有耐心，谢谢你。我会带我别的朋友来这儿的，我们喜欢把你当朋友，而不是一个销售员。"

从顾客那里赢得友情，这对我来说一直是最好的礼物。我知道我在同事那里也赢得了友情，因为我使我们的工作变得有趣了，也为她们创造了好的业绩。

"我不得不再次崇拜你，你真的搞定了，我们的销售女王。这么热的天，想卖出一件羊毛大衣是多难的事啊，可你又办到了。"我目送着那两位顾客提着装着那件古怪的绿色大衣的袋子走出了店铺。我的同事给我鞠了一躬。

我想那位顾客买到她那款别致的绿色大衣之后很是开心，因为我没从她那儿听到任何抱怨。

我找到那份工作的方式甚是奇怪。我刚刚在台北读完高中，对未来的生活还没什么想法。

"素燕，刚才一个百货商店的经理给你来电话了。他是想和你谈谈你什么时候能开始上班的事。"我妈妈让我给经理回个电话。

"百货商店？哪个百货商店？为什么他们想给我一份工作啊？你能肯定他们说的是我的名字吗？"我真的不知道是哪个百货商店的什么工作的事，因为我觉得我根本没在任何地方接受过什么工作。

"我怎么知道今天你去了哪家百货商店啊？他们说你去过的。我想你最好回个电话，核实一下他们是否真的想要你。"

"但是今天我没接受什么工作啊。"

"他好像认为你接受了啊。"

我当时都做了什么啦？

"您好，我是胡素燕。今天是您给我打电话的吗？说是什么工作还是什么事？"

"是的，我想知道你明天能否开始上班，因为我们的一个收银员从明天下午到下周要离开一段。我希望你能在明天上午跟她学学怎么工作。"

"收银员？您肯定您没拨错号码吗？我想我没申请过什么收银员的工作啊。"

"你什么意思啊？你来我们商店申请一份工作，今天上午我和你谈了一个小时左右。你是说你不想干这工作了？"

"您能给我一个小时考虑一下，然后您再给我电话吗？"

刚好在大约一个小时之后，我又接到电话。

但是我真的不想干那个活，因为我的专业是广告设计，和那儿的环境根本不相干。实际上，那时我主要的心思是想花一段时间去想清楚我在那天都干了些什么。最后，我总算想起那天上午的事，感到相当尴尬。

我还在半梦半醒时和一个朋友去了趟邮局。那就意味着我没怎么认真打扮，很可能连头发都没梳。后来，我们在商店周围乱转时来到一家商店门外，看到一个牌子，上面写着："招聘女销售员。"

"你们正在招聘店员吗？"

"是啊，你有工作经验吗？我们需要一位资深女销售员，专卖一个名牌的女装。"

"我学的是设计专业，刚刚高中毕业，所以我真的还没有什么工作经验。但我感觉我能做这个工作，因为我在学校学了色彩心理学和设计理念，而且我还参加设计过我们化装舞会的一些特殊服装。"我非常自信地解释说，还比比画画打着手势，我感觉挺专业的。但是，经理怪怪地打量着我，好一会儿什么话也没说。在他犹豫的时候，我快速地扫了一眼这个商店，才明白这里所有的女销售员都很是老练。我突然觉得自己摆在那儿太嫩太古怪了。

最后经理说了些什么，但仍旧很奇怪地盯着我蓬乱的头发和衣服。"嗯，我们这儿还需要一位收银员。我想你可能干得了那个活。"

"但是我学的是设计啊。我是学过些财会课程，但我感觉做不了收银员，因为那不是我的专业。"

"你每天该做什么，我都会教你的。这个活不需要什么经验。"

"噢，那我得考虑一下。"我冷冷地回答经理说。

经理又盯着我看，语气也硬了起来，想让我明白他正在好心地努力给我点事情做："当然，我也得考虑一下你有没有能力在这里工作。"

我们一走，我立马就忘了那家店的事，因为结算管账太复杂了，还有，鼓捣那古怪的钱柜或是那奇怪的信用卡机也很烦人，那些玩意我这辈子从没见过。离开那家店后那天我们又去了许多其他地方。

又过了一个小时，经理又来电话，问我想不想到他那里上班。我很难理解为什么他给我打了三个电话非要劝我去干那个工作，难道是他找不到干那个活的人吗？要是这样的话，要么这个活很难干，要么可能这个经理是个很难共事的家伙。

"素燕，这作为你的第一份工作，你应该干。而且，我觉得你只需要和女同事、女客户打交道，对你也更好。最重要的是，这是一家大公司，将来在你的履历记录上也会有些用处。但是，我老实地讲啊，我也挺担心他们能不能教会你点什么，因为在钱的事情上你从来就不怎么灵光。"在我父亲看来，我是太笨了，不足以结算管账。

"是的，我接受这个工作，明天上午就上班。顺便问一下，您能再告诉我一遍您是在什么地方吗？贵公司的名字是什么？"

即便我没什么工作经验，我也希望自己不会出洋相。但是，没关系，即使单单为了让我父亲瞧瞧我是可以做好财会的，我也得努力获取成功。

"她在这儿做什么呢？她什么也做不了，就会添麻烦！"

"我们的公司是怎么了？难道他们找不到别人来干这活了吗？我们不需要像她这样什么经验都没有的孩子！"

"噢，天啊，她甚至都不知道怎么打开钱柜。"

我第一个工作的第一个星期是一大场惨败。我一整天都在挨批，时刻不停。人们有的时候真是很无情，一点也不同情那些还在学习的人所犯下的错误。

"你没事吧？你有什么问题吗？"我们的经理很迟才来帮我的忙，但还不算是太迟，虽然我在垂死挣扎，但还没有死透呢。

"干这个活我有一个大问题。我认不出来不同信用卡的区别，我也找不到卡上的信息。我打电话到银行去要客户的授权号码，他们就问我发卡日期、有效日期、卡号和卡持有者等信息。我就立马挂上电话，因为我真是给吓坏了。"

经理见状似乎一点也不奇怪，只是给我看了几种信用卡，并且教我怎么用刷卡机读不同的卡。尽管这样，这对我用处并不大，因为我还得记清楚究竟是哪位女销售卖了哪个品牌，而我们店里有大约 30 个品牌呢。在最忙碌的时段，我得接听电话，所以我还得学会打电话的礼节。但是即使是这样，白天忙的这些事对我也不是最恐怖的。

最恐怖的噩梦总是在一天结束的时候到来。最后这段时间我得在关闭钱柜之前核算清楚让人头昏的账目和现金的差额。

"素燕，我们都连续三天加班了。你什么时候能准时完工啊？我总得等着你才能关店门。"我们的总经理在我上班第三天晚上 11 点钟的时候终于忍不住抱怨了起来。

"求您了，别太逼我了。我这么没经验，乱成一团糟。有时其他收银员过来帮帮我，但是她们的动作太快了，没给我足够的时间瞧明白她们都在干什么。您能慢慢演示给我看看该怎么结算账户吗？我保证从今晚起我会记住所有的事的。"

我想我还是挺耐心挺机灵的，因为渐渐地我的同事们不再埋怨我了，而且，在百货商店年度最繁忙的促销时节，他们还开始让我帮他们处理一些复杂的账目问题。有时店里太忙，我就一个人去招呼客户，结算账目。打那时起，我发现和客户交谈远比坐在钱柜边上有趣得多。每当人们决定从我这里买走什么东西时，我就感到那么的满足。所以在我上班的第二个月里，那些女销售放假的时候，我就在我的假期替她们上班，这样我就能在我们的经理每天都看的报告里显名露姓，也可以显示一下我的销售业绩。

看来我牺牲假日在店里加班的策略很是成功，一个月后，总经理来找我谈话，说要给我个新职位。"你想换个职位吗，由收银员改做女销售？你的经理现在打算让我们把你培训成百万销售额的女销售。"这个机会可不是从天上掉下来的，我有好几次都把我负责的不同品牌做到了他们所见到的最高销售额。

接下来，我的生活几乎被毁掉了。

🐜

我当时以为我再也不会有我当初第一次见到他的目光时的那种感觉了。我以为他将是我第一个也是最后一个爱人，以为他将带给我永远幸福的婚姻。但是同样的悲剧在全世界演出了很多次，只不过是主角一直在变，由不同的人上演，从过去到现在，也还会在将来由新的人再演下去。我不过是那个老套的还在讲的故事中那些女主角中的一个，在渴求着我当时所认为的婚姻的幸福之光。要是我说我当时感觉这次经历几乎夺走了我的生命，也不算是过分。现在我意识到我当时不过是走过了一次所谓的心碎的感情，就像很多其他人所经历过的。但是这样的事可能给我们的生命留下巨大的痛苦，持续时间之久足以让我们几乎忘记了什么是幸福的生活。

没有很多选择，我参加了联考，想挑一个尽可能远离我家乡的大学，为了逃避那个伤心之地，那里有我关于他太多的记忆。但是这个决定是个灾难性的错误。

"你真是走运，你通过了考试，上了大学。"一个穿着中国古装的孩子，坐在一张大木桌边的高椅上对我满怀信心地说。

"你是怎么知道的？我还没去考试呢，考试是在下周举行。"我很是不解，不知道他在说些什么。但是一线希望在我心头生起，他可能会告诉我些什么，这事似乎压在我的心头好几个月了，一直挥之不去。"要是你能预知我的未来，你能也说说我的男朋友吗？"

那个孩子接着写了首诗并读给我听。他把那张纸递给我，我看到那首诗写成了一只兔子的形状。我没能马上读懂那首诗的意思，而且看到由诗行构成的兔子形状，我感到一种奇异的不安。

"你的学业和你的爱情将同步发展。"

我不太明白他是什么意思，但我知道我的男朋友是生在兔年，而明年也恰是兔年。但问题是，要是在今年虎年我不能通过考试的话，我想我不会再考一次的。尽管如此，要是我的生活和爱情能在此之后有所好转，光明起来，我没准会考虑再考一次。但是，我怎么能毫无疑虑地相信一个孩子给我算出的这样的命呢？

"你想来碗面条吗？我会做给你吃。还有那些糖块，你要什么就拿什么。"

我更迷惑不解了，他的邀请很是善意，但是我不知该怎么应对。

"你是谁？"当时我不能肯定这是否是个聪明的问题，我听到的唯一的回答是他咯咯的笑声，接着他的笑声就渐渐消逝，升到天棚上去了。这时我才突然意识到我是在梦中，梦境太逼真了，我都难以相信我睡着了。

直到我进了大学，我都没有对任何人说起那个梦，因为我根本没为考试复习，也没有真的相信我能通过考试，除非上天给了我很多保佑。

"素燕，你得多花点时间准备这次考试，因为它会影响你的整个未来。"我友善的同事们把我带到一个图书馆，给我看了些以前的考试试卷。但是可能我不想在虎年通过这个考试。

"唉，不行啊。我对这考试一无所知，现在也无能为力。别人都要花上一两年的时间来准备，而我现在只有一个星期了。我不知道从哪儿开始。除非我运气好，他们只考我所学过的内容。"

难以置信的是，在我考试的那几天，奇迹竟然出现了。我瞧见第一份试卷的时候，惊得都没法思想了。一直到最后一份试卷，在整个考试期间，我就是按照要求回答各种问题，飞速地画素描，做选择，涂颜色，没有浪费一点时间去犹豫，因为那些考题大多是非常熟悉的，是我在最后一周复习过的。所以后来得知我有资格进入大学的时候我一点也不惊讶。但是其他人都非常震惊，无法相信。

"你在开玩笑吧！要是你真的通过了这个考试，你要什么我就给你买什么，还带你去五星级酒店，只要你想去随时都可以。"

"你肯定送了老天爷一个大鸡腿，才换来你的成绩。今年我从没看到你学习过啊，我怎么能相信你呢？"

"你肯定他们没有发错成绩给你吗？你肯定在成绩单上你的名字是对的吗？"

"你到这里来干吗？只有大学生今天入学报到才来这里。我想你有点搞错地方了。"

我承认在心里我还将信将疑，有点担心会发生什么不好的事把我的名额抢走，因为那年是虎年，不是兔年。

"但是我明明看到我的名字在榜上，就在你们的名字边上。"我就将我的名字和成绩指给他们看，他们都突然不言语了。没人记得自己的许诺了，没人给我买想要的东西，也没人带我去什么酒店。

在报到处外面的成绩榜上人人都可以核对考生的姓名和成绩，

但为什么他们还是觉得我可能对他们撒了谎呢？也许所有那些认识我的人都真的觉得太难以置信了。我还是决定告诉他们在我考试的前一周怎么梦见了那个孩子的事，因为我想他们可能感觉相信神力比相信我的实际能力会容易一些。很奇怪人们会那么想，但常常事情就是这样子的。

"你看到的孩子有可能是道教的神灵。他是李靖的第三个儿子，在长大成人前就成了神。这就是为何你只看到他还是孩子的模样。"我的一个朋友给我讲那个孩子的故事，并告诉我说，要是我想了解得更多些，可读些关于道教思想的书籍。

"我根本不信道教啊。我不明白为什么他托梦给我，还想做面条给我吃。要是你讲的关于他的故事是真的，我现在就更担心了，因为他告诉我说我的学业和爱情会在兔年同步发展。但是我对此感到困惑，因为在今年虎年我已经考进了一所大学啊。"

"要是老天爷真想帮你圆梦，你信什么教可能不是什么问题。我起初以为你会明年通过考试，但是老天爷已经在你的梦里给了你一只兔子。所以呢，你现在得到了一切，你也不必再等上一年了。根据你的梦的安排，这意味着用不了多久你的男朋友就要来找你了。"

我朋友的这个解释听起来很有道理，也很振奋人心，让我宽慰了不少。但是我真的希望她说的是准的，而不仅仅是想给我点希望。不管怎样，我是心里满怀着希望开始我在大学的新生活的，也想看到我的爱情能有些积极的变化。

但是，把梦当真而且还从梦中得到我们人生的指导，这总是难的。我刚到的大学城是片文化沙漠，和我原来学习的地方根本无法相比，我决定在这里开始我的新生活，是个绝对的错误。后来我常常后悔没听我父亲的话，他告诉我说："我感觉你除了台北外不会喜欢别的城市，因为你喜欢扎在人堆里。"当我看清了我的大学的环境时，我突然明白了我父亲是唯一真正懂我的人。这所大学声称是为设计课程新建的，但是我没发现多少现代的设备，也没看到几个合格的老师。校址周围是很多废弃的田地，而到目前为止，什么图书馆、展览中心或是可供设计师观摩世界最新时尚动向的艺术展览馆，都没有建。换句话说，那个奇怪的城市画地为牢，和整个世界隔绝开来。可能抱怨太多是不太公平，因为那所大学刚建了两年，而整座城市在我初到的时候也仅仅是刚开始发展。但是一考虑我自己的处境，就像俗话说的"祸不单行"，似乎一灾未平，一难又起，我还是觉得我没法在那里过上自由幸福的生活。几个月后，境况似乎没有什么好转，我离开了那所大学，痛苦地放弃了我的爱情故事。现在我明白了，给我托梦的孩子告诉我我的学业和爱情会同步发展，其实是给我一个警告。他的意思是，最后学业和爱情会双双离我而去。

梦是如此的不真实，但有时候梦想又太过于真实，真实得在现实生活中没人相信。从那时候起，我就对解梦着了迷，从此生活在一个解梦的世界里。

亲爱的素燕：

你的上一个故事的开头让我想起罗伯特·布朗宁（Robert Browning）的一首诗——《古原情侣》（Two in the Campagna），激越而颇忧伤。我能肯定此诗会收在你从图书馆买来的那本布朗宁的诗集里。如他所说的，我们不是有意选择去爱还是不爱；爱不是理性的，所以可能我们爱上的是爱本身，而不是某个人。很少有人能那么美好，承载得起那完美的梦想，所以总是有失意，因为我们无法把握住无限。但我感觉虽然在这里诗人因为没有找到完美的爱而感到悲哀，但他也是知道爱是没法完美的，所以他也不是太悲伤。他不像那些自以为找到了完美的爱却永远失去了它的那些人。

Two in the Campagna, by Robert Browning (1812-1889)

古原情侣　罗伯特·布朗宁（1812—1889）

How say you?Let us,O my dove, 你怎么说？啊，我的宝贝，

Let us be unashamed of soul, 让我们别为灵魂感到羞惭，

As earth lies bare to heaven above! 就如静穆的大地，向苍天敞对！

How is it under our control 我们怎么能去将运命为难

To love or not to love? 是爱，还是不爱？

I would that you were all to me, 我希望你是我的所有，

You that are just so much,no more. 你只是如此，不多，也不少。

Nor yours nor mine,nor slave nor free! 非你的，非我的，无奴役，不自由！

Where does the fault lie?What the core 这样的爱错在哪里？哪里去找

O'the wound,since wound must be? 伤痛的根源，既然命定了有伤口？

I would I could adopt your will, 但愿我能以你志为己心，

See with your eyes,and set my heart 以你的眼去观照，将我的心室

Beating by yours,and drink my fill 紧贴你的心房跳动，让我畅饮

At your soul's springs—your part my part— 你灵魂的甘泉，不离不弃——

In life for good or ill. 共度这生命，不论是悲还是欣。

No.I yearn upward,touch you close, 不。我热望着向上，紧紧触着你，

Then stand away.I kiss your cheek, 然后退去。我亲吻着你的面颊，

Catch your soul's warmth,—I pluck the rose 攫住你灵魂的温热，我摘取了那蔷薇

And love it more than tongue can speak— 比唇舌能诉说的更加爱它——

Then the good minute goes. 然后美好的时光遁离。

Already how am I so far 迄今为止，我业已疏远

Out of that minute?Must I go 那时光有多久了？我必须仍要如

Still like the thistle ball,no bar, 没有根茎的蓟花球一般，

Onward,wherever light winds blow, 每当轻风吹过，就向上飘浮，

060

Fixed by no friendly star? 而没有心气相投的星的牵绊？

Just when I seemed about to learn! 仿佛我刚刚才开始明白！

Where is the thread now?Off again! 现在那丝线在哪里？竟又远去！

The old trick!Only I discern — 那老把戏！只有我辨认得出来——

Infinite passion,and the pain 无尽的激情，还有那痛楚

Of finite hearts that yearn. 为有限的心灵所追怀。

"The old trick"，老故事：如你所说的，重复了这么多次的故事。

亲爱的罗伊：

我想我忘记了爱或是不爱是怎样的斗争了，或者可能我从来就没琢磨明白爱的感觉，所以我最后选择了回到现实。我的意思是说，选择了回到大学，让我自己尽可能地忙碌起来，以另一种方式感受生活。

所以，我真的没法说我是否是那老故事中的人，有时我太难想清楚我是否身在其中，或许是我不想相信我已身陷其中。我的前男友说过，最美妙的感觉总是伴着哀伤，而且快如流星，转眼就消逝在天空中了。虽是这样，却在我们的心上留下了最美的时刻。我感到很忧郁，但还没意识到在我们见面之初他就已经预见到我们的分手了。我有好几次和他陷在不确定的关系中，总也没弄懂为什么我们心里最美丽的时刻要和哀伤相伴。虽然如此，最后我终于身心交

瘁地自己承认了，两个人之间的事，由不得我一个人来左右，所以我决定不再努力去欣赏这套复杂的流星罗曼蒂克"理论"。我唯一能控制得了的东西就是我自己的心和我的生命，这些我可以自然地与他人分享，但又不必强求只和某个人交流，并仅局限于两人之间。当我对大学的气氛不满时，我可以决定去在公司里获取更多的工作经验；当那些人利用我的力气，却视之为理所当然，我因此而不开心的时候，也能辞掉那些工作去寻找其他机会实现我的梦想。同样，我也能竭尽全力留在一个陌生的国家，在这里，我找到了我的梦想之地，可以永远守护住我的梦想。

十四行诗

不同的人会因为不同的原因喜欢不同的诗歌，在不同的层面上欣赏事物。十四行诗的前八行交代背景或为全诗立意，后六行则解析此意；而最后的两行道出结论。押韵的结论会使得表达更有力度——就像砸了两锤子一般！我们得用自己的判断决定什么对自己是有用的和有意思的。

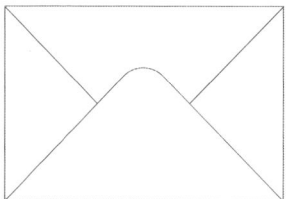

亲爱的素燕：

你说你听说过一种特别的诗，叫作十四行诗，你还问《他冀求天国的锦缎》是不是十四行诗。哦，这首诗不是的，但是有点像，听了我下面讲的你就会明白。

在19世纪，伊丽莎白·巴雷特（Elizabeth Barrett）和她的父母生活在伦敦一座幽暗的房子里。那时她已经不小了，而且经常生病。她写诗、读诗，特别喜欢罗伯特·布朗宁（Robert Browning）的诗。两个人互通书信，还交换各自写的诗。最后伊丽莎白说服了她的父母，同意让罗伯特来看她。一见面他们就相爱了；可能他们在写信和读诗的过程中早就已经相爱了。他们结了婚，去阳光明媚的意大利生活，住在罗马附近。伊丽莎白的身体好了起来，而且就我们所知道的，他们后来生活得很幸福，而且一直接着写诗。这段佳话是英国历史上闻名的爱情故事之一。

伊丽莎白写了不少十四行诗，表达了她对她丈夫的感情。英国文化中有些最为人喜爱的诗歌，这些诗就在其中。要讲到的这首诗说的是她与罗伯特的相遇给她生命中带来的巨大变化。诗的第一部分描述了她"感伤"的生活。那时家境富裕的女人都不许去工作，也不让上大学，要是她们不嫁人的话，生活就常常很受拘束，很无聊。其实即便嫁了人，生活常常也是拘束无聊的，所以有些女子就写书或是写诗。看上去伊丽莎白的生活一直到她死也就不过那个样子了吧，而且因为她身体不好，死也许就是不远的事。但是转眼之间，她的未来就从死灭变为生命和爱情。你会发现，这首十四行诗的最后两行有些突兀，不像第一部分那样平缓。这正是诗歌的技巧所在，表达了她对她生命的突变所感到的震惊。但是我不喜欢这种突兀；你觉得怎么样？我也发给了你一首莎士比亚的十四行诗，把这两首诗的最后两行比较一下，你感觉伊丽莎白能写出更美的诗句但同时依然能描述出那种突变吗？她描绘的是英国的儿童和爱人常用的法子：悄悄走到人背后，蒙上那人的眼睛，说："猜猜我是谁？"但是我怀疑是不是真的有这回事，在台湾孩子们这么干吗？

一点解释：忒奥克里托斯（Theocritus）是来自锡拉库扎（Syracuse）的古希腊诗人，生活在公元前 3 世纪。他被认为是田园诗之父，所谓田园诗是指将乡村和农夫的生活理想化的诗歌。可能他的主要意义在于他的作品对三个世纪之后的罗马诗人维吉尔（Virgil）产生了重大的影响。而维吉尔的田园（也就是乡村）诗歌在 17 世纪末被从拉丁文翻译成英语后，又对英国的生活、诗歌、艺术和园林设计产生了重大的影响。伊丽莎白能读古希腊文，"诗人的古调"，在这首十四行诗的第一部分，她将忒奥克里托斯诗中所描写的快乐的乡村生活与她自己"那温柔凄切的流年"做了比较。

另外，一个你可能需要的解释是"ware"一词的用法，其实此处是"aware"的变体，为了把双音节变成单音节，以保证诗句的韵律。

这个故事是真的，而且关于这个故事也有一出戏，名叫《红楼春怨》（The Barretts of Wimpole Street），在二手书书店你可以找到。

我在自己船上工作的时候伤了背，所以现在也做不了太多的事情。坐在这里想想诗歌写写信，很是开心。但如果诗歌太分神，害你没法做好该做的所有其他功课的话，你一定得告诉我。

Sonnets from the Portuguese, by Elizabeth Barrett-Browning (1806-1861)

葡萄牙人的十四行诗

伊丽莎白·巴雷特·布朗宁（1806—1861）　方平译

I thought once how Theocritus had sung

我想起，当年希腊的诗人曾经歌咏：

Of the sweet years,the dear and wished-for years,

年复一年，那良辰在殷切的盼望中

Who each one in a gracious hand appears

翻然降临，各自带一份礼物

To bear a gift for mortals,old or young:

分送给世人——年老或是年少。

And,as I mused it in his antique tongue,

当我这么想，感叹着诗人的古调，

I saw,in gradual vision through my tears,

穿过我泪眼所逐渐展开的幻觉，

The sweet,sad years,the melancholy years,

我看见，那欢乐的岁月、哀伤的岁月——

Those of my own life,who by turns had flung

我自己的年华，把一片片黑影接连着

A shadow across me.Straightway I was'ware,

掠过我的身。紧接着，我就觉察

So weeping,how a mystic Shape did move

（我哭了）我背后正有个神秘的黑影

Behind me,and drew me backward by the hair;

在移动，而且一把揪住了我的发，

And a voice said in mastery,while I strove,——

往后拉，还有一声吆喝（我只是在挣扎）：

'Guess now who holds thee?'—— 'Death.'I said.But there,

"这回是谁逮住了你？猜！" "死。"我答话。

The silver answer rang,——'Not Death,but Love.'

听哪，那银铃似的回音："不是死，是爱！"

  莎士比亚因他的戏剧而闻名，他的十四行诗也很有名。莎士比亚的十四行诗和伊丽莎白·巴雷特·布朗宁所写的十四行诗是英国诗歌中最为知名的两个诗集。要是你研究过那关于诗体的小文章的话，或是研究过如何作诗，你就会知道所有的十四行诗都有十四行诗句；但是押韵的格式却可能不同。尤其要说的是，如你所看到的伊丽莎白的十四行诗，用的是意大利体，最后两行并不押韵。而英国的伊丽莎白体或是莎士比亚体的十四行诗，最后两行押韵。十四行诗的形式由三部分构成：前八行交代背景，或是为全诗立意，后六行则解析此意；而最后的两行道出结论。我感觉最后两行押韵的话，结论的表达就更有力度——就像砸了两锤子一般！

在莎翁的《我能否把你比作夏季的一天》（*Shall I compare thee to a summer's day*）这首十四行诗里面，他开宗明义说实际上夏日不能长久，而是会变（八行）；在最后六行里他做出结论，说尽管这样，因为他的诗，这个人将会被永远记住。最后两行将这意思很有力地做了总结。伊丽莎白用了前面的八行半来讲她的生活是怎样的状态，用后面的五行半来说她的问题是如何解决的。但是我感觉最后两行不太流畅婉转，有三个原因：首先，这两行不押韵，当然这对于意大利体十四行诗来说并没错；其次，这两句既不悦耳也不优美，但这么写是为了达到诗歌的效果；最后，我不喜欢词语的选择，一个男人的嗓音会像银铃一样吗？我感觉这么写让那人听起来像一座又大又昂贵的报时钟："*The silver answer rang...*（那银铃似的回音）"，要是晚饭的锣声也许差不多！但可能她的意思就是这样的。这些是我的个人喜好，但是我试着为我的选择给出了理由。

你喜欢什么，你怎么理解此诗，得你自己来做出判断。

你说你被一些词弄得很伤脑筋，像"thee"和"thou"之类。它们是"you"（你）的旧式表达，用于指代单数第二人称，没有"you"那么正式。读诗的时候，这些词很常见，你还真得弄懂这些词。这些词在大多的英文语法书里都看不到了，但是用法还是颇为简单的。"Thou"是句子的主语，"Thou art more fair"的意思是"You are more fair"（你更美）；"thee"是宾语，"Shall I compare thee"的意思是"Shall I compare you"（我能将你和……相比）；"thy"，你已经知道了，表示所有，"thy father"的意思就是"your father"（你的父亲）；"thine"用在元音开头的词前面，"thine eyes"的意思是"your eyes"（你的眼睛），这个词也可以单独用作名词性物主代词，"I give thee what is thine"的意思就是"I give you what is yours"（我把你的东西给你）。过去，人们每天都这么说话，所以诗人也就自然而然地用这些词，但是到了 19 世纪，很多诗人也仍旧这么用，认为这可以为自己的诗添一抹旧时的风范。这么做的部分原因是浪漫主义的诗歌风格，经常想再造中世纪时的氛围。这样做有时挺让人恼火的，当诗歌的主题并不是中世纪的事的时候尤其如此。举个例子，这里仅仅引用了《致云雀》（Ode to a Skylark）的第一节，作者是雪莱，生于 1792 年，只活了 30 岁。他是很多人最喜爱的英国诗人。你记得吧，所谓颂歌，是用来赞颂某物的诗歌。在这里他赞颂的是云雀，一种英国的小鸟，夏天能在清朗的碧空盘旋，高得你都看不见；但是这种鸟的叫声很美，也很大，在地面上都听得到。云雀的叫声象征着英国乡村。《云雀高升》（Lark Ascending）是一首优美动人的乐曲，作曲者是拉尔夫·冯恩·威廉姆斯（Ralph Vaughn-Williams），一位非常有英国特色的作曲家。我希望有一天你能听听这首乐曲。

Ode to a Skylark, by Percy Bysshe Shelley (1792-1822)

致云雀　佩西·白舍·雪莱（1792—1822）

Hail to thee, blithe spirit! 你好，欢乐的精灵！

Bird thou never wert— 你向来就不是凡鸟——

That from heaven or near it 你从天庭或是临近天庭

Pourest thy full heart 倾吐你全部的怀抱

In profuse strains of unpremeditated art. 留下的是豪迈的诗篇，无心的美妙。

诗的第二行的意思是 "Bird you never were"，也可能是 "surely you cannot be just a bird"（当然你不可能仅仅是只鸟）。我一直都感觉 "wert" 这个词很不入眼，尽管是古英语的正确拼法，就像 "thou" 一样。也可能他能想到的与 heart 和 art 押韵的词只有这么一个。他的意思是这么美妙的鸟鸣声当然不可能只来自一只小鸟，而肯定是由一个快乐的精灵所发出的。

不管怎么样，下面这首是莎士比亚最为人喜爱的十四行诗。

Sonnet XVIII,by William Shakespeare (1564-1616)

第十八首十四行诗　威廉·莎士比亚（1564—1616）

Shall I compare thee to a summer's day?

我能否把你比作夏季的一天？

Thou art more lovely and more temperate:

但你却是更为可爱，更为温和：

Rough winds do shake the darling buds of May,

狂风会摇落五月的娇艳花瓣，

And summer's lease hath all too short a date:

夏天的行期实在太不堪消磨：

Sometime too hot the eye of heaven shines,

有时上天的巨眼照得太炽烈，

And often is his gold complexion dimm'd:

常黯然遮掩了他金色的面容；

And every fair from fair sometime declines,

诸般美好风流总会凋残消灭，

By chance,or nature's changing course untrimm'd;

任由变幻莫测的造化来捉弄；

But thy eternal summer shall not fade,

但你永恒的夏季永不会消逝，

Nor lose possession of that fair thou ow'st,

你拥有的美丽也永不会失去，

Nor shall death brag thou wander'st in his shade,

死神也无法用阴影将你拘役，

When in eternal lines to time thou grow'st;

在不朽诗句中你与时间同步；

So long as men can breathe,or eyes can see,

只要人能呼吸，眼睛能看分明，

So long lives this,and this gives life to thee.

只要这诗在，这就赋予你生命。

在这里我感觉那老式的或是古旧的语言看起来自然也优美。

亲爱的罗伊：

伊丽莎白·布朗宁写的那首诗真是好玩，因为诗后面还有一个真实的故事，这诗就更加有趣了。先说说小孩子和情人间惯用的把戏。偷偷跑到人背后，蒙住那人的眼睛，说："猜猜我是谁？"对我来说，我只在一部电影里见到过。我感觉要是在现实生活中有人对我这么干，我准会马上还击，而不是还想猜猜是谁。但也许其他人感觉很甜蜜或是浪漫吧，反正我不觉得。

我试着将此诗与莎士比亚的诗做了比较。噢，我努力想了想，但到目前为止，以我的学识，我想有我自己的清晰看法还是太难了。但我感觉伊丽莎白的诗是质朴而纯净的。莎士比亚的诗呢，在表达感情的时候更为复杂，也更有想象力。你说到你不喜欢她诗里的那般突兀。但我感觉在读她的语言的时候，我的心好像到了一幅图画当中，我感觉到她在遇到罗伯特之前，病得太重了，简直没有了希望。人们一直认为爱情是一件无与伦比力量强大的东西，能突然改变一切，不论是变好还是变坏。她诗结尾处的那种突兀让我强烈地意识到爱情在她生命中是多么神奇。再者，我发现我有那本《罗伯特·布朗宁诗集》（*The Poems of Robert Browning*），就是我那次在图书馆买到的。能多读一些他的诗，我可真是开心。而且，借助你发给我的那些资料，我开始在网上用关键词搜索构建我自己的学习信息了。

你能和我分享你的智慧和知识，我真是很感激。虽然你能有更多的时间发给我更多的诗作来阅读，我很开心，但是听说你伤了背，我还是感到挺难过的。

亲爱的素燕：

你说伊丽莎白的十四行诗是"质朴而纯净的"，我挺喜欢这样的说法；要是我的话，会说"恳切的"或是"诚恳的"（并非所有的爱情诗都是这样），但又想了想这诗之后，我觉得你的用词更好。你说莎士比亚更复杂、更富想象力也是对的。还有，我感觉用"好玩"这个词谈这么严肃的主题不太合适，但可能全诗结束的时候是好玩的，因为我相信他们应该会笑了好一阵。

在英国，学生有其自己的想法，甚至可能和老师的看法不一致，对于老师而言，总是一件乐事。伟大的约翰逊博士在 18 世纪撰写了他那本著名的词典并因此而帮助英语的拼写第一次实现了正规化。据说他就爱听别人提反对意见，我想之所以这样，是因为他喜欢用争论来磨砺他的头脑从而创生新的思想。我早说过，我不敢说我所告诉你的是真理，这些仅仅是供你思考的想法。不同的人会因为不同的原因喜爱不同的诗歌。

我感觉你可能会想试着读读更为近代的英国诗歌。我希望接下来这首诗你会觉得欢快些，虽然我个人感觉此诗也有一种深切的失落感。诗人迪伦·托马斯（Dylan Thomas）于 1914 年出生在一个威尔士家庭。因为酗酒，所以他没活多久。他写诗用词的方式不落俗套，创造出栩栩如生的"语言画面",很引人入胜,很能激发读者的共鸣。《羊齿山》(Fern Hill)描写的是一个少年在农场上长大嬉戏的经历。对英国人来说,这可能是一种理想的生活,虽然对中国人可能不是。诗里全是他所记得的那段快乐生活的事物:苹果树的大树枝,星空,农用四轮车,雏菊,狐狸的吠叫,猫头鹰,马,农舍,干草垛,燕子,羔羊,像羔羊般洁白的日子。

诗人不用陈腐的或是用滥的词句,而是将它们改造了。要想明白这种改造有多聪明,你得知道原来的词句是什么。比如,在英国,给小孩子讲童话故事时,我们通常是用"Once upon a time"(从前)这个短语来开始;他将这个说法改成了"And once below a time",意思没变,但读起来感觉很新鲜,与众不同。我们说"All the day long",意思是一整天;他的说法是"All the sun long",有太阳才有白天。我们说"Happy as the day is long",意思是非常快乐;他说"Happy as the grass is green",能看出来形式没变,意思也一样,但是读来很新颖别致:夏日很长,草也很绿,男孩很快乐;但是现在绿草的意象和快乐的意思交织在一块儿了,融合在一起了,创造出一幅词语的图画——一个孩子在凉爽鲜润的青草上玩耍,可能草里面还有白色和金色的小雏菊花呢。

托马斯将房子描绘成"lilting",也就是在唱歌,但是房子能唱歌吗?这里所谓的"lilt"显然是指一种简单而原始的歌谣,唱这些歌的人生活在边远地区,尤其是在不列颠的凯尔特地区,比如威尔士。可能他的意思是想起那房子也像那些歌谣一样在他心底激起了同样的家一样的感情，所以那房子就对他"唱歌"了。他说"乐曲从烟囱里飘出"，但从烟囱升起的不是曲调，而是烟——萦萦绕绕，渺渺无形，一直在变却一直没变，就像那些歌谣的曲调一样。

其实，这首诗是两首诗交织在一块儿。在这些欢快记忆的深处，潜藏着一种越来越强烈的不祥预感，一种警告。这里涉及的东西在影响我们所有的人："时间。"要是一条狗系在一根很长的绳子上，它可能会忘记自己是被绳子系着的，直到它跑到了绳子的末端。在诗人的想象中，时间用一根很长的绳子或是锁链将他系住了。他小的时候并没有觉察到，直到走到绳子的尽头，他才怀着深切的失落感，"醒来发觉农庄也已永远从没有孩子的土地上逃离"。他已经长大了，但一切看起来都不再一样了。他说到"稚嫩而金色的孩子们"就像玉米在田野里成熟一样，所以童年也从绿色变成金色，然后死去。若选他的诗，这首更深挚也更哀伤的诗足以当选，出类拔萃。瞧瞧你能否在这些哀伤的诗句中读出更多的意蕴。

我不得不承认，我个人非常偏爱此诗。因为它如此强烈地唤起了我的童年记忆，所以我每读到它或是哪怕想到它，都会热泪盈眶。诗歌的一个功能就是激发我们的感情共鸣。对我来说，这首诗比我所知道的其他任何诗都更能激起我的共鸣，虽然这是我个人和那个诗人的共鸣，而不是所有人与他的共鸣。也许其他人就不会如此被感动。虽然如此，这是一首很出色的诗，充满了想象，任何能回忆起快乐童年的人都会感慨系之的。要是你不能都看明白，大声朗读就行，享受一下那些诗句的韵律。

迪伦·托马斯最为著名的作品是一首长诗，名叫"在牛奶林旁"（*Under Milkwood*）。这首诗描写了一个威尔士的小镇和生活在那里的很多人。这首诗的语言风格就和我们在这里见到的一样。没准你在书店里能找得到。

Fern Hill, by Dylan Thomas (1914-1953)

羊齿山

迪伦·托马斯（1914—1953）

Now as I was young and easy under the apple boughs

彼时我正年轻，逍遥于苹果树下

About the lilting house and happy as the grass was green,

边上的房屋快活地唱着歌，如碧草般欢乐，

　The night above the dingle starry,

　幽谷上垂着夜幕和星光，

　　Time let me hail and climb

　　时间许我欢呼，让我攀爬

Golden in the heyday of his eyes,

在他如日中天的眼神中闪着金色，

And honoured among wagons I was prince of the apple towns

在马车中我被尊奉为苹果城的王子

And once below a time I lordly had the trees and leaves

于是乎我下令，命那些树和叶

Trail with daisies and barley

随着雏菊和大麦一路沿着

Down the rivers of the windfall light.

河流游走，泛着风一般的光彩。

And as I was green and carefree, famous among the barns

彼时我那般稚嫩而无忧，扬名于

About the happy yard and singing as the farm was home,

欢乐院落里的谷仓间，歌唱，以农场为家园，

In the sun that is young once only,

在仅有一次年轻的太阳里，

Time let me play and be

时间让我嬉戏，许我存在于

Golden in the mercy of his means,

他的慈悲里，染成金色，

And green and golden I was huntsman and herdsman, the calves

在稚嫩和金色中我是猎手和牧人，牛犊们

Sang to my horn, the foxes on the hills barked clear and cold,

随着我的号角歌唱，狐狸们在山间，吠声清越，

And the sabbath rang slowly

而安息日的清韵缓缓

In the pebbles of the holy streams.

响过圣洁溪流里的卵石。

All the sun long it was running,it was lovely, the hay

时间整日地跑，那么可人，干草

Fields high as the house,the tunes from the chimneys,it was air

堆得如屋子般高，乐曲从烟囱里飘出，时间如空气轻盈

　And playing,lovely and watery

　嬉戏，可爱，如水般灵动，

　　And fire green as grass.

　　而火如草之绿炽烈着烧。

　And nightly under the simple stars

　在淳朴的星光下，在夜色中，

As I rode to sleep the owls were bearing the farm away,

每当我骑马驰入梦中，猫头鹰就载着农庄飘然远逝，

All the moon long I heard,blessed among stables,the nightjars

悠悠月色里，在马厩中受着福，我听到夜鸟

　Flying with the ricks,and the horses

　与干草垛齐飞，而马儿们

　　Flashing into the dark.

　　飞身闪入了暗夜。

And then to awake,and the farm,like a wanderer white

之后即醒来，而那农庄，如流浪者般

With the dew,come back,the cock on his shoulder:it was all

白露沾衣，归来了，肩上立着公鸡：时间通体

  Shining,it was Adam and maiden,

  闪着光，那正是亚当和夏娃的时节，

    The sky gathered again

    天空又一次交合，

  And the sun grew round that very day.

  而就在那一日太阳生得圆满。

So it must have been after the birth of the simple light

所以定是在那淳朴的光乍生之后，

In the first,spinning place,the spellbound horses walking warm

在创世之初的激旋之地，那些被施了咒符的马儿

  Out of the whinnying green stable

  从绿色的马厩中嘶鸣着踏着暖蹄

    On to the fields of praise.

    走向赞颂的原野。

And honoured among foxes and pheasants by the gay house

荣列狐狸和雉鸡之间，快活的房屋立在边上，

Under the new made clouds and happy as the heart was long,

在新织就的云朵下面，快活得心也舒展了，

In the sun born over and over,

在一次又一次重生的太阳里，

I ran my heedless ways,

我纵意奔跑，

My wishes raced through the house high hay

我的心思驰骋过房子般高的干草，

And nothing I cared,at my sky blue trades,that time allows

我什么都不在意，在我天蓝色的行道上，时间

In all his tuneful turning so few and such morning songs

竟允许在他所有温婉的流转中唱起如此稀拉的晨歌，

Before the children green and golden

而此后稚嫩而金色的孩子们

Follow him out of grace.

随着他走出了上帝的恩典。

Nothing I cared,in the lamb white days,that time would take me

我已什么都不在意，在羊羔般洁白的日子里，哪怕时间挟着我，

Up to the swallow thronged loft by the shadow of my hand,

攫住我手的阴影，将我带到燕雀聚居的高处，

In the moon that is always rising,

在永远升起的明月中，

Nor that riding to sleep

哪怕我听到那飞驰入梦的旧我

I should hear him fly with the high fields

与那高远的田野一道飞去，

And wake to the farm forever fled from the childless land.

哪怕醒来发觉农庄也已永远从没有孩子的土地上逃离。

Oh as I was young and easy in the mercy of his means,

啊！当我还年轻，还在他的慈悲中逍遥，

Time held me green and dying

时间拥着我，让我稚嫩，也让我消亡，

Though I sang in my chains like the sea.

尽管我如大海般在我的枷锁中放歌。

亲爱的罗伊：

关于《羊齿山》，我被这首诗感动坏了，最后翻了很多词典，查了所有的生词，足足忙了我两天。在网上浏览的时候，我发现了很多不同的词典，比如《莎翁词汇》（*Shakespeare Words*）和一些词汇表。我感觉因为翻查那些词典，我的阅读速度慢了下来。而且，虽然在我理解诗歌所用的老词时这些词典帮了忙，但也让我生出不少困惑来。比如，诗里面有一句，"And as I was green and carefree, famous among the barns"，"barns"这个词是"孩子"的意思吗？我在《莎翁词汇》这本词典里找到"barn"的意思是"孩子"。另一个例子是"the calves Sang to my horn...", "horn"这个词是"疯狂的"，还是"疯狂"？《莎翁词汇》里面说："horn mad: 可能通 harm-mad, 即脑疯狂（brain mad）。"我拿不准该怎么读这本词典。还有一句，"As I rode to sleep the owls were bearing the farm away"，我也不能肯定"bear the farm away"究竟是"搬走"农田呢还是"捉住"农田呢，还是两个意思都有。最后，读到"lamb white days"的时候，在我的想象里，我觉得他的意思是那些美好的日子就像羊羔皮毛那般洁白松软（我说得对吗？）。

大体上说，因为那孩子般的快乐通过他栩栩如生的语言得到了完全的表现，所以在我的脑海里展现出了一幅生动的图画。但是，我对这首诗中所说的"时间"没有很深的感受，因为我是在城市里长大的，从来没接触过乡村生活。悲哀的是，我甚至都不知道脚踩在土地上是什么感觉。我唯一一次踏在草地上的时候，是我去乡下看我祖母，草里还有条蛇。我很羡慕那些在童年时有过在乡间生活的经历的人，而想到我在童年时没什么简单的快乐就很难过。所以，这首诗带给我一个美丽的梦，这梦与我的人生阅历距离太遥远了。

亲爱的素燕：

为这首诗你真是花了工夫。我没想到你会下这么大力气。我有些担心你会忽视了其他的学业。你可千万别觉得在这些诗上花费很多时间是任务，它们只是让你快乐些，你想读多少就读多少。你也不必回答我的问题，这些问题只是供你思考的。即便你读不懂全诗，你也能体会一些诗中的情感，这可能才是最重要的事。

《莎翁词汇》在这里可能没什么帮助，因为它解释的是在莎士比亚时代词语的用法，而且，有些词义从那时起发生了很大的变化。"barn"我想可能是"孩子"的意思，尤其是在苏格兰，但是表示孩子时"bairn"这个词更为常用。现在在英国，"barns"是指在农场上的谷仓，用来储存东西，尤其是收获的谷物。谷仓是孩子们玩耍的好去处，所以托马斯所用的肯定是这个词义。很多这类的谷仓有上百年的历史，很美，但是作为建筑物，怎么保护它们现在是个问题，因为现代的农业不怎么用得到这些谷仓了。我也给你发去了一些在牛津附近的格雷特·考克斯韦尔（Great Coxwell）的中世纪谷仓的照片，有700年的历史了。

"horn"是一种用在户外传递信号的号角，用得最多的人是士兵（他们称之为军号）和猎人。在传统的猎狐活动中，猎狗就被训练得听从号角声的指挥。我想迪伦·托马斯想象着那些小牛犊像猎狗一样听从他的召唤。农夫就经常将手团成喇叭状来呼喊他们的牲口。至于你对"羊羔般洁白的日子"的说法，我想你是对的。

没错，"bear away"是带走或是捉住的意思。他想象农田由猫头鹰背着飞过夜空，很显然这不是真实的图景。在其他地方也有想象床或是卧室甚至是整个房子飞过夜空的："我的床是一艘船，我驶过夜空。"谁知道我们睡着的时候发生了什么？

关于你提及的第二个题目，用其他资料来阐释诗歌的问题，这就引发了关于文学的用途和研究的一些有争议的话题。在文学分析领域有一种观点，认为弄懂作者本人在写作时是什么意图并不怎么重要，重要的是作品对于我们今天有什么意义，重要的是要抛开作家所在特定环境的限制找到普遍的模式，就像找到科学的"规律"一样。这种方法固然重要，也能产生有趣的洞见，但就其自身来说，可能会误导我们，因为这样做无法扩展我们的想象力和同情心，却只能见到我们自己的模样和想法。不论怎样，在经典小说和古典哲学家的现代版本中，你常常会发现为非专业的读者写的入门导论，都非常好。这些导论里有很多为文学作品做的专业注释，有人说这些注释是传统的；但我一直都觉得这些导论饶有趣味，信息量大，而且发人深省。你得用你自己的判断决定什么对你是有用的和有意思的。但正如我说过的，你做这些不是为了应付考试，只要你能在阅读中自得其乐，同时能意识到还有其他的也可能是更深刻的观点，这就行了。我们可以在不同的层面上欣赏事物，但可惜的是，像你起步的时候一样，人们因为觉得太难而往往在欣赏文学时望而却步。

五

城市陌生

现实的生活往往超出我们对世界的理解。倘若人与人之间能画一条明确的分界线，互不相犯，没有什么偏见，没有什么矫饰，或许我们更能以一种中立、平和的方式去尊重彼此、帮助彼此。

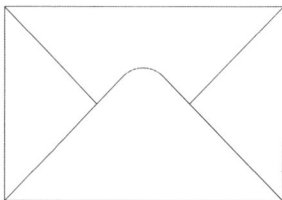

离开高雄的大学后整整一年，我选择了去试着生活在一个全新的陌生城市，在那里没有几个人认得我。因为我需要让自己静下来，要么再回去上大学，要么做出其他的人生计划，但在此之前要弄明白我想要做什么。再漂泊不定地生活，我的一切都隐而不明。在台中市，我结交了新朋友，有时和他们待在一起，有时去酒馆。我的好朋友开了一家店，告诉我说要是我厌倦了漂泊，他那里将永远是我的去处。虽然有时候那里真是个好地方，我可以将自己藏匿起来，躲开现实的生活，但我真的不乐意这么干。

　　"这里和你以前生活的世界不一样。你在这儿遇到的要么是生意人，要么是所谓的艺术家，和你以前在生活中遇见的人可能不大一样。我将尽我最大的努力去保护你，就像你爸爸以前那样。"

　　"求你了，别跟任何人说起我爸爸或是我的生活。我不想别人带着那么多的疑问看着我，我不想承受那样的压力。"这是我唯一的担心。

　　"你想做什么都可以，直到你找到自己的路。"

　　我不太清楚他到底做了什么来保护我，但是似乎我很安全，尽管那里人际关系错综复杂，生活方式多样，倒是没人敢来烦我。比如，在街对角的那家店的女老板有个男朋友，她的丈夫在外面也有女朋友。女老板有个儿子，但不是她和她丈夫生的，却是和街尽头一家店的店主生的。楼上的一家鞋店是一位年轻女子开的，她刚从一个颇有名气的大学获得了法律学位。人们对她的故事很好奇，因为她的父亲既有钱又有权，她的男朋友是个离了婚的富商，有一儿一女，都还小。在一楼有位女士开了一家女装店，二楼的一家店的年轻店主是她的男朋友。所有的店铺关门打烊后，很多人都瞧见过他俩卿卿我我的，但是他们不承认有什么特别的关系。闲话传得到处都是，但没人知道这些道听途说有多少是真的。

有一天，在我朋友店的地下室里，我偶然在地板上的垃圾里发现了一些照片，有一张名叫"我们的爱情婚礼"，照片上是一对裸体的情侣。我认出了那个女的，隔壁展览中心就是她开的，但我从来没见过那个小伙子。我还以为她没结婚呢，虽然她时不时地在家里接待很多各式各样的男友。

"那个男青年是位艺术家，在和那个女的谈恋爱，他生活的方方面面都由那个女的来打理。但就在几个月前，他卧轨自杀了。没人知道是什么原因。"我的朋友将他所知道的讲给我听，原来那些照片后面竟然还有这等故事。

"是因为浪漫的感情吗？我不太明白这是怎么回事。我还是第一次看到一对情侣在婚礼照里赤身裸体。"这似乎与我的理想相距太远了。我搞不懂他们为什么要用那些照片里奇异的肢体语言来展现他们的爱情。可能我没有理解艺术的才气，如果这也算是艺术的话。也许那对情侣自认为是达达主义的艺术家吧。就像一个设计老师告诉我的那样，毕加索曾经说过大意是这样的话："要是你觉得性是肮脏的，你就无法成为现代艺术家。"也许真是这样的。由此我断定我不是做现代艺术家的料，但我可以做一位很棒的设计师。

"你有铁锹吗？我的狗刚刚死了，我想把它埋了。啊，我可怜的狗狗！你不知道他是个多可人的伙计。"一位老妇人从对面店里走了进来，大声嚷嚷着。

"抱歉，我什么都没有，没法让您去埋您可怜的狗。"可能我的语气不够和气，没能安慰她。我就是搞不懂她干吗叫嚷得那么难过，还称那条狗是她的儿子，其实她从来不让那些狗进她屋子半步，它们只能待在街角一间冰冷的空棚子里。

"开门！打开你的店门！"我正和我的朋友吃早饭的时候，一个两脚没穿鞋的大个子男人来猛力地敲门。

"他是你的朋友吗？"我说，"我不明白他干吗不穿鞋，而且好像要砸破你的门了。"

我的朋友什么也没说，只是给那个人开了门。他也不和我们喝茶，却从他的包里取出他的药来，还在我们用来烧水泡茶的炉子上开始煎起药来。

"你知道我现在煮的是什么吗？这是用来控制我脾气的药，因为我是个疯子。如果我不吃这药的话，他们就又要把我送到疯人院去了。你害怕了吗？哈哈！"那个男的一边喝着他的药，一边吹起了口哨，还像个大孩子似的唱起了歌。我真的纳闷他是不是真的疯了，也可能除了他之外全世界都疯了。

"啊哈，我可找到你了，你跑这儿来啦，亲爱的。我刚在我的花园里画完了几幅画，想请你们所有人去瞧瞧。"那个疯男人的女朋友在我朋友的店里找到了他，开心地说着她的新画作。她是一个小学的美术老师，举手投足总是像她的艺术天地里的孩子一样天真。难道这就是她那么爱那个男人的原因——因为他们享有一个共同的世界，而其他人不能涉足？

"当然，我们很乐意去观摩你的新作。我们走！"听到她的邀请，我马上就同意了，因为我感觉那时我很急切地要离开那个房间，尽管我可能不过是从一个疯狂的地方跑到另外一个疯癫的地方。

但是，什么才是一个正常的世界呢？每当我听到一群人在公共广场上堂皇地谈论性，每当瞧见一些艺术家穿着破烂的衣服，每当看到一个女人叼着雪茄、牵着条大狗出入于展示诸如动物性行为的神奇大作的艺术展览之间，每当看到一个男的在大街上像游侠骑士般挥舞着一把古剑，我都不知道这算不算是正常。但是这些人的生活实在超出了我对世界的理解，我还是不予评论的好，而且我也不想对别人评头论足，因为同样的道理，我也不想他们对我评头论足。

在又一个学年即将开始的时候，我决定再回到那个做学问的天地。虽然我的大学坐落在一处荒原般的城市里，但那里可能还是比外面的世界单纯一些吧。一年前我考入那个大学，最初的经历很糟糕，所以填写表格重返校园，对我来说可是个艰巨的决定。

"你回你大学的时候，把它带上吧。我希望它会是你接下来几年大学生活的一个好朋友。"我的一个朋友知道我非常喜爱乌龟，所以她给我带了只小乌龟来。

"它这么小啊，像一枚一镑的硬币大。也许我该找一个漂亮的小鱼缸来养它。"我很感动，但是我有点担心，不知该怎么养活一只小乌龟。尤其是在那个时候，我甚至都不知道该怎么让自己喘着气在那个文化沙漠里读完我的书。

但是，让我如此烦恼的不仅仅是那个城市的物质条件，奇怪的是，最让我郁闷的是那里治学的氛围。回到大学后，我开始意识到有几种人不论受过教育与否，不论在什么文化环境里，就是僵化不变。同样的人，我在那个陌生的城市里见过，在那个陌生的大街上也见过。唯一的区别就是，在文明的世界里，我更快地找回了真正的自己。

"我讨厌像你这种通过联考进来的学生，单单因为取得了好成绩就从来不尊重老师。"我被一个大学老师批了一通，因为很多次我没去上课。

"你有没有想过啊，你的课有可能对于优秀的大学生来说太简单了？大学通过各种渠道而不是通过联考招收进来不同层次的学生，这种做法我真的很不满意。只要你能改进你的上课水平，适于本科生听，而不是应付，我就会去听你的课。"

"即使你通过了考试，我也有权力让你不及格，因为我是老师，而你是学生。"老师这样威胁我的时候，我能说什么呢？

我不想只为学这么点知识就一直坐在教室里浪费我的时间。但我努力小心翼翼地和我的老师们打交道，这样就能得到特别的自由，不去上课，来安排我自己的生活。我主动地给老师提供计算机设备最新的信息，他们从我这里买东西时我为他们提供最好的服务和价格。我19岁时干的第一份工作让我学到了不少财会的知识，我就运用这些知识去帮助我的老师解决拨款部门和校方之间的现金需求问题。同时，我还努力地获取机会和老师合作完成政府的设计项目。

本该做全日制大学生的那段日子是我人生中最为忙碌的时间，或者可以说那是我人生中最疯狂的日子。能够做什么，该怎么兼顾全局，我都尽量周密地计划好。那样的生活可能看起来很像个谜，但不知怎么的，我现在感觉那是我最为有条不紊的生活方式了。

"你怎么跑这里来了？"一位顾客问我这个问题的时候，我感到很奇怪。

"我在这儿上班啊。对不起，我不大明白你的问题。"

"啊，几天前我在一个电脑商店从你那里买了一台笔记本电脑，但刚才我看到你在六楼的实验室里忙活。现在看到你又跑这里来在媒体中心里做事，我真是不明白这是怎么一回事。"

"哦，是这样……听你说的好像我赚钱赚疯掉了。可不幸的是，我还不富裕，甚至都买不起几天前我卖给你的那种笔记本电脑呢。别问我为什么和怎么搞的，我也很不明白为什么我有这么多的业余工作。说来话又长了，所以现在我也不想再烦心去说它了。"

那时我有六个角色要演，同时扮演所有的角色。在教室里我是学生，在电脑店里我是销售员，还是会计助理，还是一个设计团队的成员，在我们大学的环境实验室做研究助理，还在傍晚时在一个媒体中心做电脑操作员。

就这些工作本身来说，每个都挺好，也简单，要是我把时间安排好的话，不会有什么问题。但是，事情不是像我所想象的那么简单。我的老师有时需要某些 IT 设备，他们就成了我的客户；但是当我在实验室用我做助理的身份在电脑店里处理款项和我们的订货时我又成了客户，虽然我是以电脑销售员的身份向实验室领导提供的电脑报价。我去地方政府询问某个设计项目的某些信息的时候，那些官员不知道我的身份是实验室的助理还是设计团队的助理。我常常需要在媒体中心打印一些文档、小册子或是海报，中心的领导允许我随时可以使用所有的资源，因为我是那里的成员。但是当我晚上一个人加班的时候，他常常不给我提供任何帮助了，因为在我为我的设计团队或我的老师打印的时候，我其实不是他的客户了。但不公平的是，因为我作为电脑操作员的身份，即使我在媒体中心，他们也来找我，觉得我还应该为客户服务。

除了我不同的角色带来的混乱之外，工作冲突的时候，问题就来了。在我大四学期末的时候有一个计算机展览会，要举行整整一周。但在这个当口不但要结算账户或是完成一些我其他工作中的设计项目，也是在媒体中心里忙碌的时节，因为所有设计专业的学生都要在学期结束前把他们的设计打印出来。最重要的是，我自己也是学生，有毕业考试，还要完成毕业设计，这样我才能毕业。我的解决办法是尽可能最好地安排时间。首先我在上午 9 点去大学的实验室和财务办公室，然后尽快去展览中心，直到下午 4 点半，在 5 点钟之前赶到媒体中心，再在晚上 10 点返回实验室，看看那里还有没有什么需要做的。

即使在我参加毕业考试的时候，我也不能关手机，因为在计算机展览会开始后的那个月里，许多客户要跟踪他们的订货或进行进一步的调查。我刚考完毕业考试，实验室的领导就在另一个城市安排了为期五天的一系列实验。我不得不请我电脑店的同事帮我照顾我的客户，直到我回来。我还得请我在大学的同事帮我做一些工作，比如模型制作，因为在实验之后我马上就得做个报告。不足为怪，我忙得一塌糊涂，确保一切井然有序地进行。最后我回来的时候，没有哪位客户对我有什么抱怨。

我还有什么时间睡觉吗？我感觉那时没有。记得一天晚上饭后散步的时候我瞧见一整套漂亮的床上用品，当时我心里特别想要买下那套卧具，再买上与之风格搭配的床罩、枕套和羽绒被套。

"你从来也不睡觉，所以你根本没必要买这些东西。你买这些东西还不是浪费钱嘛。"看着我不想离开的样子，我的朋友打趣我说。

也许对于一个严重缺乏睡眠的人来说，这是某种心理补偿吧。我需要整套卧具来"装点"我的床，因为每天我经过床时哪怕能有点东西瞧一瞧、想一想也是好的啊。23 岁过生日那天，我许了个愿，希望我能有点时间躺在我漂亮的床上，做个美梦，然后，永远也不必醒来。

⟜

"哈罗，"我说，"你好吗？我想你现在很放松了。什么事让你感觉这么快乐啊？"

"你怎么知道我快乐呢？你甚至不知道我是谁。"

"从你这里的网络化名看出来的啊：一杯茶和一支烟。"

"你是老网民了，是不是？"

"我不是，虽然我一天有 20 个小时用电脑做事情。我这是第一次来这个网站。"

"你干吗不去睡觉呢？你在等什么东西或什么人吗？"

"我心里全是懊悔，我得将它从我脑子里赶走。但是，我明白这个地方可能不大适合我，因为我不愿谈论一些愚蠢的事情，所以别人就骂我。"

"你知道你是在什么地方吗？"

"我知道，我是在一个网络聊天室里。"

"你知道聊天室是做什么用的吗？"

"人们在自己的现实世界里不能说的话在这儿都可以说。"

"部分是对的，但我得告诉你，这只是你自己的看法。没关系。什么事让你这么烦，都睡不着觉了？"

"不容易说清楚。好了，你知道要是一只贝壳被海浪冲到海滩上会怎样？"

"被鸟吃掉？"

"要是在其他痛苦袭来之前它就被鸟吃掉了，那倒是幸运。要是没被吃掉的话，从茫茫黝黑的大海里挣脱出来后，躺在沙滩上，享受着平静的阳光，那只贝壳也许会感到惊奇和兴奋。但是，用不了多久，那只贝壳就会意识到在沙滩上晒那么久的太阳，自己正在被蒸成某人的海鲜呢。最可怕的是，一旦明白了在海里随着潮水遨游而不是躺在沙滩上一动不动地等着在太阳底下晒干是件多么幸运的事，那只贝壳就会突然非常地思念大海。"

"你是贝壳还是海呢？"

"一会儿是这个，一会儿是那个。但有时我是海滩，有时是太阳，有时又是快活地吃海鲜的人。"

"那现在呢？"

"我是蒸热难耐的沙滩上的贝壳，十分想念大海。当初我是那么开心地离开我父亲，来上大学，还打了几份工。但是所有的老板只会榨取我的力气，却不给我合理的报酬。我正在干涸的沙滩上快要死了，现在开始非常想念我的父亲。"

"等着再来大浪把你冲回大海里去，小心别再到沙滩上来了。"

"现在太迟了。我的生命没有希望，等下一个浪来救我之前我就会死去，因为我得拿到我的学位，所以无别处可去。大海永远不会知道我多么思念它或是需要它。无论如何，非常感谢你听我没有意义的闲谈。我得在下午之前弄完我的绘图和模型设计，因为晚上我还得在电脑店里上班。在这个可怕的城市里，有很多劳神要命的工作都在等着我呢。"

"很高兴听你这样为生活的原因发发牢骚，我还真的不怎么常遇到。我可以给你我的电邮地址，只要你乐意，欢迎你随时来发牢骚。"

"哈哈，你疯了。你怎么能在网上交这种朋友呢？"

"要是你不介意的话，我乐意做你的朋友。"

"我不介意，和电脑交谈，从屏幕收到回应，多好玩啊。又真实又这么不真实。"

"好啊，那么我们一言为定。"

"你什么意思？"

"我们就一直开心地对着我们的电脑聊天，永远也不要打破这种快乐。你愿意吗？"

"好的，我同意。"

大概有两年的时间，我就以这样科幻似的方式和没有性别、没有图像、没有声音的朋友聊我的想法。我非常珍惜这个机会，我想我们俩都不愿在现实生活中见面，怕打破了我们的虚幻世界。我一回到家，就给这个地址发信，说说我的生活，这成了我的习惯，虽然我不总能及时收到回信。我从对方那里也收到很多生活的故事和感想，即使有时我并不真想对那些故事做什么回复，但读那些故事我很开心。

但是，在我准备毕业设计的那年，我开始讨厌总是对着电脑的生活了。我在网上约了这个未曾谋面的朋友在一个星期六的夜里1点见面，想打破我们的诺言。

"你干吗要在半夜聊天啊？什么事让你这么不开心了？"

"我想出去转转。"

"要是你想出去转，干吗让我上网来呢？你该去找你的朋友。"

"我不想见我的任何朋友，但是我想出去转转。"

"你是什么意思？"

"我想你知道我是什么意思。我想在城里面走走，不想再对着我的屏幕了。你能懂吗？"

"你正在做危险的决定。你不该深更半夜和陌生人出去。"

"你对我来说根本就不是陌生人。"

"那是因为我不是真实的，我不在你的世界里，而且你应该一直记住这个规则。人们一旦了解了彼此就开始互相伤害了。我不想伤害你，我也不想让任何人，包括你在内，打破我的虚幻世界。"

"我们谁也不会伤害到谁的，因为我只是想出去走走。"

"要是你坚持非要现在出去的话，试着去找一个你信得过的朋友陪你去吧，然后回家睡一觉。明天你就好了。"

"我只相信你，你对我而言是个真正的朋友。"

"……"

"你干吗不和我说话了？今天你对我真是残忍。"

"你想让我怎么陪你呢？"

"我只想在城里走一走，过一个安全、宁静的夜晚。到我的公寓来接我吧，求你了。"

"你可真是在考验我。我马上就离开家，两个小时后就会到你那里。但我还是想提醒你，你不该告诉网上的陌生人你住在哪里，这样对你不好。"

我是有点担心，但想到是去见这位素昧平生的朋友，我感觉这不是我要担心的最大问题。还有什么比在现实世界里从未得到理解更糟糕的呢？

我们见第一面时没有说很多话，只是去了家露天咖啡店，位于市区最繁华的角落的公园里，周边有很多五颜六色的灯光。

"这个地方叫作城光长廊，是我大学的一位老师设计的。自从他在这个公园设计比赛中获奖之后，他的设计费比往常涨了三倍呢。这个公园位于城市里最黑暗无光的地带，发生过很多犯罪活动。他就运用了很多灯光，使得他的设计在夜晚富有神奇的体验，也把最黑暗的角落照亮了。"我自然而然地说着这个地方的故事，因为我的脑子里满是设计项目和竞赛等诸如此类的东西。

"你觉得他们放的音乐怎么样？你喜欢吗？"

"不，我不喜欢。这音乐表现得不好。这人钢琴弹得糟糕，曲子都弹错调子了。我的钢琴老师让我弹钢琴的时候要用心跟住乐曲的情感，这样才能表现出乐曲的灵魂。我得承认，虽然我在批评另一个弹钢琴的人，但我自己钢琴弹得也不好。"听了我的话，他开始笑我，我意识到我可能显得对一切事都太愤愤不平了。

"你真是像每天给我写电邮的那个人。虽然弹钢琴的人可能弹得不是很专业，但是你不觉得这音乐很平静，能让你放松一些吗？"

我接受了他的建议，因为我知道这可能是唯一一次我能感到足够的平静来听听风声，瞧瞧夜空，呼吸一些新鲜的空气，可以几个小时不必为我的工作或是设计操心。接着我们就漫无边际地聊天，说着身边发生的各种各样的事，从街头的树说到流浪狗，无所不包，一点也不去想我们生活里让人压抑的事情，直到天空透出了晨光。

"要是你不累的话，你能和我去一个地方吗？"我知道我已经让他一夜没睡成觉了，但是那时候我真的想去看一个地方。

"没关系，既然我决定来了，世界今天就全是你的。"

"我已经有三年没去过那个地方了，我会尽量想起来该怎么走。"

"我能问问是为什么吗？"

"在我大学休学之前我经常去那里。但是我又回到大学之后就不记得了，找不到去那里的路了。可能是那个地方会让我想起在这片文化沙漠最初六个月的噩梦，所以我太怕看到那个地方了。"

"那你现在干吗要找到路呢？要是你在那里哭了起来，我可一点也帮不了你啊。我会把你一个人丢下，因为我可不想看见别人盯着我看，还以为我在大街上欺负你呢。"离那个地方越来越近了，我也越发担心起来，他开着这样的玩笑帮我放松心情。

当那熟悉的一幕跳进我的眼帘的时候，我没有什么害怕的。我们娴静地在太阳底下坐在一个乌龟池边上，在那个城市刚上大学的六个月的记忆在我脑海里一一闪过，仿佛一卷照相软片被展开了一样，从第一张照片一直到最后一张，历历在目。

"你不知道我有多感激你，是你的陪伴帮我战胜了隐藏在我内心深处将近四年的噩梦。"我打破了沉默说道，但心情真是很平静。

"我很高兴听你这么说。我就是想知道为什么你以前经常来这里。你信教吗？"他看着周围的佛寺和道观问道。

"我知道你是什么意思。你以为我需要很多不同的神灵来保佑，因为我太脆弱了。但是我经常来这里最重要的原因是那个乌龟池。我知道我家里的那只乌龟要是听我这么说会嫉妒这里的乌龟的，但是我真的很爱乌龟，非常聪明，很有智慧。"

"你怎么知道它们有智慧？它们和你说话吗？"他笑着问道。

"是的，当然了。我没在我的电邮里说过我的乌龟的事吗？它特别顽皮，总觉得它比我有智慧，所以有时候要是它坚持它自己的做法，我就不得不假装听它的话。"

"要是你不听它的会怎样呢？"我朋友语气里满是打趣和怀疑。

"要是我不理它，它总是知道该怎么让我知道它生气了，比如闹出很多动静，在我的房间里弄得一团糟。不然的话，它是很干净、很文静的。今天我还想去一个地方，别说不，求你了。"我在大学第一年离开学校前还经常去一个茶馆，我想去那里喝一杯冷饮。

"看起来我别无选择。"他轻轻地答道，微笑着。

我选了在窗子边的座位坐下，面对着门口，因为我想能够看到靠着茶馆的另一家冰淇淋店。我看到了我当年的样子，穿着一双红豆色的皮鞋，配了一件红色 T 恤和黑色牛仔裤，站在那个冰淇淋店说着话。那时我看上去是那么年轻，那么单纯，全然不知有什么危险。

"不过是四年前的事啊。我怎么就在仅仅四年的时间里变得如此灰色了？"我默默地叹息着自己逝去的青春，眼里含着泪水，继续说道，"我恨这个城市，直到现在我明白了，一切已经过去，我心里的怒气才算消掉了。我要开始真心地爱这个城市，要在我将来的毕业设计里运用我所有的知识，好好为这里的居民设计一番。你愿意在这个学年结束时来看看我们的毕业设计展览吗？"

"不，我不想。"这是他第一次拒绝我。

"为什么不想呢？要是我设计得好，我希望能在我做设计汇报时看到你，因为是你帮我战胜了我在这个城市里的噩梦。"听到他的拒绝，我有点伤心。

"我不想糟蹋了你的世界，也不想在你做汇报时让你丢面子。我是个俗人，不配在你的职业圈子里和你站在一起。人们看到你在生活中竟然有我这样没文化的朋友，会看不起你的。"我看得出来，他是很认真的，但是他说的理由，我不太懂。

"你是因为我没遵守诺言强迫你昨晚出来陪我生气了吗？"这是我能想到的唯一的理由。

"不是。看到你和你在电邮里给我看的样子一样漂亮，我很开心。我只通过你的邮件读到你的生活的时候，我以为你可能是个太为自己感到骄傲的人，因为你所有的故事似乎明摆着是在说你是个公主。所以，不用为昨晚的事担心，见到你我不后悔，虽然起初你想违背你的诺言的时候我是有点生气。"

"我能不能再强迫你来参加我的毕业汇报呢？"

"你真正需要我的时候我才会来，但不是在你的职业圈子里。"

他的确是我真正的朋友，每次我需要帮手的时候他总会来帮我。但是我做毕业汇报时他没来，而且他坚决地说他决不会在我的职业圈子里出现。后来，在展览会那一周，在我的设计展出区域，我有时想象着也许会收到他寄来的贺卡。但是，我等了一天又一天，直等到展览会结束，最终还是失望。我从展览中心收回了所有的东西，包括他来看我的希望。

可能他是明智的。在两个人中间画一条明确的分界线，互不侵犯，没有什么偏见，也没有什么矫饰。我们俩都尊重彼此的生活方式，以一种中立的、平和的也是神奇的方式帮助对方将痛苦减到最小。

亲爱的素燕：

我在读你那个不见面的朋友的故事的时候，记得你曾说过你读过一首英诗的中文译文，那首诗是叶芝的《当你年老时》（*When You are Old*）。你还说关于此诗你想了解得更多些。这里是诗的原文。这又是一首抒情诗，因为诗人在表达他深切的个人情感。

叶芝所爱的女人是莫德·戈姆（Maud Gonne）。他知道他无法给她富贵或是传统的爱情，他所能给她的一切不过是他所称的"言辞"，也就是他的诗歌。但是光有这些是不够的。在这首诗里，他想象着她成了老妇人的时候，坐在火炉边上打着瞌睡，她可能会瞧瞧他的书，为当初拒受他的爱情而感到难过。他的爱飘摇到荒凉的所在，漫步闲游，并且，藏住了脸，躲到星空去了。

其实他是在说："唉，我走了你会难过的！"不过他把话的意思说得更为美妙罢了。

他说其他的男人爱她是因为她外表的美，但他爱她是因为她的自身，是因为她"至诚的灵魂"。对中国人来说，灵魂可能是个不太好懂的概念，因为它好像和鬼神的概念相混淆了。基督徒相信灵魂是我们看不见的部分，我们的肉身死去的时候，灵魂就去和上帝在一起，或者去和魔鬼在一起，取决于我们怎么活过我们的一生。中国人可能将灵魂说成是逝者的魂魄，他们觉得那是可怕的东西，但现在对我们来说灵魂并不可怕了。我们过去认为世界上有超自然的东西，比如邪恶的幽灵或是鬼怪，但是大多数的现代人都不再相信这些了。对于不信仰上帝的人来说，灵魂的概念代表着一个活人的所有看不到的品质，这些品质往往是深邃的、严肃的或是同情的。

一个人至诚的灵魂意味着他会一直寻求智慧和觉悟，正如一个佛教的香客一样，但不是完全一样的方式，叶芝喜欢这种品质。很多人期望在艺术、诗歌或是音乐中寻求生活的答案。但是，劳伦斯·凡·德·普司特（Laurens van der Post）在《颠倒人生》（*Yet Being Someone Other*）一书里似乎说艺术并不提供答案，艺术只是表明我们都有同样的问题。他说，这种与人共同追寻真理或是同情的意识，才是艺术的意义。他书写的是一个西方人在20世纪30年代时发现东方文化的经历，在这里的东方是日本。

莫德·戈姆日渐衰老的时候，她的美也日渐消殒了。这时叶芝

52 岁，他娶了另外一个人，而且似乎过得颇幸福。

When You are Old, by William Butler Yeats (1865-1939)

当你年老时　W.B. 叶芝（1865—1939）　傅浩译

When you are old and gray and full of sleep,

当你年老，鬓斑，睡意昏沉，

And nodding by the fire, take down this book,

在炉旁打盹时，取下这本书，

And slowly read, and dream of the soft look

慢慢诵读，梦忆从前你双眸

Your eyes had once, and of their shadows deep;

神色柔和，眼波中倒影深深；

How many loved your moments of glad grace,

多少人爱你风韵妩媚的时光，

And loved your beauty with love false or true,

爱你的美丽出自假意或真情，

But one man loved the pilgrim soul in you,

但唯有一人爱你灵魂的至诚，

And loved the sorrows of your changing face;

爱你渐衰的脸上愁苦的风霜；

And bending down beside the glowing bars,

弯下身子，在炽红的壁炉边，

Murmur,a little sadly,how Love fled

忧伤地低诉，爱神如何逃走，

And paced upon the mountains overhead

在头顶上的群山巅漫步闲游，

And hid his face among a crowd of stars.

把他的面孔隐没在繁星中间。

亲爱的罗伊：

看过这首《当你年老时》之后，我能感受到所谓的"至诚的灵魂"，因为在我们的文化里也有类似的想法，虽然每当听男人们说起他们更在乎女人至诚的灵魂而不是她们的外表的时候，我总是将信将疑。在我看来，至诚的灵魂在诗中是个美丽的想法。我喜欢叶芝神奇的语言中所表达的这种浪漫的爱情。在我们的文化中，人们认为在生活中最美的东西是永远也得不到的。现在我能看出这首诗流露出深刻的悲哀，就像紫色一样，让人感到悲悯和悔恨。

但是看到你对这首诗的介绍之后，我感到有些惊讶。因为我读中文的译文时，这首诗读来感觉很是不同。诗的结构和每个词的意思都和英文原诗一样有逻辑性，富有美感，但是全诗的意蕴却和你在介绍中所描述的截然不同。中文译文读来感觉这首诗说的是这对情侣美丽的爱情永远都在，从年轻一直到年老。

比如说，诗的最后一部分，表现的是一种浪漫的感情：他们的爱情似乎暂时消逝了，但实际上他们的爱情从来没有逝去，而是变作了不同的东西，所以还可以在山间看到他们的爱情在漫步，他的面庞虽然隐藏起来了，但却在星星间闪烁呢。

也许两种想法都很正确，而且能融合成一个想法。当人们想在艺术、诗歌和音乐中寻求生活的答案的时候，这些东西不提供答案，但却可能提供同情。我的一个设计课程的老师告诉我们说，在艺术中没有正确的答案。我们认为让人感动的艺术赋予人思想和意义，丰富了他们的生命。或者，我们可以说，各种艺术之所以有感染力，是因为它们让人感觉，虽然这些想法和意义可能既包括正面的也包括反面的。不管怎样，我们都是人，都有不同的情感，太难说清楚了，所以很难断定经过一段时间之后，艺术的现代潮流将会怎样在很多方面引领新的生活方式。

亲爱的素燕：

你通过中文译文对《当你年老时》一诗给出的别样解读很是有趣。有些文学理论家认为，诗歌和文学作品怎么感动我们，我们就做出怎样的反应，而不是根据我们对作者生平的了解读出什么"正确"的意思来。诗人写的是他被拒绝的爱情，这似乎没有多少疑问。但是我可以看得出来，这首诗仅就其自身来说，也可以按照你所说的那样子去理解。

六

梦想

善与恶从来就是一体并存。人的精神能量有三大来源：创造的驱动力，爱情的驱动力，压迫、歧视的反作用驱动力。屈辱就是一种精神上的压迫，它像一根鞭子，鞭策我们鼓足勇气，奋然前行。只要不忘记自己的最终使命，以哲思面对生活中的善恶，我们还是我们自己。

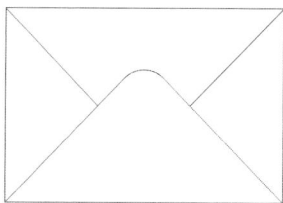

"你想要什么？"

"求你了，请你帮我从我的大学弄一张荣誉学位，然后在我的葬礼上将学位证书和我的尸体一块焚化。虽然活着的时候我不能被授予学位，但是我还是希望能在另一个世界里得到它。"

"我亲爱的，你睡着的时候就会拿到你的学位的。要是他们知道了你一直几年如一日废寝忘食地拼命工作，你会得到更多。在这里是和你道别，而不是看到你的未来，这让我们很难过。"

我用力地将泪水从脸上抹去，在一大早上一边裁割着硬纸板来做我的模型设计，一边想象着我在医院里突然取下一个氧气面罩，正在艰难地用它呼吸。可能这是唯一能表明我曾为了我的梦想而鞠躬尽瘁的伟大结局了，虽然可能没有谁会来最后看我一眼，听我说说我的遗愿，人们只会对我想成为了不起的人物的愚蠢梦想投以冷笑。正如古语所说："死或重于泰山，或轻于鸿毛。"所以我的推论是，学生如果死在教室里或是课桌边，也会得到荣耀。

但是，事情的发展常是曲折的，不受我们的控制。当我登上讲台，做年度毕业设计汇报的时候，迎来的却是辱骂。此时，我的身体尚未筋疲力尽，我的心却经历了一场死亡。

"你觉得它有创意吗？我不觉得。你只是用了一些黄金分割和几何作图里的观点来作为你的设计理念。除了愚蠢没有别的。"一位评委开始斥责起我来，因为设计计划里的选址配置不中他的意，接着质疑我选用当地的建筑材料。

"你觉得用铁皮这样破烂的材料来设计国际酒店有意思吗？你

费了好大劲，不过表达了一个没有意义而且可怕的想法而已。"

"用一年的时间就设计好一个国际酒店？你觉得你能设计得出来吗？甚至我自己都干不了，你怎么能认为你就能行呢？要是你能做完大厅的设计，时间倒可能够用。"

"我觉得你现在最好选择一个新地址，或是换个话题。你现在做的是全然无用而且没有逻辑性的事情。也许设计不是适合你的科目，你完成这个设计计划之后该去找点别的什么适合你的事情做。"

……

这是我们毕业设计汇报的第一场，在此之后，我在地狱里的生活就开始了。整整一年的时间，我就是不明白，为什么我的导师看到那些评委对我那么苛责，却一句话也没说过。但是，他却让我坚持用我原来的想法做完这个计划。

让我坚持下来的最大动力是在我向社区规划人说出想法的时候，有些社区组织的领导表现出浓厚的兴趣，而且想将我的设计变成现实。但是，在那个时候，我并没有意识到我将面临多么大的危险。

我们在引入新鲜而有创意的设计原则的同时还想保持自己的文化，这是不容易做到的。最大的挑战是设计出新的结构，但是在原地还有一些老建筑。我小心翼翼地处理我计划里的所有细节，因为我既不想破坏原有的特点，也不想放弃我的设计原则。我研究了与那个选址和建筑结构相关的建筑法、房屋法规和设计政策，出于安全和节能的考虑，我测量了机械平衡的条件，研究了各种材料的不同特点。我还与当地居民沟通，分析了他们对选址的看法，旨在改善他们生活中的方方面面，以便他们能够继续住在自己的社区里面。

在我为我能想到的各种情况搜集信息的期间，为了构思我的设计理念，为了研究出能展现出那座建筑和那个选址的美的理想方式，多少个钟头的时间被我花掉了。我的脑子不停地想啊想啊，甚至在我不定期地去和电脑店里约好的客户见面的时候，或是在媒体中心的时候，脑子也停不住。最后，经过所有这些努力，在向所有参加答辩的评委做毕业汇报的那天，我终于完成了我的设计。

就在一开始，我甚至还没准备好开口说话呢，一个老师就转过身去，拒绝听我的汇报。就是他叫嚷着说我不行，因为即使是他也无法在这么短的时间为一个酒店做出设计。但是有很多陌生的面容来了，站在台边听我发言，手里还都拿着照相机。

"你觉得你的设计怎么样啊？我感觉你做了那些可怕的箱子就是在强暴那个地方。"一个外来的评委表达了他的态度，用了个很重的词"强暴"。我已经习惯了，从这时起开始了一场唇枪舌剑的争论，持续了大约有一个钟头。整个过程好似一场愤怒的记者招待会，充斥着人们的质疑声，不断响起相机的快门声，闪光灯晃得我的眼睛都睁不开了。责骂像冰雹和子弹一般袭来，持续了一个小时，我不知道最后我是怎么挺过去的。最后耳畔传来了一个轻柔的声音。

"我想沃尔特·迪士尼应该请你去为他们设计，因为你的设计风格很像迪士尼的。"站在评委后面的一位女士说道。我向她勉强地微笑了一下，却没说什么，因为我不知道她这么说是在讽刺我还是真心喜欢我的设计。不论怎样，她这么说，我非常感激，因为大家听到她温柔的话之后，喧嚣似乎平息下来了。

出乎意料地，一个爆炸性的事件突然向我袭来，将平静的气氛炸翻了天，把所有的事情都击碎了，包括我的心。"我知道，这个设计当然从明天开始就可以付诸实现了。但是在整个过程中你自己的成就是什么呢？我觉得你只是特别依靠拉关系、走后门让政府接受你的想法罢了。"说话的老师是一位社区规划人，他知道我的设计计划有可行的施工方案，很可能被当地政府批准。

关于这种观点我没什么可说的，于是我坚定地下定决心离开这个错综复杂的世界。也许我本来该承认我的能力不够好，不能再设计什么东西了。从那天之后，我就再也不想见任何人，只是和我的室友待在家里，整整一年，什么也没干。

从那时起，我不再在意我们大学的这个奖项。因为本来我指望着我能在那年的全国设计竞赛中获奖的，也想看到我的设计成为现实。一旦设计成了现实，那个木质结构的火车站下一步将被规划成整个社区旅游业发展线路的中心。但是，就像"祸不单行"这句话所说的一样，一波未平，一波又起，至少在我的生活里是这样。正当我的设计最终被选中去参加在台湾举行的全国设计竞赛的时候，"非典"突然在大陆爆发，所以组委会决定取消那年的竞赛，这在此前或是之后都是没有过的。就在我倾力冲刺，期盼着我的设计能有朝一日在全国设计比赛中出现的时候，竟然发生了这样的事情，我真是不能相信，怎么会赶得这么巧呢？我还能说什么呢？我本来从来都没敢想过我能被选入去参加全国设计竞赛，因为我知道很难达到他们的标准。现在我做到了，但机会却被命运莫名其妙地夺走了。

尽管这样，在我大学生活的最后一年里，在我结束台湾的学生生活之前，为了一个辉煌的结局，我毕竟是拼搏过了，奋力工作过了。最后我得到了大学的奖项，但是得这个奖不但结束了我的学生生活，而且将我的未来和希望推到了没底没边的沉寂大海。我获得了学位之后，将我的设计变为现实，于我而言是个了不起的梦想，但实现这个梦想的机会看起来是马上就被人从我手里夺走了。一切都陷入了奇怪的沉默。

亲爱的素燕：

也许你会在威廉·布莱克（William Blake）的这首诗里找到慰藉，因为他的诗时常表现出他对真理和纯真在经验世界里所遭受的惨痛命运寄予的关切。虽然关切，但他也没有找到什么答案。布莱克生活在18世纪下半叶到19世纪。他是个技巧纯熟的雕刻师和画家，有非常鲜明的个人风格，还是个诗人。在政治上他是个激进派，写诗对遭受虐待的人或动物表示同情。他还是个神秘主义者，所以他写的东西不总是合乎常理；他声称一天早上在树上看到过天使。他最为知名的诗是《老虎》，最受英国人喜爱。

这首诗似乎描摹了老虎的美、力和危险，但诗里也有一些甚至是英国人也不明白的思想。"火一样辉煌"可能是个隐喻，用来象征老虎像金黄色火焰般的皮毛，但诗的第四节里说老虎是钢铁铸就的，这又怎么理解呢？可能布莱克是在指工业革命的进步和机器，这些东西也既美妙又危险，是他所痛恨的。

我对你讲过的，有些诗人在他们诗歌的结尾处将全诗的第一节重复一遍。有时这样做好像是因为他们觉得开始写的几行是全诗中最好的，在那几行之后他们的灵感就渐渐少了。在最好的十四行诗和其他诗歌中，最末的几行是新奇有力的，也是一锤定音的，但在此诗中，他做了个微妙的改变，你看到了吗？上帝"能够"创造出老虎，但在全诗思考过老虎有多危险之后，布莱克以一个提问作结：谁还"敢"创造出老虎来呢？

这里可能还有关于善与恶的更为普遍也是更为神秘的讨论。羔羊在西方宗教里象征着纯真与和平；既创造了凶暴的老虎也创造了温驯的羔羊的是同一个上帝吗？我们所信仰的创造了所有的美善之物的上帝怎么能也创造了恶呢？这一点对于基督教信仰来说一直都是个大问题，因为基督徒只信仰一个上帝，是他创造了万物。

The Tiger, by William Blake (1757-1827)

老虎　威廉·布莱克（1757—1827）　卞之琳译

TIGER!Tiger!Burning bright 老虎！老虎！火一样辉煌，

In the forests of the night, 烧穿了黑夜的森林和草莽，

What immortal hand or eye 什么样非凡的手和眼睛

Could frame thy fearful symmetry? 能塑造你一身惊人的匀称？

In what distant deeps or skies 什么样遥远的海底、天边

Burnt the fire of thine eyes? 烧出了做你眼睛的火焰?

On what wings dare he aspire? 跨什么翅膀胆敢去凌空?

What the hand dare seize the fire? 凭什么铁掌抓一把火种?

And what shoulder and what art 什么样功夫,什么样胳膊,

Could twist the sinews of thy heart? 拗得成你五脏六腑的筋络?

And when thy heart began to beat, 等到你的心一开始蹦跳,

What dread hand and what dread feet? 什么样惊心动魄的手、脚?

What the hammer? What the chain? 什么样铁链? 什么样铁锤?

In what furnace was thy brain? 什么样熔炉里炼你的脑髓?

What the anvil? What dread grasp 什么样铁砧? 什么样猛劲?

Dare its deadly terrors clasp? 一下子掐住了骇人的雷霆?

When the stars threw down their spears, 到临了,星星扔下了金枪,

And water'd heaven with their tears, 千万滴眼泪洒遍了穹苍,

Did he smile his work to see? 完工了再看看,他可会笑笑?

Did he who made the lamb make thee? 不就是造羊的把你也造了?

Tiger! Tiger! Burning bright 老虎! 老虎! 火一样辉煌,

In the forests of the night, 烧穿了黑夜的森林和草莽,

What immortal hand or eye 　什么样非凡的手和眼睛

Dare frame thy fearful symmetry? 　敢塑造你一身惊人的匀称?

亲爱的罗伊:

　　现在,说说《老虎》这首诗。我非常喜欢"火一样辉煌"这样的诗句,非常形象生动地描摹了老虎皮毛的特点,而且我想所谓火一样辉煌也表明老虎的眼睛像火炬一样炯炯放光的样子。布莱克也许用老虎的意象来描绘工业革命,这个想法多美妙啊! 这提醒我要用我的想象去欣赏一切事物。上学期学经济发展史的时候,我感觉很是无聊,对工业革命这个题目一点也不感兴趣。但是从布莱克的《老虎》一诗中,我对发展的正面和负面的效果有了更多的想法。虽然工业革命在现实中是个乏味的过程,可能全然没有什么趣味可言,但是我还可以用艺术的眼光去对它进行深刻的思考,这样一来,就有了更多的知识,有助于将现实和理想世界结合起来。上帝创造了羔羊,他也创造了老虎。没有老虎,羔羊就不知道生活的真正意义;否则就将导致一种只需吃草的生活,那将是太无聊了。

亲爱的素燕:

　　你的评论很敏锐,也很有趣。你能在英国诗歌中找到慰藉和鼓舞,真是件很好的事。你有几个很好的想法,我喜欢你关于羔羊和老虎的别致的想法。一般说来,我对你用艺术或者诗歌来解决生活中的困难的方式特别感兴趣。"以哲思面对生活",这是古希腊斯多葛派哲学的一种说法，教我们不要让那些在生活中我们控制不了的事扰乱了我们平和的心境。

我不能肯定布莱克实际上说的是不是工业革命，虽然看起来有些道理；没人真正知道他在说什么，可能他自己也不总是知道。从文学的角度来说，他没受过很好的教育，所以他的诗歌在某些方面是有点粗糙的。他从来没写过像十四行诗那样精雕细琢的东西。

你对工业革命竟然得到这么无趣的印象，我感到有些遗憾。有的时候是学术的表达方式弄得事情看起来枯燥无趣。密歇根州立大学校友协会在其所有的档案上都有爱因斯坦的话，他说教育的艺术是唤起创造性表达和求知的乐趣。也许算不得新鲜的意思，但是想法很好，值得反复说说。在我们求知的心灵里需要有更多的乐趣。

在英国开始的工业革命实际上是极其振奋人心的，不是我们今天所理解的术语，那是学术打造出来的。可能一些哲学家是学术界中的例外，像培根（Bacon）和密尔（Mill），是他们提出的自由思想和调查研究。工业革命是个神奇的时代：神奇的发明，神奇的能量，神奇的冒险精神，神奇的创造力，神奇的工艺，还有神奇的变化。试想一下，从前甚至从来没人见过蒸汽机或是铁路呢。巨大的钢铁厂在夜晚照亮了天空，看起来肯定是又刺激又可怕。在似乎无法跨越的天堑上架设了铁桥，还得造得如此坚固，直到 150 年后还在使用。看起来似乎是巨人在英国干活呢。那时的建筑物通常又美观又优雅，而古典风格的建筑细部风格还经常运用到现代的机器上去呢。毫无疑问，开始的时候肯定非常艰难，但是最终变化带来了我们现代的生活水平，所以我们今天都生活得像国王一般。用着热乎的自来水；我们只需按一下开关，整个的管弦乐队就为我们演奏起来；出门有私家车，吃得也好；不必整天在田地里干又累又脏的农活。所有这些在那时都激发了艺术家、诗人和小说家的想象力，当然，也引发了关于自然和社会的意义的深刻辩论。所以，对工业革命，的确是有很多其他方式的理解。

那个时候我就像个残废的人一样活着，全靠着我室友的友情了。要是我不睡觉，她也不睡；要是我不饿，她就不吃饭；要是我想出去购物，她才和我出门。我向她讲起我小时候的事，说那时我爸爸非常爱我，她总是显出格外的理解。我有一些傻傻的想法，比如我想喝孟婆汤，想再投胎做个妈妈肚子里的宝宝，对此她也从来不嘲笑。

"我真想穿得像个公主一样，在海滩上享受阳光。"我特别羡慕电影《罗马假日》里的那个公主。

"那我们就行动啊。你就是这个世界里的公主。"

"但是我们没钱啊。"

"噢，别想钱的事，什么都别想。相信我。"她说得这么有信心，虽然我知道她家里不富裕，而且几个礼拜前她已经辞了她的工作。但是，不管我怎么想方设法找出答案，她从来不告诉我钱是从哪里来的，也从来不让我为我的生活操心。

"你对我真是太善太好了。你干吗要在我这样没用的人身上浪费时间呢？"

"你不是个没用的人。你是我这辈子里曾经遇到过的最好的人。"她的话听起来非常严肃，不像只是为了宽慰我才说的。

"为什么呢？我所有的生活都是一场灾难……"

我正想接着说下去，她打断了我。"从三年前你搬到我们这个公寓之后，我就一直特别受你鼓舞。我真是很羡慕你，因为你能坚持不懈地追求你的梦想，那么美丽感人的梦想。你只是还没有找到施展你的力量的舞台。我现在根本没有帮你什么，我只是尽力不让别人伤害你的梦想，因为你的梦也给了我很多希望。换句话说，我也正在保护我自己的梦想，不让它被现实打破。"接着，她告诉我她已经辞去了工作，想为她自己也为其他人做点有意义的事情，因为她看到我和大家合作得很开心，所以她报了名准备参加政府职员考试，而且已经开始学习相关政策，一旦通过考试，她就可以成为一名有用的政府职员了。她虽然这样说，我觉得她还是为了支持我没有希望的生活而放下了政府职员考试的复习，而且借了很多钱。

整整一年的时间，她支撑着让我过着一种非常无忧无虑的生活。她把我打扮成公主的模样，带我去咖啡店喝下午茶，在我兴奋得睡不着时，她就和我彻夜地聊天，从不抱怨我孩子气的举止。终于在一天夜里，我在她面前哭了出来。

"我是这样没用，没有希望。在我的毕业汇报之后，我明白了，我根本就一无是处，没法在现实生活中做设计。"

"唉，我的朋友，我一直在等这个时刻，等了好久。我特别为你担心，因为你在那次汇报之后从不表达什么感情。我知道，你有了痛苦却什么也不说，这种情况是最危险的。"

"我是大家的笑料而已。他们会说，这个傻丫头之所以能得那些奖励，赢得那些竞赛，不过是因为她很会摆布人罢了。他们都嘲笑我，因为我只会沉湎于孤芳自赏，其实没人欣赏我。甚至我的导师都告诉我说，毕业汇报一完我就什么都不是了。"

"但是你赢得了设计奖。你知道是谁给你的设计投票的吗？"

"我不知道。甚至我的导师都放弃了为我的设计投票的权利。我是真正的失败者。除了你的支持，我一无所有。我一直都使劲在找能够让我呼吸到下一分钟的理由。现在所有人，包括我的父母，都觉得我疯了。除了你，没有人愿意听我的话。"我不禁失声哭了起来。

"唉，我可怜的朋友，虽然你可能觉得没人理解你的感觉，但我知道你被伤得有多厉害。四年来，你所有的经历我都看在眼里，你的毕业汇报我也在场。我真想为你做点什么，让你再一次站起来。"

可惜的是，虽然有她这样的宽慰和陪伴，我还是没有感觉好一点，就那么一直哭，哭得死去活来。于是她缓慢而审慎地说："出国吧，展开你的翅膀，飞到另一个国度，去开始新的生活。这个地方对你来说太小了，没法让你飞翔。"

"要是人性在哪里都是一样的，出国也没用。一切我都得重新开始，包括我的语言，还得去理解一个新的国家和一群新的人。在另一个国家开创新生活得花我大概十年时间。我能有几个十年来一轮又一轮地转呢？"想到要在一个陌生的地方开始全新的生活，我的心感觉更加痛苦了。

"你还没试过呢。世界很大，满是让我们去探索的惊喜。在满天耀眼的星星里面，有一颗小小的幸运星藏在那里等着你去发现呢。一旦遇到了你的幸运星，你会像从灰烬中涅槃的凤凰一样复活的。"

我不知道能否将我的生命比作凤凰，但好像我唯一的希望就是飞到火里然后从灰烬中重新塑造自己。唯一的风险就是要是成不了翱翔高空的凤凰的话，我就可能会成为别人盘里的烤鸡。

奇怪的是，尽管遭受了很多恶意的批评，我竟然因为出类拔萃的毕业设计而得了奖。之所以会是这样，是因为系里所有其他的老师都有权利去展览会上看我的设计，也都有权投票，结果他们都投了我的票。所以，我也得到了学位。我得了奖，而且总算表明他们是错的，我想我本该是很开心的。我感觉那几天给我带来的疑虑和屈辱永远地改变了我。我陷入了深度的抑郁之中，可能是由于这么多年没怎么睡觉，加之工作太拼命。结果本该是我所有努力终于到达了辉煌顶点，那时我却感觉我生命里的一切仿佛都失去了。尽管我还想像往常那样保持我的纯真，相信人都是善的，因为我毕竟遇到过这么多好人，但是我变得不信任人性了，可能就像我爸爸当年一样，我从未想到过人会做出那样的事来。俗话说："一朝被蛇咬，十年怕井绳。"每当感觉可能会有类似的事再次发生，我就忍不住要想起那些痛苦。

七

理解

艺术与诗歌所表现的应该
是从来没有过而且再也不
会有的东西，是美丽浪漫
的梦想，它们所闪耀的光
彩比以往任何有过的光彩
都更为耀眼——它们不在
任何人能够描摹或者记忆
的地方，它们只在我们的
渴望之地。在那里，我们
可以找到我们自己。

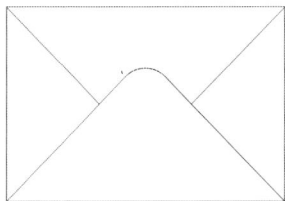

很多人都跟我说过，艺术和诗歌仅仅是为那些不必为生活操心的富人创作的，但是我感觉我从艺术和诗歌当中找到了我全部生命的希望。通过它们，我找到了美和趣味，也和那些艺术家和诗人进行交流。那些人也一直在寻求生活中问题的答案，但是他们也没有什么现成答案。从我到了英国之后，这个梦想中的愿望就变得自然了。我感觉离西方艺术和诗歌如此之近了，我不但可以从现在的书籍里面学习它们，还可以在很古老的书里面触及它们，或者我还可以很近距离地观看很多绘画的原作，那些画作在那些地方待了上百年。

我们在英国的一幢被称为巴斯科特庄园（Buscot House）的漂亮乡间房子里看到一幅可爱的油画。我把那幅油画称为"睡美人"，但是我想它本来的名字是"野蔷薇的传奇"（*The Legend of the Briar Rose*）。这幅画画的是一个公主的传奇故事。她被施了魔法，所以如果她刺破手指的话，就会死去。但是一个善良的仙子能够改变那个魔咒，所以那个公主可以睡上一百年。即使多年来她的父母想方设法保护她，但她终于真的刺破了手指。与此同时，她的家人、朋友、仆人和狗也都一同睡了过去。然后野蔷薇长了起来，遮住了宫殿，直到谁也看不到它了。

我的眼睛不再东看西看，只是停留在那个公主的画面上。她在床上睡着，看上去那么幸福，那么平静。色彩非常柔和，感觉很安详，但是一点也不单调。在公主画面的周围，生着野蔷薇。有那么多的刺，但花真是很美。

我真是羡慕那个公主。要是能睡上一个晚上，我可就开心了。我买了一张明信片，上面有她睡觉的画面。我就把它放在我的床边，我希望它能有助于我的睡眠，可是它没什么作用。虽然这样，那张明信片非常漂亮，我每天晚上都会看看。

还有一个画面画的是王子穿着铠甲，要去打破魔咒，把所有人唤醒，就像传奇故事里说的那样。但是在那些油画里面这永远没有发生，公主一直在幸福地睡着，还做着梦。要是我是她的话，我可不想被叫醒。我不想醒来，要是我醒过来，我就会再次地被利用，不是为了我自己。我觉得我只有在梦里才能找到我自己。

亲爱的素燕：

听说你在周四晚上睡了几个小时，我真是高兴。也许更为放松之后，你那晚就睡得更好些了。有人就油画组画《野蔷薇》写过些什么的（我想内容是在那本导游手册里）："……组画在叙事上没有什么推进，因为伯恩－琼斯（Burne-Jones）最初关切的事是创造一个与世隔绝的（封闭的）世界，远离现代世界中的诸多问题，也为了创造一个安逸闲适的心境（某种舒适的睡意）。他营造出这种意境的方法是通过那些野蔷薇慵懒的阿拉伯花饰、那些沉睡者狂放的睡态、浅短的透视、强烈而调整过的色彩，以及写在下方的威廉·毛里斯（William Morris）的诗句。《野蔷薇》组画是维多利亚时期绘画最伟大的成就之一。"

泰晤士河正波浪翻滚，船只在涌动的河水中顺流而下。我们上了渡船，船艰难地逆流而上。船到了泰特英国美术馆（Tate Britain）停泊下来，我们下了船。这个地方在更为体面的时代被称作泰特艺术展览馆。马上就要到关门的时间了，所以我们快步穿过展厅，去找我们要看的东西。

《亚瑟王在阿瓦隆的沉睡》(The Sleep of Arthur in Avalon)是创作"睡美人"的同一个画家伯恩－琼斯画的。我静静地坐了下来，看着这幅巨大的绿色油画，但它却根本引不起我的共鸣。展厅里的光线是个问题，所以不论我坐在哪里，画作总是有一部分被光线晃得看不清楚。从总体上讲，我感觉画面里的内容过于庞杂，但又表现得不够充分。像前景里的那些小花，这些细节画得就不如其他拉斐尔前派的作品那么精细。我以前读到过，说他画这幅画的时候生命已是在垂危之际，他是强撑着画完的。可能我们不应当在不了解情况的时候草率下结论。就在那时，有人告诉我说这幅画现在落在一个南美的百万富翁手里，他在 20 世纪 60 年代的时候用 1000 英镑买下了这幅画，因为那时维多利亚派已经不时髦了，所以在英国没人愿意买。现在值几百万呢。这可真是个教训：我们要是为将来收藏什么美丽的东西，不该因为在当时不适合我们就把它们买了或是毁了。至少那幅画现在还可以看得到，不像许多漂亮的建筑，早都被毁掉了。

据说伯恩－琼斯想表达的是对过去的深刻怀恋，但这个过去是理想化了的，无法企及的。他认为艺术的功能是为现代人的存在方式提供另一种可能的选择。他给绘画下的定义是："绘画所表现的应该是从来没有过而且再也不会有的东西，应该是一个美丽浪漫的梦想，它所闪耀的光彩比以往任何有过的光彩都更为耀眼——它不在任何人能够描摹或者记忆的地方，它只在我们的渴望之地。"

剩下的时间不多了，所以我们回到了拉斐尔前派的展厅。我的注意力被一幅色彩富丽的大油画吸引住了。画的是一位英国女子，面对着浅色的天空坐着。她丰满飘扬的衣裙是很精巧地用协调的橘黄色调画的，不是很亮，也不很深，正是日出的颜色。我相信这肯定是奥罗拉（Aurora），她就是曙光女神，我在我的《希腊神话》（Greek Myths）里读到过的。是她打开东方的天门，将露水洒向大地，让花儿生长，她给那个巨人猎手俄里翁的伟大爱情恢复了他的视力（这个我得再查查）。但奇怪的是当我看到这幅画的名字叫"燃烧的六月"（Flaming June）之后，它却对我没那么有吸引力了。虽然画还是同一幅画，但除了漂亮的衣裙之外，就没什么让我留意的了。我觉得在欣赏一幅画的时候，与其相关的想法非常重要。

靠在这幅画边上的，是一幅灰、绿、蓝混合色的画，不太起眼。这幅画我一看就产生了共鸣，虽然它的故事我一无所知。在一条小河上，一个女子穿着色彩柔和的衣服，坐在一条划艇上面；在划艇的前端有三支小蜡烛，两支已经熄灭了。我马上就明白了是什么意思：这女子正在死去。在船上画着一个名字：女郎夏洛特（The Lady of Shallot）。

亲爱的素燕:

你对女郎夏洛特的故事挺好奇。在一位 19 世纪非常有影响的英国诗人丁尼生（Tennyson）的一首诗里你会看到这个故事。他当上了桂冠诗人，也就是说他成了官方任命的国家诗人。他居此职达 43 年呢。他常用古典的尤其是中世纪的故事来做他诗歌的素材。一个很有名的例子是一首很长的诗，由 12 首以亚瑟王的传奇故事写成的叙事诗组成，名为"国王之歌"（*Idylls of the King*）。因为这些诗讲的是故事或经历，所以我们将其称为叙事诗。丁尼生以多种中世纪的手稿为素材写成了这些诗。这些手稿主要是关于"亚瑟之死"（The Death of Arthur）。一旦你了解了那些故事，关于亚瑟之死的那幅画可能会对你具有更多的悲剧性意义。

丁尼生用了一个诺曼法语的手稿来写《女郎夏洛特》。他写此诗时还在他创作的早期，那时他还年轻。关于亚瑟王他写了很多诗，《女郎夏洛特》就在其中最早的一首里面。女郎夏洛特整日待在一个很漂亮的城堡里面，没有人见过她，但是有时候人们听到她美妙的歌声。她终日织着一张魔毯，从她的镜子里面她看着外面的斗转星移。这挺像古希腊哲学家柏拉图的一个想法：他说我们对现实的了解实在很少，就像看世界从外面投到山洞墙壁上的影子。所以可能她对真实的世界知之不多，但似乎她很是满足了。

下面这仅仅是全诗的几节。

The Lady of Shallot, by Alfred Lord Tennyson (1809-1892)

女郎夏洛特　阿尔弗雷德·丁尼生（1809—1892）　黄杲炘译

Willows whiten, aspens quiver,　柳树泛白光，山杨在颤抖，

Little breezes dusk and shiver　拂过的风又是轻又是柔，

Through the wave that runs forever　吹暗了河面，把河水吹皱；

By the island in the river　而河水在小岛旁流啊流，

Flowing down to Camelot.　永远流往卡默洛特。

Four gray walls, and four gray towers,　灰色的四座角楼和四墙

Overlook a space of flowers,　俯视着大片开花的地方，

And the silent isle embowers　在这寂静小岛上的绣房

The Lady of Shallot.　深居着女郎夏洛特。

Only reapers, reaping early	大麦长芒刺，收割人起早，
In among the bearded barley,	只有他们收割人才听到，
Hear a song that echoes cheerly	听到轻快的歌回声缭绕——
From the river winding clearly,	来自那蜿蜒而去的河道，
Down to towered Camelot:	去往古堡卡默洛特。
And by the moon the reaper weary,	凭着月光，疲乏的收割人
Piling sheaves in uplands airy,	在多风的高处堆垛麦捆，
Listening, whispers,'Tis the fairy	他们在倾听中，低语出声：
Lady of Shallot'.	"是那成仙的夏洛特。"

也许这有些类似于你很小时在台湾常常有的关于中世纪的想象。"fairy"（仙子）这个词表明她是一个有魔法的人。卡默洛特（Camelot）当然是传说中的亚瑟王宫所在地。

There she weaves by night and day	她在那里日夜地织着网，
A magic web with colours gay,	织一方色彩鲜艳的魔网，
She has heard a whisper say,	她听到一声低语在耳旁：
A curse is on her if she stay	倘若她住手张望就遭殃——
To look down to Camelot.	张望那座卡默洛特。
She knows not what that curse may be,	得遭什么殃她可弄不清，
And so she weaveth steadily,	所以她只顾织呀织不停，
And little other care hath she,	其他的事情全然不经心——
The Lady of Shallot.	她就是女郎夏洛特。

And moving through a mirror clear	整年有镜子挂在她眼前，
That hangs before her all the year,	在清澈明净的镜子里面，
Shadows of the world appear.	人间的种种影像频出现；
There she sees the highway near	由此她看见大路并不远——
Winding down to Camelot:	逶迤通向卡默洛特。
There the river eddy whirls,	她看见那里河水卷打着漩，
And there the surly village-churls,	看见模样粗鲁的庄稼汉
And the red cloaks of market girls,	和市场少女穿着红衣衫
Pass onward from Shallot.	在经过小岛夏洛特。

那个诅咒似乎离她很遥远呢。接下来，在她的镜子里，她看到了亚瑟王最勇敢的骑士，兰斯洛特爵士（Sir Lancelot）。

All in the blue unclouded weather　　瞧那无云的晴空万里碧，

Thick-jewelled shone the saddle-leather,　　满是珠宝的马鞍在闪熠，

The helmet and the helmet-feather　　那头盔和盔顶上的鸟羽

Burned like one burning flame together,　　像火焰一样鲜艳又明丽——

As he rode down to Camelot.　　他在驰往卡默洛特。

As often through the purple night,　　如同时时在紫莹莹夜间，

Below the starry clusters bright　　在簇簇明亮的星星下面，

Some bearded meteor, trailing light,　　一颗拖光尾的流星出现，

Moves over still Shallot.　　掠过宁静的夏洛特。

可能想都没想会是什么后果，她的眼睛密切注视着这个人，瞧他去哪里：她垂眼去看卡默洛特。

She left the web,she left the loom,	她离开织机，离开织的网，
She took three paces through the room,	她三步两步走过她闺房，
She saw the water-lily bloom,	她看见睡莲花已经开放，
She saw the helmet and the plume,	看见那盔顶的鸟羽飘扬，
She looked down to Camelot.	她望着那卡默洛特。
Out flew the web and floated wide:	那网飞出窗，直朝远处飘，
The mirror cracked from side to side;	那镜子一裂两半就碎掉，
'The curse is come upon me,'cried	她喊道，"我呀已在劫难逃"——
The Lady of Shallot.	她就是夏洛特女郎。

结果她的生活就像她的那面镜子一样被无可挽回地击碎了。我们不知道她是马上坠入爱河了呢，还是强烈的好奇驱使她无视那个诅咒，反正外面的世界闯进了她的生活。诗歌的情绪变化了。

In the stormy east-wind straining, 萎黄的树林已日渐凋零，

The pale yellow woods were waning, 正在狂烈的东风里扎挣；

The broad stream in his banks complaining, 宽阔的河在两岸间呻吟，

Heavily the low sky raining 低沉的天空大雨下不停，

Over towered Camelot; 洒向城堡卡默洛特。

Down she came and found a boat 她走下绣楼来到柳树前，

Beneath a willow left afloat, 找到遗在那里的一条船，

And round about the prow she wrote 就把几个字写在船头边：

The Lady of Shallot. 岛上的女郎夏洛特。

这就是你在那幅油画中看到的一幕。有意思的是，虽然你不知道这故事，但是这幅画却引起了你的共鸣。这节诗写得很有技巧，栩栩如生，诗中有画，描绘出晚秋的阴冷潮湿：猛烈而寒冷的东风；低压的乌云；雨水；森林里树木浅黄的秋叶；雨后涨了水的河流，拍打着河岸。虽然诗里没有写明，但是这位女郎肯定被淋得透湿，非常寒冷。

And down the river's wide expanse　茫茫的河面上幽暗昏沉；

Like some bold seër in a trance,　像个恍惚的大胆占卜人

Seeing all his own mischance—　预见到自己的全部不幸——

With a glassy countenance　她带着坚定不移的表情

Did she look to Camelot.　遥望着那卡默洛特。

And at the closing of the day　天光将暝的苍茫暮色里，

She loosed the chain,and down she lay:　她解开船索，躺下在船底，

The broad stream bore her far away,　让宽阔的河载着她远去，

The Lady of Shallot.　载着这女郎夏洛特。

Heard a carol,mournful,holy,	他们听见的歌忧郁圣洁，
Chanted loudly,chanted lowly,	一会儿歌声高，一会儿歌声低，
Till her blood was frozen slowly,	唱到她血液渐渐地冷却，
And her eyes were darkened wholly,	唱到她完全丧失了视力——
Turned to towered Camelot.	转向城堡卡默洛特。
For ere she reached upon the tide	她随波逐流一路漂下去；
The first house by the water-side,	没漂到岸边第一幢屋子，
Singing,in her song she died.	已在自己的歌声中逝去——
The Lady of Shallot.	逝去了，女郎夏洛特。

在这个故事里，有很多事情没有交代清楚。当然，约翰·威廉-沃特豪斯（John William-Waterhouse）给他的油画选的虽然不是视觉上最具冲击力的，但却是最具戏剧性的时刻：女郎解开船，让河水将她冲走。我记不得画上画的是不是暴风雨天气了。你记得吗？

亲爱的罗伊：

柏拉图说我们对现实的了解就像看世界从外面投到山洞墙壁上影子的那个观点，让我想起一个有名的说法："生活是一部电影。"但是我不觉得这是真的。我们在看别人的生活的时候，是观察者，也许会觉得自己很客观，但当我们身在生活局中，扮演角色的时候，我们可能变得很迷惑，结果无法做出什么判断了。或者，我们可能有太多个人的顾忌，所以在理论上也做不出什么正确的决定。对于女郎夏洛特来说，我们觉得她不知道那个诅咒，其实可能恰恰相反，她有可能是用了她完全的勇气接受了那个诅咒，她可能有意去牺牲了她自己的生命，就为了听从她心灵的召唤，只是没有人真正看到她的心而已。

那幅画给我的第一印象是那个漂流在河水里的忧郁女子。她死了，但死得凄美，是她自己选定的命运。画面的色调是冷褐色，从船头熄灭的两根蜡烛看得出，天在刮着风。

幸运的是，她是在受到现实伤害之前就死去了。在诗里面，对梦想永不破灭的心灵而言，这是最好的结局了。但不幸的是，这在现实中却总是无法实现，无法阻止人们彼此伤害过深，因为我们不能仅仅在山洞的墙壁上看世界。

亲爱的素燕：

我想即便在很小的风里蜡烛也会被刮灭的，所以可能画的不是暴风雨天气。熄灭的蜡烛是种绘画的策略，常被称为"memento mori"（"记得你是会死的"），用来警示我们，死时刻都在跟前，美是脆弱的，难以捕捉的。有时也用骷髅或是倾覆的酒杯来象征这个意思。

"亚瑟王是谁？"你在看《亚瑟王在阿瓦隆的沉睡》那幅画的时候问了这个问题，还有，"他重要吗？"

你的问题表面看起来简单，但是却有多种奇怪的回答。首先，我们不知道我们所认定的那个亚瑟王究竟有无其人。他是个传奇人物。其次，要是真有过他这么个人，那他也会是和稍后时期传奇里的那个人很不同。最后，不论怎样，亚瑟王这个想法和故事在我们的文化里一直都非常重要，有上百年的历史了。可以这么说，我们有一位非常重要的人物，但他可能从来就没存在过。

亚瑟王可能是罗马治下的一位不列颠领袖。罗马人在公元420年撤离不列颠岛之后，撒克逊人企图侵入，亚瑟王就率人去阻挡。

关于他这个人，我们没有什么确凿的史料，但是他似乎在当时相当有名，从那之后数百年间，关于他不断有各种各样的故事传颂。这些故事后来在12世纪由蒙默思郡（Monmouth）的杰弗里（Geoffrey）在牛津记录了下来。在15世纪，托马斯·马洛里爵士（Sir Thomas Mallory）又写出了一个版本。学者过去常认为传奇不可靠，也不重要，但是近期的研究渐渐让人相信，包括希腊神话在内的很多流传甚广的传奇在实事上的确是有根据的。比如，古希腊人有过一个故事，讲伊阿宋（Jason）去找长着金羊毛的羊。这看起来不大可能，但是学者们已经发现在小亚细亚的部分地区，人们为了捞到从山上冲刷下来的黄金微粒，常将羊皮放到溪流当中。

因为"亚瑟"这个名字的周围环绕着法力和理想主义精神，已经有好几个英国国王都试图将自己同这个名字联系在一起，这样就可以重造出亚瑟王那著名的圆桌骑士团的部分法力了。这听起来颇古怪，因为即便真有亚瑟这个人的话，他本应该是盎格鲁－撒克逊人的敌人，而且最后他是被他们击败了的。每个时期都按照他们的样子重造出亚瑟王的形象，所以我们现在认为他是一位生活在城堡中的中世纪骑士，而实际上在亚瑟那个时代还没有城堡呢。

丁尼生的长篇叙事诗《国王之歌》重新讲述了关于亚瑟王的中世纪传奇。长诗讲了他是怎么组织起一帮勇敢、善良而且忠诚的追随者，即圆桌骑士，也讲了他怎么通过这些人奋力将正义和和平带到其他被威胁的国家。像在他之前的叙述者一样，丁尼生将那些故事重新做了加工，来表达他自己那个时代的价值观念，就他来说，也就是维多利亚时期英国的道德价值观。但是故事中有形形色色人性的弱点，有时还有欺诈和背叛，这些都注定了亚瑟的理想最终还是被击碎了，他也死在同邪恶势力的决战之中。在亚瑟传奇中一直都贯穿着这条悲剧性的主线，所以这些故事非常震撼人心。就像所有动听的故事一样，我感觉也像生活本身。我们禁不住要想：为什么总是有些地方要出差错呢？所以亚瑟之死是梦想之死。你觉得那幅画表达出这个想法了吗？

据传奇故事说，亚瑟王并没有死，而是睡在一个山洞里的什么地方，而且，有一天他会回来，接着领导他的人民。但是那些人民究竟是威尔士人还是英格兰人就难说了。

在很多地方都可以听到关于亚瑟王的故事，包括现在法国的布列塔尼半岛。在英国的格拉斯顿伯里（Glastonbury）这个小镇集中了很多亚瑟传奇。在 12 世纪，在格拉斯顿伯里修道院的地下，发现了一处墓穴，据说是亚瑟和他的王后格温娜维尔（Guinevere）的坟墓。你现在还可以在那个修道院的遗址上看到这个坟墓呢。在附近有个史前修筑的山头堡垒，历史学家认为这可能是一位罗马治下的不列颠武士用的据点，这个武士可能就是亚瑟的原型。要真是这样的话，那么这个山头堡垒也就是那个神奇的卡默洛特王宫的原型了，但是看上去一点也不像好莱坞的版本。

亚瑟王的骑士去寻找圣杯，是耶稣临死前用过的杯子。据传奇说，圣杯在耶稣死后不久被他的一个来自阿里玛提亚（Arimathea）的信徒约瑟（Joseph）带到了英国的格拉斯顿伯里。格拉斯顿伯里在那时还是个岛，现在能看到的所有周边的平地当时肯定都被淹没在水底下呢。这片土地过去在每年的冬天都会发洪水，虽然排水系统得到了改善，可直到最近的时候还是有洪水。所以格拉斯顿伯里还被称作"格拉斯顿伯里岛"（The Isle of Glastonbury），或者有时也被称作"阿瓦隆岛"（The Isle of Avalon），是来自亚瑟王故事中的一个美丽的名字。

Idylls of the King:The Holy Grail,by AlfredLord Tennyson (1809-1892)
国王之歌：圣杯　阿尔弗雷德·丁尼生（1809—1892）

...the good saint
······那善良的圣徒

Arimathæan Joseph,journeying brought [the Grail]
阿里玛提亚的约瑟，一路将那圣杯

To Glastonbury,where the winter thorn
带到了格拉斯顿伯里，那棵冬荆棘

Blossoms at Christmas,mindful of our Lord.

心知主将降临，就在圣诞节开了花。

And there awhile it bode;and if a man

于是圣杯在那儿待了一阵；要是有人

Could touch or see it,he was heal'd at once,

摸一摸或瞧一瞧，不论他有什么病，

By faith, of all his ills.But then the times

只要心诚，立马治愈。但是那个年头

Grew to such evil that the holy cup

人们行了太多的罪孽，结果那圣杯

Was caught away to Heaven, and dissapear'd.

就被带回了天堂，于是乎就不见了。

To whom the monk: 'From our old books I know

那僧侣说："我从我们的古书上得知，

That Joseph came of old to Glastonbury,

从前圣约瑟曾来到格拉斯顿伯里，

And there the heathen Prince,Arviragus,

就在那里，尘世的君主，阿维拉古斯，

Gave him an isle of marsh whereon to build;

给了他一片沼泽地，任他想造什么；

And there he built with wattles from the marsh

于是他在那儿用沼泽里的枝条建起

A little lonely church...

一座小巧而孤独的教堂……

那座小教堂后来成为英国最有势力的修道院，到了 16 世纪，教堂被亨利八世毁掉了。

你现在还能看到那棵荆棘树，据说是从圣约瑟（Saint Joseph）的手杖长出来的，这树现在在圣诞节还开花呢。

...But then the times

……但是那个年头

Grew to such evil that the holy cup

人们行了太多的罪孽，结果那圣杯

Was caught away to Heaven, and dissapear'd.

就被带回了天堂，于是乎不见了。

但是后来，故事说圣杯回来了。圣杯最先是被一个修女看到的，她是亚瑟王最为纯洁的骑士之一珀西瓦尔爵士（Sir Percivale）的姐姐。人们相信圣杯有神奇的力量，能给人和平，治愈疾病。丁尼生讲述了那个修女如何梦到了圣杯，而这梦境又怎么激励了亚瑟的骑士开始一番对圣杯毁灭性也是悲剧性的寻找。这里珀西瓦尔讲了他的姐姐是怎么描述她的梦境的：

'For on a day she sent to speak with me.

"有一天她让人叫我去和她聊一聊。

And when she came to speak,behold her eyes

可是，等她开口说起话，瞧她的眼睛！

Beyond my knowing of them,beautiful,

我都认不出来那眼神了，那么美丽，

Beyond all knowing of them,wonderful,

充满了惊奇，所有人都会认不出来，

Beautiful in the light of holiness.

美丽的眼里熠熠闪着神圣的光辉。

And'O my brother Percivale,'she said,

于是她说：'啊，珀西瓦尔，我的好兄弟，

'Sweet brother,I have seen the Holy Grail:

我亲爱的兄弟，我见到那圣杯了：

For,waked at dead of night,I heard a sound

在一个深夜，一声脆响把我惊醒了，

As of a silver horn from o'er the hills

那声音，好似从群山顶上的银喇叭

Blown, and I thought, 'It is not Arthur's use

吹出来的，于是我想：'不会是亚瑟王

To hunt by moonlight;'and the slender sound

在借着月光打猎吧。'那悠长的声响

As from a distance beyond distance grew

仿佛来自老远老远，而且越来越大，

Coming upon me—O never harp nor horn,

向我涌来——啊，那绝不是竖琴或喇叭，

Nor aught we blow with breath,or touch with hand,

不是我们用嘴吹的，也非用手弹的，

Was like that music as it came;and then

传来的那是怎样的音乐啊！接下来

Stream'd thro' my cell a cold and silver beam,

我的屋里泻进一柱银白色的寒光，

And down the long beam stole the Holy Grail,

沿那道光柱悄悄滑下的就是圣杯，

Rose-red with beatings in it,as if alive,

红艳像玫瑰，蹦跳着，仿佛还活生生，

Till all the white walls of my cell were dyed

直到我屋子所有的白墙都给染红，

With rosy colours leaping on the wall;

那玫瑰色的鲜红，在墙壁上涌动着；

And then the music faded,and the Grail

接下来音乐声渐渐远去了，那圣杯

Past,an the beam decay'd, and from the walls

不见了，接着光柱暗下来，在墙壁上

The rosy quiverings died into the night.

涌动的玫瑰色光辉消逝在夜空中。

So now the Holy Thing is here again

所以呢，你瞧，现在那圣杯又回来了，

Among us brother,fast thou too and pray,

就在咱们这儿，所以你也得吃斋祷告，

And tell thy brother knights to fast and pray,

你还得让你的弟兄们也斋戒祈祷，

That so perchance the vision may be seen

可能只有这样你和别人才能看见

By thee and those,and all the world be heal'd'.'

这番景象，只有这样世界才能得救。'"

修女进入了一种癫狂的状态，结果几乎所有人都觉得她们见到了圣杯。亚瑟王的骑士们，在他富丽的大厅里吃着饭，看到了圣杯。

'And all at once,as there we sat,we heard

"正在那里端坐，突然之间我们听到

A cracking and a riving of the roofs,

咔嚓一声震响，头上的屋顶被掀翻，

And rending,and a blast,and overhead

接着是撕裂声、爆炸声，接着在头顶

Thunder,and in the thunder was a cry.

响起滚滚雷声，雷声里有一声叫喊。

And in the blast there smote along the hall

在爆炸声中，一道光突然从天而降，

A beam of light seven times more clear than day:

足有白昼七倍那么亮，击中了大厅。

And down the long beam stole the Holy Grail

沿着那长长的光柱，圣杯悄悄滑落，

All over covered with a luminous cloud...'

整个圣杯上飘浮着亮闪闪的祥云……"

　　骑士们都宣了誓去寻找圣杯，但圣杯出现时亚瑟王不在。而且在他需要骑士们来帮他维持法纪和秩序来抗击入侵的撒克逊人时，骑士们都离他而去了，所以亚瑟王很生气。他知道，这将意味着圆桌骑士团的解散。我不知道真正的亚瑟王是否遇到过这样的事情。

'Go,since your vows are sacred,being made:

"去吧！既然你们已经立下神圣誓言：

Yet—for ye know the cries of all my realm

然而——你们知道，在我整个王国当中，

Pass thro'this hall—how often,O my knights,

多少呼号经闻此厅——啊，我的骑士们，

Your places being vacant at my side,

可有多少次你们都不在我的左右，

This chance of noble deeds will come and go

完成这伟业的机会若不抓住，只能

Unchallenged,while ye follow wandering fires Lost

叫它空空来去，你们却追着那游火

in the quagmire [swamp]!Many of you,yea most,

迷失在沼泽地里！你们有多少人，啊！

Return no more ...'

大多都有去无回……"

你可以读读丁尼生诗里面他们神奇的历险。

'Thereafter,the dark warning of our King,

"此后，国王给我们提的那幽晦警示，

That most of us would follow wandering fires,

说我们大多数人将跟着游火迷走，

Came like a driving gloom across my mind.

像沉甸甸的黑暗涌进了我的脑海。

Then every evil word I had spoken once,

于是，我以前曾说过的每一句恶语，

And every evil thought I had thought of old,

还有我以前曾想过的每一个恶念，

And every evil deed I ever did,

还有我以往曾干过的每一桩恶事，

Awoke and cried,'his Quest is not for thee'.

浮上心头，叫道：'你没资格把圣杯找！'

And lifting up mine eyes,I found myself

于是乎我抬起了双眼，发觉我自己

Alone,and in a land of sand and thorns,

孑然一身，周围是茫茫沙漠和荆棘，

And I was thirsty even unto death...'

那时我正口渴万分，几乎就要死去……"

亲爱的罗伊：

　　这个故事真美。你对亚瑟王的解释让我想起在东方文明开始时中国古代一些国王的传奇故事。据说是那些国王最早开辟了中国这片土地，我一直都觉得那些国王是历史的一部分，在几千年前真的存在过。你也说过的，传奇可能是真的。所以我对亚瑟王也有同样的感觉。对我来说，他根本就不是个传奇人物，而是像一个几百年前真实的骑士一样和他的追随者生活在一座美丽而坚固的城堡里。

　　我能理解为什么人们宁愿相信亚瑟还在沉睡，而不是死去了。他已经成为秩序和和平的象征。在一个有着那么多部落的岛上，内部纷争不断，海上入侵者不绝，就像我的朋友雪和我在看大卫·斯塔季（David Starkey）的《君主》（Monarchy）时所了解到的，人们当然希望有一个像亚瑟那样他们永远爱戴拥立的国王能将他们从所有的苦难中解救出来。所以我感觉丁尼生写圣杯的诗是美丽而感人的。从过去到现在，人类一直都在为世界寻找心灵的美丽与平和，所以我们将我们的希望寄托在像上帝那样的超人身上。当圣杯出现在亚瑟王统治的土地上的时候，我可以想见一种满怀着希望的神圣心情。人们怎么会放弃这个期盼已久的希望呢？

所以我感到那幅油画有点奇怪。在这样重要的关头，我怎么没有看到在亚瑟王的床边有他的那些骑士呢？可能他已经被他的骑士们的背叛折磨得心力交瘁了。要是这样的话，有朝一日他会醒过来再次领导他的人民去再创辉煌的，我相信这个时候正在到来。或者，也许我们将是在英国再次见到圣杯的下一批幸运者，我们也将再写一首诗来记录那个神奇的时刻。

顺便说一句，我们看电影《理智与情感》（Sense and Sensibility）的时候，雪想要在一家旧书书店找到这本小说。我告诉她说在你们村里有家很好的旧书书店。她瞧见我书架上的那些书质量都很好，所以要是你能帮她在那家书店找到那本书的话，她会很开心的。

亲爱的素燕：

这真有意思：你认为亚瑟的故事是传奇，但因为它很美丽，你就想相信那是真的。诗人济慈说过，美就是真，真就是美，这就是我们能够或需要知道的真理。情况似乎是这样，但这也正是宗教能够蒙蔽我们的原因。亚瑟王因为受伤即将死去，在他弥留的最后一夜，他的骑士们都没有来，因为其中很多人已经在寻找圣杯的时候战死了，还有更多的人死在亚瑟王的最后一次大战。在寻找圣杯的过程中，那些骑士遇到了很多可怕的事情，很像今天恐怖电影中的经历。你想相信这些也是真的吗？这里有三段：

'And then behold a woman at a door

"接着，在这时看到门口有一个女人

Spinning;and fair the house whereby she sat,

正坐着纺线；她边上的房子很好看，

And kind the woman's eyes and innocent,

那女人的眼神那么善良而又单纯，

And all her bearing gracious; and she rose

她举手投足都那么优雅；她站起来，

Opening her arms to meet me, as who should say

张开双臂将我欢迎，像好客的人说：

'Rest here;'but when I touch'd her,lo!she,too,

'请在这儿把脚歇。'可当我伸手一摸，

Fell into dust and nothing, and the house

哎哟！她竟也化作了尘土，踪迹全无，

Became no better than a broken shed,

而那房屋，不过变成了破烂的棚子，

And in it a dead babe;and also this

在里面有一个死去的婴儿；就连这

Fell into dust,and I was left alone.'

也化作尘土，于是我成了孤身一人。"

'The lightnings here and there to left and right

"电闪雷鸣，上上下下左左右右全是，

Struck, till the dry old trunks about us,dead,

我们周围那些干枯老树，都被击倒，

Yea, rotten with a hundred years of death,

不错，那些朽烂了有上百年的老树，

Sprang into fire:and at the base we found

蹿出了火苗；在树根底下我们看见

On either hand,as far as eye could see,

在两手边上，举目能够看到的地方，

A great black swamp and of an evil smell,

有一片漆黑的大沼泽，散发着恶臭，

Part black,part whiten' with the bones of men,

沼泽黑里透着白，都是死人的骨头，

Not to be crossed,save that some ancient king

谁也甭想过去，除了古时某个国王

Had built a way,where,link'd with many a bridge,

曾在那儿修了条路，架起了很多座桥，

A thousand piers ran into the great Sea.

沼泽浩大如海，上千桥墩树在里面。

And Galahad fled along them bridge by bridge,

加勒哈德就顺着桥墩在桥上逃走，

And every bridge as quickly as he crost

可是每当他跨过一座桥，那座桥

Sprang into fire and vanish'd, tho'I yearn'd

就被大火吞没烧光，尽管我一心想

To follow;and thrice above him all the heavens

跟上；可在他头上整个天穹开启了

Open'd and blazed with thunder such as seem'd

三次，而且打着雷喷着火焰，仿佛是

Shoutings of all the sons of God:and first

上帝所有的天使在咆哮：于是首先

At once I saw him far on the great Sea,

我立即看到他，远远地在那大泽上，

In silver-shining armour starry-clear;

身上披着银亮铠甲，如星光般耀眼；

And o'er his head the Holy Vessel hung

而在他头上高悬着的，就是那圣杯，

Clothed in white samite or a luminous cloud ...'

裹着白色的锦缎，或是闪亮的祥云……"

'…only the rounded moon,

"……只有那一轮圆月，

Thro'the tall oriel on the rolling sea.

穿过高楼的窗子照在翻滚的海上。

But always in the quiet house I heard,

然而我总是在静谧的屋子里听到

Clear as a lark,high oe'r me as a lark,

云雀般清脆的歌声，高高在我头顶，

A sweet voice singing in the topmost tower

一个甜美的声音正在楼顶上向着

To the eastward:up I climb'd a thousand steps

东方放歌，我就向上爬，费劲爬了

With pain:as in a dream I seemed to climb

有一千级台阶，就像在梦里我一直

For ever:at the last I reach'd a door,

爬个不停，最后我终于来到一个门前，

A light was in the crannies, and I heard,

门上的裂缝透出一道光来，我听到：

'Glory and joy and honour to our Lord

'我们的主，你永远光明、欢喜和荣耀！

And to the Holy Vessel of the Grail.'

光明、欢喜和荣耀，也永属你的圣杯。'

Then in my madness I essay'd [tried] the door;

然后，在一阵癫狂中，我试着去开门；

It gave;and thro'a stormy glare,a heat

门开了；接着射出一道风暴般的光，

As from a seventimes-heated furnace,I,

其热度足有火炉的七倍高，于是我

Blasted and burnt,and blinded as I was,

被炸裂，烧着，烧得我两只眼一抹黑，

With such a fierceness that I swoon'd away—

在这昏天黑地中，我一下晕了过去——

And yet methought I saw the Holy Grail,

虽然这样，我感觉我看到了那圣杯，

All pall'd in crimson samite, and around

整个圣杯裹着血红的锦缎，在周围

Great angels,awful shapes,and wings and eyes.

是高大的天使，振翅瞪眼，仪态威严。

And but for all my madness and my sin,

虽然我如此癫狂，犯下了如此罪孽，

And then my swooning,I had sworn I saw

此后还昏倒，但我发誓我真的看到

That which I saw;But what I saw was veil'd

我所见的一切；不过我所见的全被

And cover'd;and this quest was not for me.'

掩盖遮藏；所以我没资格将圣杯寻。"

　　我觉得好莱坞电影的场面也难出其右了。只有"一成"的骑士回来了……

And there sat Arthur on the daïs-throne,

于是亚瑟王端坐在宝座的华盖下，

And those that had gone out upon the quest,

而边上是那些冒险寻找圣杯的人，

Wasted and worn, and but a tithe of them...

身心憔悴，最后回来不过其中一成……

　　剩下的骑士明白过来了，因为那个修女和她的兄弟珀西瓦尔，他们染上了某种宗教的狂热。

'...my good friend Percivale,

"……我的好朋友珀西瓦尔，

Thy holy nun and thou have driven men mad,

你和你那通神的姐姐让人发了狂，

Yea,made our mightiest madder than our least.

唉，让我们最强的比最弱的还要疯。

But by mine eyes and by mine ears I swear,

但是我现以我的双眼和两耳起誓，

I will be deafer than the blue-eyed cat,

我将比那蓝眼睛的猫还要没听觉，

And thrice as blind as any noonday owl

要比正午的猫头鹰还要瞎上三倍，

To holy virgins in their ecstasies,

再也不听通神的处女疯癫的话语，

Henceforward'

从此以后绝不……"

亚瑟王悲哀地看到他一手创建的伟大的骑士制度和公正精神（Order of Chivalry and Justice）就这样被毁掉了。

'And spake I not too truly,O my knights?

"啊，我的骑士，难道我说得不够真切？

Was I too dark a prophet when I said

我告诫过那些人，如果去寻找圣杯，

To those who went upon the Holy Quest,

他们的大多数人将随着游火乱走，

That most of them would follow wandering fires,

在沼泽里失踪——别我而去不再回还。

Lost in the quagmires?—lost to me and gone,

如此叮嘱竟是我的先见太过幽暗？

And left me gazing at a barren board,

现在留下我空对着空落落的圆桌，

And a lean Order—scarce return'd a tithe—

骑士团已消散——回来不足十分之一，

And out of those to whom the vision came

可是在异象光临的那几个人当中，

My greatest hardly will believe he saw;

我最勇猛的骑士也不会信以为真；

Another hath beheld it afar off,

还有一个骑士说是从很远处见过，

And leaving human wrongs to right themselves...'

却把人间的苦难留给世人去摆平……"

毁灭这种善的伟力的，不是邪恶，也不是正义的战争，而是宗教狂热。"圣杯"有时用来隐喻在理想中而无法达到的目标。

亲爱的罗伊：

我大声地朗读了这些诗，试着像你所说的那样去感受诗句中的抑扬顿挫，而不只是读里面的故事。神奇的是，有的时候这法子真灵。真是开心，我通过英文原文来欣赏英国诗歌方面达到了又一个高度。虽然我还不能完全读出那些诗的美来，但对我来说，能在练习我的英语口语当中感受这首诗，还是个不小的提高和飞跃。

你刚开始给我讲英国诗歌的时候，我的脑海里一直把中国古诗和英国诗歌的韵律混淆起来。但那时我不想告诉你，因为我担心你会觉得我是个挑剔的人。我知道两者没有可比性，因为这是两种不同的语言和文化，但是我觉得这可能是讲中文的人在英语学习中的主要障碍，因此享受不到什么学习的乐趣。我直到现在算是能够理解英语的思路了，才能够理解和接受两种诗歌的差异。在以前，我是依照中国诗歌的规则去判断英国诗歌的韵律的。中国的古诗在唐代达到最高峰，最为典型最受欢迎的诗体有两种：绝句和律诗。每一行或是五言或是七言。在一首诗里，每行都用相同的字数。所以这些诗就有四种固定的格式：五言绝句、七言绝句、五言律诗和七言律诗。这些是中国古诗的基本形式。也有很长的诗，达上百行。像英国的长诗一样，中国的长诗也可以被分成那些简短的形式。

几乎所有的绝句和律诗里面主要押一个韵，几乎每行的句终都用同样的音节，这样全诗听起来就更像是一首曲调。我记得我们中学的国文老师给我们讲过，中国的古诗经常是唱的，而不是读的。诗人有时相互比赛，看他们的诗谁的更受喜爱，方法就是看人们在宴会上或是酒馆里吟唱他们的诗的次数。

中国古诗里每句的选词也很严格，以确保上下两句对仗工整。

要是首行的第一个字是动词，那么次行的第一个字也必须是动词，诸如此类。要是有数字，在相应的位置上也应该是数字。除了这个，最好词义是相近或是相对的。所以如果首行的第一个字是"江"，那么次行的第一个字应该是"山"。要是五言绝句中有一句是"海上生明月"，那么第二行如果对得好应该差不多是"山下落乌鸿"。我知道这听起来不是很漂亮，但我希望这个例子能让你对唐诗的典型结构有些概念。

在唐朝之后，在宋代出现了另一种诗歌。这种新的格式不那么严格地遵守韵律和字数的限制了，但是在词牌的形式上要求更为严谨，所以有的时候可能更难写。所以我们用"唐诗宋词"这样的说法来包纳所有的中国古诗。中文的现代文和文言文差别很大，可能就像现代英语和盎格鲁-撒克逊语差别那么大。但是中国的现代诗却很少能像中国的古诗那样受大众喜爱，很多人还是喜欢读唐诗宋词。所以我不得不承认，在我一开始和你学习英国诗歌的时候，看到英国诗人能那么自由地写诗，我感到非常的惊讶。我试图找到像中国古诗中那样的格律，几乎每行末尾都用同样的音节押韵，这样诗读起来就更像一首曲调。当我过去读英国诗歌的时候，我总想起我们国文老师教过我们关于诗词的知识，因为我以为这是衡量诗歌好坏的基本方法呢。但是在你告诉了我英国诗歌的基本规则之后，我试着按照你教给我的去做，以英语的思路去感受那些诗歌。我开始以为尽管我喜欢读那些诗，但我仅仅触及了表面，却无法像个英国人那样自然而然地感受它们，可能因为中国诗词的格律在我脑海里先入为主，印象依旧很深。但是现在读了丁尼生的诗之后，他那精彩的韵律让我更为深刻地体味了那些诗。可能这是因为他的诗更像口语，而且没有押韵（我想你曾说过这种诗体叫素体诗，就像莎士比亚的），所以相距中国的诗体就更远，所以我不会把它们弄混。我现在也明白了你所说的下面这样断句的意思了：在诗的每一行末尾以很平的声调做一暂停，很容易；但是如果诗人在句末没用逗号或分号，读的时候可以不断句，直接接到下一行去，这就使诗句非常生动了。

至于这些诗本身而言，我感觉它们真是鬼怪故事，特别像我们中国的古代传奇故事，但是它们写的风格很不同。我父亲有一次告诉我说英国人是世界上最迷信的民族，因为他们把精灵或是上帝或是其他什么东西视为他们世界的一部分了，也从不需要去讨论这个问题。然而我却常听英国人说他们在宗教里根本就不信有鬼魂。所以当我读到这些诗里关于亚瑟王的骑士们在寻找圣杯的过程中经历的那些恐怖经历的时候，我感到特别不解。我们的大多数鬼怪故事常用一些吓人的或是丑恶的词语和场面，但是诗人营造出了这种感觉，却没有用这些方式。我觉得这些诗很美、很神奇，因为它们虽然表现出一个精灵世界的恐怖，却同时像其他题材的诗歌那样美。我喜欢这部分："电闪雷鸣，上上下下左左右右全是，我们周围那些干枯老树，都被击倒，不错，那些朽烂了有上百年的老树，蹿出了火苗；在树根底下我们看见在两手边上，举目能够看到的地方，有一片漆黑的大沼泽，散发着恶臭，沼泽黑里透着白，都是死人的骨头，谁也甭想过去，除了古时某个国王曾在那儿修了条路……"

我尤其喜欢最后几行，用他们神圣的尸骨做象征描写了他们的灵魂怎么征服了那片邪恶的沼泽。所以，我觉得我的父亲那么说可能是很正确的：英国人在最高程度上与另一个世界交流的时候，从来不必谈论它，也不用害怕它，因为它就是自然，是我们的世界的一部分。

亲爱的素燕：

当然，英国人过去是迷信的，正如世界上所有的民族一样。但是我认为现代英国的大多数人倾向于认为他们是理性的，可以用科学解释所有的事，即便我们不总知道那些解释是什么。比如，在沼泽地里的"游火"，是植物腐烂后产生的甲烷气体自燃引起的。在过去，夜行者可能认为这是住家的灯火，所以就掉到沼泽里去了。但是旧时的说法认为那是有魔法的生命所带的灯火，称之为"鬼火"，你会称之为鬼魂，他们觉得这样哄骗夜行者很好玩。有人认为奇幻神秘的故事是不真实的、骗人的，所以给小孩子讲"童话故事"是不对的，因为这就好比在撒谎。另外，这些故事也可以当成叫人了解人性真相的途径，就像那些希腊神话一样。甚至很多信教的人也不再相信基督教里面那些神圣的故事了，而仅仅把它们当作象征性的教育。可能这是你父亲所说的意思。

诗中的"board"一词的意思是"桌子"，这里是指那个有名的卡默洛特王宫里的圆桌。在中世纪时桌子是长而窄的，在牛津大学的餐厅里还有。那个时候，重要的人物坐在一端，你坐得离他们越近，你就被认为越重要。因为圆桌是没头没尾的，所以以前人们觉得圆桌就意味着人人是平等的，但很明显，还是有些地方比其他地方离国王更近些。在温彻斯特（Winchester）的城堡里有一个13世纪建造的大厅，里面有一张大圆木桌，上面刻着亚瑟王骑士的名字，各就其位。桌子很古老，但没人相信那是亚瑟王的。

有意思的是，曾有三个英国国王给他们的儿子起过"亚瑟"这个名字，但每个王子都夭折了。可能只能有一个亚瑟王吧。

逃离

当我们无法为自己的生活找到任何别的出路时，逃离似乎就成了唯一的选择。从一个陌生的地方漂泊到另一个陌生的地方，不同的语言总是藏着说不尽的故事，它们常常可以帮助人们来了解彼此。但是有时候，人们在头脑里对语言有着不同的理解，它们就能制造灾难。这就是现实。

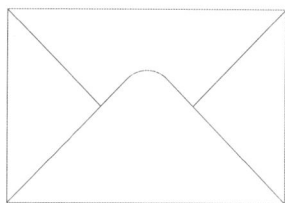

在那段日子里，我从未想到过有一天我不但会离开我的家乡，还会离开我的故乡台湾，而且可能是永远离开。但是当我无法为我的生活找到任何别的出路的时候，这就成了唯一的选择。在大学里我是全日制本科生，学的是设计专业，但我还通过参加由官方组织的建筑设计项目获得了经验和专业知识。通过这样的方式，我学会了和人打交道，学会了管理我的时间，因为我还在业余时间在一个环境控制实验室里兼职做研究助理，在一个媒体中心做电脑操作员，还在一家电脑店里做销售员。可以说我的学生生活很丰富多彩。但是后来突然之间我却宣布放弃一切，选择了去一个陌生的国家做个无关紧要的人，我就成了世界上最大的傻瓜和笑料。

"我绝不允许你离开这个地方。我相信一旦我断了你的经济来源，你很快就要回来的。"这就是我父亲的答复。在此之后，他想尽各种办法阻止我，不让我去任何地方。他甚至游说我的亲戚、同事和朋友，让他们来说服我，让我放弃我的决定，去做一份正常的工作来谋生。

"素燕，你可对我们撒了个大谎。我们怎么能相信你爸爸会不管你却让你克服这么大的困难自己去筹钱呢？打小他就这么爱你。而且，他这么做也没意义啊，因为他有足够的钱供你去任何地方留学。你应该讲实话，别再用这样可怕的谎言来伤害你爸爸了。"

"出国留学？她的想法多么可笑啊！甚至她爸爸都告诉所有人他不同意这个愚蠢的计划。我们等着瞧吧，看她没有别人的支持能干得了什么。"

"素燕，我现在给你说的是作为子女的责任。子女首先要做的是应该听父母的话，因为做父母的永远不会错。像你这样的女儿，不服父母的管，让父母这么为你操心，你这样子对你的家庭不忠不孝，就不是个好闺女了。"

"有梦想是好事，但是，现实点吧。你不会讲英文，所以我觉得你在异国他乡是没法活下去的。"

"你真是太不现实了，太不理性了，还总觉得你是对的。你以为你是谁啊？你命中注定是哪儿也去不了的。梦想家！你觉得你是个梦想家，我们都是梦想家，但我们早上得醒来，因为我们得去辛苦地工作来填饱肚皮。把你的梦想留在夜里吧，每天早上太阳把你照醒的时候，学着看看现实吧。"

"你是太无聊了，还是这里的生活对你来说太幸福了？你可以一直在这里读硕士学位，再找个好工作。放心吧，你在这儿有很体面的生活呢。你干吗要给你自己和你家人找麻烦呢？"

我是个找麻烦的人吗？他们很多人都给我自认为是好的建议，教我该为我自己或是别人做什么。我真的不知道他们是否真的理解我的决定后面的原因是什么。

语言里面总是藏着说不尽的故事，它们常常可以帮助人们来了解彼此。但是有时候，人们在头脑里对语言有着不同的理解，它们就能制造灾难。这就是现实。"现实"是个多么简单却又复杂的词啊，不仅包括我们能亲身触及或感知到的东西，还包括诸如羡慕、嫉妒、喜好、厌恶、爱、恨、痛苦和快乐等人之常情。每当人们怀着任何一种这样的情感对待别人的时候，他们就可能导致判断被歪曲。有时候，人们只注意他们能够多么容易控制别人，或是从别人那里能捞取到多少好处，而不是单纯地在意这些人有多么好、多么专业或是多么称职，或是只在意他们究竟是谁，这时候，人就仿佛进了地狱一般。

"你想要什么？你究竟想要什么啊？"

要是我回答了这个问题，我想要什么他们就能给我什么吗？"我想弄明白在我的梦想中我是谁。"我在心中暗暗答道。

"你为什么到新西兰来啊？"

噢，天啊，我卡在海关关口，不明白这问题是什么意思。我神情紧张地站在海关职员面前，就像一根木头一样，一个词也说不了。这么大一个地方，空气污浊，混杂着这么多人，不同的种族，讲着这么多种语言，熙来攘往的，搅得我很难冷静下来。

"我……我……来新西兰是为了……学英文……"

"——学三个月。"看我花了那么久费劲地找合适的词回答她的问题，那位职员善意地帮我把话说完。

"是的，是的，是的。"我很开心，不住地点着头。她给我看一张卡片。

"你有这个吗？这个？或这个？在你的包里？"她不问我问题，却指给我看卡片上那些鱼、牛、猪的照片，这样好懂多了，所以我才能更快地逃出那压抑的机场，跑到真实的世界里。

这个陌生的国家最先跳入我眼帘的景象是幅员辽阔的农村，还有很多斜披着屋顶的漂亮的房子，散落在四处。我的朋友把我送到一幢独立的房子边。房子很可爱，周围是一个大大的梦幻般的花园。一对白人夫妇来欢迎我到他们家来。这是我第一次来到他们的世界。他们领着我参观他们的家，我感觉仿佛走到了一部电影里面。

"你好，你和你新的寄宿家庭相处得还好吧？"我的朋友把我留在那家人那里之后，过了五天，他给我打来了电话。

"哦，我还行。我就是有点紧张，因为我经常听不懂他们说的话。但我感觉现在情况好些了。"我以为他只是善意地关心我在外国的新生活怎么样。

"但是我爸妈刚从你的寄宿家庭那里接到电话，他们好像对你很烦。他们想要你的语言学校给你找个新的寄宿家庭。"

突然一下我的脑子成了一片空白，因为我弄不明白他们觉得我哪里不对头了。还让我困惑不解的是，几分钟之后我回到他们家，他们还是挺和善的，问我在学校学习得怎么样，没有流露什么生气的样子。难道他们这么口是心非吗？我走出房间，去看我隔壁的寄宿同学。她告诉我说我们俩都得搬到另一家去，因为我们住的这家主人不高兴让我们再住下去了。

之后我们这家的男主人来到我们的房间，开始说道："你们俩在这儿也都不开心，所以让你们再待在这里是不合适的。我们今天和你们的学校讲过了，他们同意让你们在两周内找到另外一家。"

"是因为我们哪里不对，让你们这么不开心吗？"我问道。

"我们一直都让你们出去享受一下这个地方的生活，因为总待在你们的卧室里学习不好。但是看起来你们并不听我们的建议，就是不停地坐在书桌旁在书本上花时间，这对你们一点好处也没有。"

"我很抱歉，但是我得通过英语考试才能申请我的研究生课程……"

我们的男主人不让我把话说完，又态度坚决地说了一遍他的看法："你不知道怎么样欣赏我们的文化，这在你们的书本上是学不到的。"

我的胃突然一阵绞痛，什么话也说不了了。我不知道这真是某种文化差异还是单单因为他们不喜欢我们待在他家里太久。我记得我父亲总是嘱咐我外面一天黑就回家，还一个劲督促我用功学习，而不要去参加派对。但在这里好像我在我房间里花时间学习这一切都是错的。我无法相信，我本想努力地在这对"可爱的白人老夫妇"家里做个乖乖女，可才过了五天，却被他们踢了出来。可笑的是，本来我可以在那里开心地待着的，但很明显，他们虽然需要我们的钱，但又不想让我们在他们家里待太久。

发生了这样的噩梦之后，我们怎么还能在那里再待两个星期呢？我的寄宿同学带我出去和她的亲戚一道过周末。我们漫无目的地闲逛，就是为了避免太多地撞到我们寄宿那家的主人。在学校为我们找到另外一个寄宿家庭之前，我们费了好大的劲去找一个能待上两星期的地方。

在我 27 岁生日那天，我和我的寄宿同学在街上遇到了，她以一种奇怪的凄凉心情问候我："生日快乐，素燕！这是你在外国的第一个生日，我很抱歉没法给你安排一个生日派对来庆贺一下。"

"真是非常感谢你，蒂普。我永远也不会忘记和你在一起的这一刻。"我苦笑着说着，低下头。我还在茫然地徘徊。我无法看到我的未来在何处，但是我只能沿着这条没有尽头的路走下去，直到最终我会到达的某个地方。

✍

"你们俩得共住一个房间，因为我没有多余的房间给你们。而且你得和住这房子里的所有人共用一个浴室，这就意味着你们必须早点起来洗澡，因为他们有些人经常早晨洗澡。"我们新的寄宿家庭的女主人是单身，她的房子不大，但一下就住进了四个人，所以她给了我们这些建议。

"你家附近有到市中心的公交车吗？从这里到我们学校得花多少时间？"我问道。

"哦，有一班。从这儿步行到汽车站要一刻钟，从汽车站到市中心还要三刻钟。但是你们得事先看清楚时刻表，因为公交车一个小时一趟。"她详细地说明情况，让我们自己决定要不要在那里住。我们觉得也就不过两周嘛。但不幸的是，问题不仅仅是共用一个浴室或是早上赶公车的困难。一个英俊的瑞士小伙子住在我们隔壁，而且和我们在一个学校学习。结果在那家里完全没人来搭理我们，因为单身女主人只记得那个小伙子的名字，只记得叫他去吃晚饭，而且只请他参加她的派对。

"你真是幸运啊，你可以和一个英俊的瑞士小伙子一块儿回家来。"我不明白她在说什么，也不知道这有什么特别的。因为我们在同一个学校学习，又住在同一座房子里，难免会在同一趟公交车上撞见，公交车一个小时才来一班。

"是不是亚洲女人总是喜欢西方男人啊？"我正在客厅里做我的作业呢，新西兰女房东问了我一个古怪的问题。

"我没听懂，你能清楚地解释一下吗？因为我的英文不好。"她在我旁边看电视，说了什么，我没有听明白。

"你不觉得这个大明星长得很像那个瑞士小伙子吗？"她指了

指电视屏幕上的一个年轻男子。

"哦，对不起，我开始听不大懂你的口音。你是指住在我们房子里的那个男的？我不知道该怎么区分西方人，因为在我看来他们都长一个模样。"

对于我们之间谈了什么我是一头雾水，可能因为我的英语能力很糟糕，或者我满脑子想的都是做不完的作业。

"你好，素燕，欢迎你来到你的新家。从现在开始你就要和我们住一块儿了。来，我给你讲讲我们家的规矩，然后领你看看。"我寄宿的第三家的女主人是个寡妇，自己住一座大房子。客厅里有架钢琴，花园里有游泳池，给我印象很深。但是，经过在前两家莫名其妙的遭遇之后，我一点激动劲儿也没有了。

她看了看我，然后慢条斯理地说："首先，我得告诉你啊，在这个国家水电都很贵，所以你不能洗很长时间的澡，晚上呢，也不能开很长时间的灯。"

"我能明白，我们一直都要给地球节省能源的。"

其实她并不在意我想说什么，她只是喋喋不休地告诉我她的规矩。"我已经计算过时间了，洗个淋浴从头到脚冲一下3分钟足够了。你得晚上11点前上床睡觉，因为这对你的健康有好处。晚上去小便不要冲马桶，因为就是点水而已。"我想她看到了我震惊的表情，所以很快转而对我微笑了。"亲爱的，别担心，你会习惯的，而且我会给你做好吃的，这对你更重要。"

"但是我需要加班学习，真的没办法在 11 点前睡觉。我到这儿来留学是为了通过我的英文考试的，这考试对我特别重要。"我希望能得到她的允许在夜里用我的灯，因为我从来不能在凌晨 2 点钟前做完我的功课。

"你到这里来，你的父母可是花了很多钱。你应该和你的同伴们出去享受我们的文化，而不应该把自己关在一个小卧室里面总对着教科书。"

"我是花自己的钱来的，就是为了能换来一块宁静的地方让我能够聚精会神地学上几个月。"我真是受够了，这里所有人似乎都觉得父母为了孩子的学习会舍得花钱，但却又希望孩子们在另一个国家只四处玩乐。也许她经济困难，需要钱，但我不明白为什么她就该剥削我。但是我的英文不够好，所以企图向那里的人解释我的处境纯粹是浪费时间。

最后我们实在受不了和那个老寡妇同住的压力了，我和另一个寄宿同学搬到了一户中国人家。但是，这次的选择甚至更糟，虽然我交给那户人家的是全额租金，但是他们没有房间可以给我，所以我不得不睡在地板上。我非常担心，因为在那里只剩下一个多月的学习时间了，我的考试就快到了，所以我得特别卖力地学习。

在一番急迫而又沮丧的寻房之后，情况总算有了些好转，我从一个中国的商人那里得到了帮助。他的房子里有个套间，他同意租给我，只收很少的租金，可以让我住到学习结束。经过前面几个寄宿家庭的艰难，我非常感激他的好心和帮忙，虽然我感觉他无法理解为何我在两个月内连搬了五次家。我想我自己或是其他任何人都没法理解。

每当听到其他同学与我分享他们与寄宿家庭过得如何如何开心的美好经历时，我心里就特别不平衡。尽管如此，我还是从第一次在外国留学的经历中学到了一些东西。比如，不一定我们花了钱就能买到我们觉得该得的东西。我不是个难缠的女孩，所有我想要的不过是安静地学我的英文。但我感觉没有几个女房东明白如何给认真的学习提供合适的条件。如果你能找到一个，那她可真是个宝贝了。

"你在找什么呢？"我在语言学校的一个同学看到我站在我们教室外面的人行道上仰头盯着一栋楼看，好奇地问我。

"那栋楼。"我叹了口气，简短地回答她。

"很漂亮，是不是？"

我知道，我们都会觉得那栋维多利亚风格的建筑在周围景色的映衬下很迷人，很有梦幻色彩。但是，我真的无法享受或是欣赏那如画的风景。

"是的，但我看的不是它有多美，我在想我要不要进这栋楼。"

"噢，我明白你的意思。我也很抵触，不想去那个学习中心。

我们的老师让我们看的那些 BBC 节目，还要写摘要，都是我们的家庭作业，我真是厌烦透了。"说起我们严厉的英语老师来，她就这样的感觉。她道出的既是她的烦心事，也是我的。

"所以也许今天就不进去了吧。我们能不能放个假去喝杯咖啡？"有时候我真想逃学，但我需要有个人和我一块逃，否则只有我一个人偷懒我会感到很愧疚的。

"不行啊，我觉得我们应该勤奋学习来快速提高我们的英文，这样我们就能永远离开这个国家，再也不要回来了。"

我喜欢她为了逃离新西兰而努力学习的想法，但是我们还得进那栋大楼，还要学习到学校关门，我很失落。

在新西兰的那段时间，我过得非常不开心。我该怎么说我的生活呢？在那个乏味的国家待的那几个月里，我的生活非常有规律，这种生活是我从来没有过的。也许我根本就不该有什么抱怨，因为是我自己选择的，是去为我的英语用功学习，而不是去游山玩水。但是，我必须在早上 7 点起床，去赶 8 点钟的公交车，从 9 点到 11 点要去学习中心，从 11 点 15 分到下午 3 点 45 分去听课，然后再去学习中心，一直待到学校 5 点关门，再去奥克兰大学图书馆待到晚上 8 点，然后去赶公交车在晚上 9 点前回家，在晚饭后快速冲个澡，然后再学习到凌晨 2 点钟。我感觉除了压力还是压力。虽然我们的老师装作为我们在那个国家的紧张生活感到很难过，但他不仅很多次发还我的家庭作业，要求我一遍又一遍地重写，还继续每天给我布置新的作业。

"素燕，你就知道学啊，学啊，学啊。你每天在功课上花太多的力气了，你得偶尔放松一下，去享受一下你在这个国家的生活。"我的老师在学习中心又遇到我的时候，让我出去散散心。

"我每天都有很多的作业啊。你总是让我重写，但从来不让我的前一次作业及格，同时你还总是不停地给我布置新作业。在这样的压力下我怎么能享受我的生活啊？"我抱怨起我的学业太繁重了，虽然我知道这是我的问题，因为我的英语能力太弱了。

"要是你不高兴，你没必要写啊。那些小作业只是供你练习一下学过的东西。别太为那些作业劳神了。"他微笑着告诉我说我是有选择权的，可以不做我的作业。

"真的吗？你肯定我要是不愿意的话，我可以不必一次又一次地订正我的作业吗？但是，如果我不写的话，会怎么样呢？"听说我真的可以不必一直为我的老师订正我的作业，我感觉有了些微的希望。

"当然了，不会发生什么大不了的事情。我的意思是说，要是不做你的作业的话，你不会缺胳膊，也不会少腿，只是在这门课结束的时候你不会得到合格罢了。"

听到这个可怕的回答，我渺茫的希望很快就破灭了，我皱了皱眉头说："啊！不！你对我可真是残酷，听你刚才说的，我甚至感觉更差了。我在这里花了这么多钱来学我的英文，我怎么能把一个不及格带回家呢？也许你非常讨厌我，所以你从来不想给我及格。"

尽管这样，在向我的老师抱怨了功课太沉重之后，我感到很难为情。他好像开始小心起来，为了不把我弄得太难过，因为一次课间休息我离开时，我看到他把我发还的作业藏到了我的笔记本下面，却没有当着我的面给我。其实，我非常感激我的老师，因为通过他专业的教学和严厉的管理，我能看到我的英文进步得有多么快。

我得承认在我留学开始的时候，我的英文糟糕得难以置信。不知为何我被安排在"中上水平"的班级，我想可能是因为我在到校后的第一次考试中偶然考了好成绩。我不会几个单词，所以在和别人交流的时候画图和手势帮了我大忙。不过他们得有足够的耐心，就像我去的第一个寄宿家庭遇到的第一个同学的亲戚。去饭店吃饭的时候，他们问我最喜欢吃什么，我就画了很多想吃的食物。不能用英文表达我的感受和想法的时候，我也在纸上很快地画出来。我这才第一次意识到画画对我的整个人生多么重要，不仅是在设计课程中的必修单元里，而是在所有的地方。

我记得到了我留学的第二个月我才能在餐厅自己点菜。但在第一个月，我只能跟着我的同学点菜，总是对服务员说"同样的"。很不寻常的是，我们的校长告诉我说："你真是很勇敢，虽然英文不是你的母语，但你能用英语和我争论。"这是因为我在他的办公室里抱怨了将近一个小时，历数我在那些寄宿家庭的不快遭遇。

然而，不是所有的老师都看到了我英语学习的进步。

"你们大多数人都很棒，能在15分钟内写完一篇150字的短文。我瞧见你们有些人甚至只花了几分钟就写完了一篇，真是太了不起了。"一位老师一边看我们的习作，一边看我们花了多少时间，她要我们写完作文后把所用的时间写在右上角。但是她似乎突然卡在哪里了，犹疑了几秒钟。然后，她转过身来，问我花了多少时间写那篇作文。

"素燕，我感觉你肯定记错了你的时间吧。我想你是想写 15，而不是 50，是不是？"

"不是，我写完这篇文章花了将近一个小时。但我还是很开心，因为在一个月之前，我写一篇 150 字的文章要花五个小时呢。"

"啊，真的啊！要是你说你在一个月前要花五个小时才能写完这篇文章，那可真是很大的进步了。但是，我能问一下吗，要是这么短的一篇文章都要花你这么久的时间，你怎么能在这个班级里学得下去呢？"

"所以我在放学后从不参加任何社交活动。那些活动我也交了学费的，但可惜的是我没有时间参加。"

"噢，你的老师肯定是个糟糕的家伙，总给你留这么多作业。"

"这所学校非常严格，我听说我的那些寄宿同学在他们的学校里都很轻松，从来不用像我们这样在放学后还有这么多的家庭作业的。"我轻声地假装抱怨起我们的学校，但实际上我感觉很幸运，一开始学英文就选对了地方。事实上很多留学生把他们的课程当成了假期，他们也没学到多少英文，所以考试过不过他们也不在意。

我的英文经过三个月的魔鬼式训练后，我们最后进行了为期一周的毕业考试。开始的几天考试里，我们要回答以课文和课外选读为基础的问题。之后我们还要在课堂之外做一个小型研究项目，还要写报告上交，之后再做一个 15 分钟的汇报，会有 10 位老师观摩打分。那真是地狱一般的一周，我不记得我是怎么挺过来的，但是我记得完成所有的那些任务之后，我的脑子只剩下一片空白。我的老师给我送来毕业成绩，还说我的英语学习进步怎样之大，我却没法再说话了，不是因为我太感动了，而是因为我忘记了该怎么用英文讲话，即使像"happy"这样简单的词都不会说了。

"素燕，我觉得你该特别为自己感到骄傲，因为你成功了。你知道，在你第一次词汇测试的时候，你得了 0 分。你一个词也不会说，在你学习的第一个星期，你根本就听不懂我在说什么。我那时特别为你担心，不知道你能不能通过这门课程。你竟然神奇地学得很好，尤其是你的口语。我本以为要达到你现在的水平得花上你一年的时间呢。"我的老师开心地发给我毕业证书，但是我没说很多话，我想他以为我不高兴呢。

"素燕，你真是很棒，虽然你可能希望考得更好一些。你对你的将来有什么打算？"

"我不知道要到哪里去读我的硕士课程，但我可以肯定地说我去哪里也不会在这个国家。虽然我很喜欢你，也喜欢我们所有的老师，也喜欢我们的学校。在你告诉我成绩之前，我特别担心，怕我万一考试不及格的话，我就得续签我的签证，在这还要待更长的时间。现在我可以忘记这个地方的所有的一切，我再也不想回到这个地方来，永远永远不会。"

我感觉那个陌生的国家的一切都让我受不了，包括所有那些陌生的文化，难以相处的寄宿家庭，还有在陌生环境里地狱般的学习。那种环境在我的印象中没有中世纪的建筑，没有古老的书籍，周围只有一片辽阔的乡村，再就是一个没有古典美的现代市中心。

航班离我的家乡愈来愈近了，那个陌生国家的景象也从我的记忆中渐渐远去，此后有很多年封存在我的脑海里的某个地方。也许一旦我打开我的记忆的时候，我会明白我在第一次异国的经历当中学到了多少东西。

我从新西兰回来一个星期后，去看了一家台北的教育中介。"你们能帮我申请一门大概两个月的课程吗？"我觉得我没法在我自己的家乡继续我的英文学习，因为所有人都因为我想去欧洲留学的计划而对我大加指责。

"你想到哪里去留学呢？你想学什么呢？"那个中介问我的首选是什么。

"我不知道啊，哪里都可以。我需要休息一阵，但我无处可去。如果你们能在下一个学年开始之前给我找一个最便宜的地方让我待着我就会满意。"从我的话里可以看出我有多么沮丧。

"我们主要是在英国服务，有各种各样的教育，所以我可以告诉你的是，伦敦是大家学英语最常去的地方，但在英国那是最贵的地方。"她告诉我说要是我想去度个短假，伦敦将是最好的地方。

"但你说了那是最贵的地方，所以我更想去离那儿近些的别的地方……这个地方怎么样？我不知道为什么牛津和剑桥是用特别大的字母印刷的，但从地图看来，牛津似乎比剑桥离伦敦更近些。我想要是那个地方离伦敦不远却又比伦敦便宜的话，我想去那里。"

我指了指地图上的那个地方。我感觉以前我在哪儿听说过"牛津"这个名字，但不能肯定它是干吗的。我希望那个地方不会像高雄一样。她告诉我说这个选择不错，因为牛津是个美丽的城市，而且有很好的公共交通，从那里可以去很多有名的旅游景点。

"你想什么时候去呢？"

"现在，或是明天，要是你问我我想什么时候去。"

"明天！但你需要办个签证啊。你得给我至少几个星期来准备好一切手续，好不好？"听了我的回答，她很惊讶，给了我一张单子，列了准备我签证的文件。

"噢，赶紧啦。我们干吗需要给他们看这些玩意呢？我只想去那儿待上两个月，然后去荷兰。要是我发现到了他们那么昂贵的国家却再也走不了，我会更担心的。他们倒是不用担心我会非法滞留。"

我就是不明白为何我们总得出示这么多的证明来弄一个签证，因为我永远不能明白为什么人们宁愿在异国他乡做永久的难民，却不愿回到家乡过他们体面的生活。虽然我不愿待在我的家乡，但是我还是不愿像我听说过的那么多人在别的国家做难民。我那时想在我完成欧洲的学业之后，自然迟早会返回我的故土的。

最后，我终于拿着我的机票和签证到了英国的希思罗机场。我直接就赶到了当时我茫然无知地在地图上指点的那个地方。我上了的士，身后留下的是飞机和机场——那和我家乡的最后的联系。我不知道在那个地方我的生活会是怎样，突然，我感到一阵特别的孤独。但我实在不能掉转身去，赶上一趟车返回台北。相比起新西兰，英国离台湾更为遥远。我感觉我成了世界上唯一一个被遗忘的人，多少年来，没人祝福，没有根基，从一个陌生的地方漂泊到另一个陌生的地方。的士把我从机场送到我的学校所在的牛津，但我没有兴致四处看看这个新地方，以便记住去什么地方的什么线路。从我开始了我漂泊的生活之后，我的方向感已经丢失很久了。

"英国或是牛津不过就是这么个贫民窟似的地方吗？沿街停的都是小汽车，房子这么小，而且他们的环境有点脏兮兮的。"我在心里嘀咕。不幸的是，这就是我对牛津的第一印象。的士缓慢地沿着一条拥挤的道路行驶着，然后拐进了迷宫一般的小街里，在那儿有牛津古老的工业区和移民区。的士司机把我送到了我那破旧的寄宿住处。"但是没什么关系，我不需要喜欢这个国家，因为我来只是为了休个短假。"我一边同我的印度女房东走进屋子，一边自言自语道。她一点也不友好，虽然我那时想成为她的朋友。一进屋，让我又一次体味到了震惊和痛苦。我的房间很狭小，只能放得下一张小床、一张小桌子，没有抽屉，还有一个小柜子。而且，柜子打开的时候，房门就根本开不了。"幸运的是，我没选这个地方来突击我的英文。"我想。我再一次安慰着自己，但明白了这个国家的生活真是昂贵。在这里，我花的钱是在新西兰花的两倍多，但是我只能待在这么个贫民窟似的地方。然而我没有了抱怨的力气，因为抱怨也无济于事了。

　　我在学校过的第一天比我对这个国家的初始印象更让我震惊。我根本找不到哪栋建筑看起来像我想象中的教育场所，直到一个行人回答我道："瞧，你到了。这就是你要找的学校……"

九

探索

我们可能因不同的原因离
开自己的家乡，去寻找一
个新的开始。但是，支撑
我们在全然陌生的地方面
对生活的，却是在异国他
乡友人间不期然的相遇和
难忘的鼓舞。感觉我们就
像飞散了的大雁，重新回
到迁徙的队伍中。

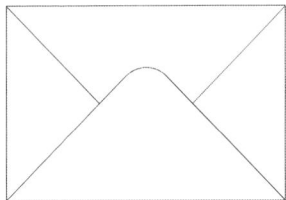

"你也是从台湾来的？我听到你说你的地址，听起来好像那地方是在台湾。"正当我们都在会议室里等待入学考试的时候，一位高个子且漂亮的女士问我这个问题。

"是啊。你也是第一天到这里吗？你有什么朋友吗？"听到这么熟悉的口音，我感觉很是亲切，迅速地走过去坐在她身边。

"我自己来这里的。除了我的寄宿家庭的女主人之外，你是我在这里遇到的第一个人。我叫莫莉。你认识英国的什么地方吗？我觉得我们应该制订个计划，每个周末去游览这儿的一个地方。谁知道呢，没准我们在这儿学完之后就再也不会回来了呢。"

我们很快成了朋友，并达成了共识：我们的钱最好是花在旅游上，这样我们就可以用我们自己的双脚踏遍所有地方。这就意味着要是我们能够的话，我们可以选择徒步去所有的地方。然而，我们俩谁对英国都不了解，所以得给我们的出游找个导游。

"在考试之后学校会带我们四处转转，也许我们可以借这个一日游的机会看看从哪里坐汽车或是火车去周末我们想去的地方。"有这么好的伴侣一块儿在英国探胜，我好高兴，都等不及了，马上就开始研究怎么有效地使用公共交通来实施我们的旅游计划。

之后，很让人惊讶的是，那天下午我跟着我们学校去了市中心，眼前见到的美丽一幕马上就将牛津给我失望的第一印象抹去了。我一直都记得那一天是 2005 年的 6 月 13 日。牛津繁华的商业街神奇地将我带进了一个在阳光下闪亮的梦幻般的天堂。"我想看了又看，永远都不要醒来。"我的心里道出了由衷的愿望，本来闷闷不乐的脸绽出了真心的微笑。

"我从来不知道牛津有这么美。这些建筑还在用吗？"我真是不敢相信我在那里所见到的一切。

"是啊，它们都是大学的学院，有学生的宿舍和餐厅。"莫莉还告诉我，我们很幸运，因为我们学习的地方离牛津大学不远，虽然我们的学校没什么可以和那里相比。

"我觉得他们建造这些建筑的方法有悠久的历史，所以每一块石头和每一个怪兽滴水嘴都有它自己的故事。不知道我特别用功地学上 10 年来提高我的英文，再攒上足够多的钱，能不能申请上牛津大学。到那时，你就会经常看到一个可怜的老太婆，满是皱纹的手里抱着那么多的旧书走过这条大街。那将是我。"

我敢开这个玩笑还是相当大胆的，因为我觉得即便上帝再给我一次生命，让我好好学英文，我还是不能进牛津读书，因为那里没有和我的专业和兴趣有关的设计专业或是现代建筑专业。

"嘿，素燕，我在我们的教室里遇到一个男的。他说他也是从台湾来的。他来得比我们早，你觉得我们能和他交个朋友吗？"莫莉兴奋地告诉我说我们可能会有个好导游了，因为台湾人彼得看起来是个好人。

但是，我们一问他关于在英国旅游的事，他皱了皱眉说："我对这个国家一无所知，因为我只是去我们的学校，其他地方我还没去过呢。"

"但是你在这个地方的时间比我们的长啊，你肯定知道什么地方的。"虽然他的回答听起来希望不大，但是莫莉不依不饶。

"我只是在这儿多待了几个星期而已。我不是本地人，我怎么知道去哪儿或是怎么去那些地方呢？"他开始看上去有点为他对英国有限的了解感到难为情了。

"别担心，我给你准备了一本导游手册呢。你可以在这个周末之前研究一下这本书。"莫莉给彼得这么个额外的作业，我看了忍不住笑了又笑。

我们的第一步是去看上午9点半在白金汉宫的换岗仪式。我们的导游很职业地告诉我们走这边，走那边，向右转，向左转，再过马路。这么折腾了一个小时，最后我们终于在9点之前赶到了那里。

"哇，可真是不近呢，但是我们成功了。"我还以为彼得很认路呢，后来我在一年后与其他朋友第二次去的时候才意识到从维多利亚车站到白金汉宫只需五分钟。我们就站在拥挤的大门边上，看着这闻名世界的场面。我们看起来更像是不会讲标准英语或是台湾普通话的乡下人，只是拿着我们的相机四处玩，见什么开什么的玩笑，因为我们觉得反正没人听得懂我们自己在说什么。

"我们在这儿真是没文化、没教养，但是我真的很开心，我们就像真正的观光客一样享受我们的生活，无忧无虑，包括讲英文。这也是我第一次用相机拍这些所谓的垃圾照片，而不是为了场地调研拍严肃的照片。"这样尽情地放松之后，我感觉精力充沛了许多，虽然别人可能嗤之以鼻地看着我们。

"但是过一阵我们看到我们英文的考试成绩的时候，可能会感到悔恨不已啊。我们现在玩的时间本该是用来学习的。"莫莉笑嘻嘻地说，脸上没有真正的担心。

"所以呢，我们应该随时都练习我们的英文。彼得，去找个人问问到塔桥（Tower Bridge）怎么走。这是练习你听说很好的机会。"我推着彼得去找个过路的求助，因为我们迷路了几个小时，一个下午已经在大本钟（the Big Ben）塔楼附近转悠了好几圈。

"我现在知道怎么走了。我们几个钟头都在绕着大本钟转圈，浪费了太多的时间。"

我们以为他现在真的找到正确的路了呢，因为我们俩都看到那个人在指着某个地方告诉他方向，他也在点头。但是很奇怪的是我们还是不能到达我们想去的那座著名的桥。

"彼得，我们是不是还在大本钟附近绕弯呢？"为什么我们还是不能看到那座桥，因为我觉得我们可能已经走了好几英里了。

"别担心，跟着我走就是了，一会儿你就看见了。"

"我不相信那儿有这么远，花了一个多钟头还没到。你现在能告诉我那个人跟你说什么了吗？"莫莉也表现出怀疑，而且感觉她自己也找到路了。

"哦，他说的好像是向右转或是向左转，还有是哪个转弯来着……我忘记了。但我感觉他一直指的就是那个方向，所以应该就是朝那边的某个地方。"他用手虚晃着，指着一个看不到的地方。我不知道我们能否在消耗完所有的体力之前赶到那个地方。

"我们该坐渡船回到大本钟那儿，然后再坐地铁回到维多利亚站，在这儿尝试什么新花样都蛮有趣的。"莫莉和我都喜欢这个主意，走水路再坐地铁，以免我们再次迷路，半夜才能赶到大本钟那儿，那我们就只能在次日早晨看牛津的日出了。

然而，从总体上说，这么多不同而丰富的事情，我们在短短的一天里就体验了一下，虽然回去的时候脚都起了水疱，鞋子也磨破了。

伦敦的另一部分我们第一次没有来得及转，为了去看看，我们决定更加仔细地研究一下地图。我们这次更聪明些了，为第二次伦敦之行，我们准备了很多创可贴和一些水。就像一般的游客一样，我们一个上午开心地转了很多博物馆和展览馆，走马观花而已，得到一个表面的理解就满足了。

"我们今天下午一定得去大英博物馆，看看英国人从全世界抢了多少宝贝过来。"莫莉给我们讲起这个家喻户晓的笑话，说那个博物馆里有多少多少从世界各地收集的文物。于是我们就翻看地图，找能走到那里的路，讨论了一会儿工夫，确保我们能快点到达博物馆。

"我们要不要问问人，先确定一下我们的方向？"莫莉说最好的路全要靠嘴巴来问，嘴巴比地图有用得多，所以她去找一个当地人问路。

"你有地图吗？我可以在地图上给你指路，这样更方便解释。"

那个人温和地回答她说。

"地图，有，我们有张地图。彼得，你把地图给他看看吧。"

"地图？哦，我本以为在我包里呢，可现在我找不到了，真是奇怪。"

"我们刚才就是照着地图走的，五分钟前还在咖啡馆里研究过它呢，然后马上就出来了。我们怎么能把地图弄丢了呢？"我们三个为不见的地图迷惑不解，不知道现在该干吗。

"或者你们如果有纸笔的话，我可以给你们画张简单的地图。从这儿到大英博物馆还要走挺远呢。"于是那个人很好心地帮我们解决了难题，他画的地图帮我们很快地找到了博物馆。

大英博物馆壮观的建筑给我留下了很深刻的印象，一走进去，看到主门里面巨大的圆形图书馆，突然间我就忘记了自己有多累。"哇，我希望我的英文能好到有朝一日读那些书！英国人怎么能收集到这么多漂亮的书而且还保管得这么好？我真是羡慕英国人，因为他们在哪儿都有这么多经典名著。"透过这个宏伟的图书馆的窗子看着这么多书，哪怕只看上几分钟，我都感觉备受鼓舞，真想好好学习一番。接着，我们又成了游人，给很多雕像拍照，把我们的脑袋摆到没头的石头狮子上去，给我们自己照搞笑的照片。有人笑我们，也有人看着我们，仿佛我们是淘气的孩子，我们也不是很在意。有时候，我们试着去读读展厅里的说明卡片，但很快就作罢了，接着转过去玩耍，因为有太多的生词我们看不懂。我们的大部分时间都是在伦敦四处戏耍，却不想专门去看什么东西，真是非常有趣。

也许这么说会有些奇怪："我们第一次去英国的时候，去了伦敦几次，走过那里的每一片土地，但是除了大本钟之外，我们没怎么看到伦敦是什么模样。"尽管这样，我们真的很开心，这么无忧无虑像孩子似的度过我们的假期。

我们三个人彼此并不是非常了解，在英国相遇了，可能因不同的原因离开我们的家乡来寻找一个新的开始。感觉我们每个人都像是飞散了的大雁，重新回到迁徙的队伍中来，现在我们飞来伦敦，仅仅是为了逃离我们曾经遭受过的不快乐。这次只有三只大雁的短暂飞行，给了我们如此难忘的鼓舞，支撑着我们在全然陌生的地方去面对生活。虽然我们那时不会多少英文单词，但在感受英国文化的路途中却有着这么不同寻常的开始，每当想起这些，也有着永久的快乐。令人伤心的是，我是最后留下来的唯一一只大雁。但是我还想去弄明白在那些快乐的日子里我们所见到的东西，这个愿望战胜了我的恐惧，虽然没有任何伙伴，但是不论日子多难，我们能自己面对。我的朋友们拿到了硕士学位之后，会带着英国这段快乐的回忆回到他们的家乡，而我呢，决定留下来。这个快乐的开始，时刻激励着我，要我不能半途而废，因为我选择了生活在现实中，而不是在记忆里。

痛苦的是，正当我融入现实中去的时候，我的梦被打碎了。在英国学习两个月后，我在研究生级别的英语水平测试中得了低分。但这也不是什么解决不了的问题，因为我可以很快再考一次，提高我的分数，很多人都是这样的。大学为海外留学生开设了很多研究生预科课程，更有利的是，我的分数刚刚够我去上很棒的一门。所以我能离开那个私立的语言学校了，那儿对我来说真是太恐怖了。然而，来了个大问题：钱。

在英国期间，我一直都期盼着有什么奇迹会出现，来帮帮我；或者，也许最不可能的，就是希望我的父亲能够回心转意，最后支援一下他的女儿，就像那么多中国的父亲所做的一样。但是，他没有，也根本没有什么奇迹降临在我身上。剩下的钱几乎都不够我回家的机票了，我别无选择，在他的逼迫下，我回到了台湾。

像断翅的鸟一样飞回了台湾的家，我拗着家人的意出去闯了一遭，也没取得多大的成就给他们看。我从未想过能再次选择去英国。就在那时，来了一桩更痛苦的事：我从我的俄罗斯朋友那里收到一封电邮，她告诉我说她为了她的梦想刚到了英国，想在欧洲和我一起庆祝我们两人的梦。她就在我回到家乡的同一天到的英国。我哭了足足几个钟头，仿佛我要死了似的。这不是因为我想念我的朋友，而是因为我们曾许下诺言，要重在欧洲相会，我们俩都知道，一定要实现我们的梦想，那是我们之间的约定。然而，我却不在那里。

几乎失去了我的梦想，刚刚被迫回到我的故乡，又面临着几个棘手的问题，就在这个时刻，我朋友的来信极大地激励了我。难以置信的是，我直接跑到另外一家教育中介，希望她能给我找到一个合适的位置来满足我的需求。我下定了决心，无论如何，我都要想办法尽快回到英国。

🐜

"我不想再到什么语言学校学习，也不想住在什么寄宿家庭。但是我想现在申请研究生课程可能太晚了，因为大学里新学年已经开始了，而且我还得上两个月的预科课程来达到研究生级别的英语水平。"我告诉我的中介说，我明白要是我想马上就出去留学的话，解决我这样的问题不太容易。

"你想去哪儿呢，而且之后你想做什么呢？"她问我那些一般性的问题，就像我的上一个中介以前问过我的。

"我想去在牛津或是任何靠近牛津的地方学一个和建筑或是城市设计相关的专业。"我可能还说不太清楚我的专业，因为我对英国的教育制度了解得不多，可能和台湾的教育完全不同。"但是，求你，"我说道，"可别再给我推荐像那个语言学校的地方了。"

"听起来似乎你已经去过牛津了。你为什么换中介了呢？"她说她有些好奇，因为似乎我以前用了另一家中介。

"两个原因。首先，尽管我告诉她说我想选那里最便宜的学校，因为我去过新西兰了，不用强化学习英语，但是她让我去了牛津最贵的学校。其次，我和那个学校有什么问题的时候，她根本不帮忙，只是把我的抱怨转达给那些该死的领导。那些人很容易就用他们完美的母语将我的抱怨压制住了，可我的英文不足以为我自己辩护。"
我不知道她是否相信我，但我强烈地感到我在那里受了委屈。

　　"要是你不介意的话，跟我说说你在牛津那所语言学校的经历
吧，我会很感谢，因为对我来说，多聆听来自学生的看法是有好处的。
很多人来我这里并且反映了同样的情况，你不是第一个。我想知道，
为什么学生全都抱怨那个学校。"她说她再也不敢把学生送到那里了。

　　我还真不知道从何说起，但是我知道，要是想让她看到我将来
留学的真正需要的话，我必须得讲。"说来就很失望，那个学校的
外观就不怎么样，体现不了它的教育功能，但这还不是我抱怨的主
要原因。那里的教学质量是特别的差，和我在新西兰的留学经历相比，
一点也不专业。那些领导把我叫到他们的办公室里去，和我私下里
见了两次面，问我为什么把我在那里不愉快的生活捅到了我的中介
那里，当然，他们听说了。"

　　"这么说来，他们的确是在乎你的感受，所以想和你私下里谈
谈。"她想当然地认为那些人是好意，觉得我抱怨得太多了。

　　"噢，在你听我说完他们是怎么回答我的问题之后，你可以有
你自己的结论。我就问他们，为什么单单把我叫到他们的办公室来，
而不是其他的同学，大家都对他们的学校不满意。他们说："我们
只想和你谈，因为我们听说你在网上贴了一篇文章来抱怨你在这里
的生活。"我就告诉他们，他们几乎每个星期都换老师，但是没有
一个老师真正地为我们学习的进步负责。你知道他们是怎么回答我
的？"我问我的中介一般怎么解决这样的问题。

"我不知道，但总是给学生换老师，这听起来可不大对头。"
她还说，要是领导无法对此给出个合适的理由的话，这也是不对的。

"他们告诉我说：'因为你过于频繁地换班级，当然你会总遇
到不同的老师了！'我解释说我换班级是为了跟着我的老师，因为
我不高兴换新的老师；但是每当我换到一个不同的班级，还没高兴
几天呢，原来的老师就又走了。"

"竟然有这样的事，真是不可思议。"

"然后他们问我是不是还有别的什么事让我烦恼的。我告诉他
们说整个学校就像个露天的收容所，里面挤满了难民，因为他们每
周在那么小的一间屋子里接纳上百名学生，那房子仅仅像居家的屋
子那么大。我们没有地方吃午饭，午饭总是不好吃，而且比校外的
饭菜贵一倍。你知道他们又是怎么回答的？"我想没人能猜得出我
从那些领导那里听到了什么。

"我真的不知道他们会说什么，但是这听起来真的很糟糕。"
虽然她无法真的猜想出那里的情况，但是她对我表示了同情。

"他们油腔滑调地回答我说：'你知道的，物价一直都在上涨，
但永远都不会下降；而且，我们这儿是教育机构，不是给人提供好
饭好菜的饭店。听你说没有地方吃午饭，我们感到非常奇怪，因为
我们看到在学校周围四处坐的都是同学，而且他们看起来都很开心，
午饭吃得很香甜哩。'"

听到他们的回答，我惊得都傻了眼。我们之所以坐在地上，是
因为我们没有像样的椅子可坐，也没有真正的桌子来吃午饭。我们

之所以在学校买饭吃，是因为学校太远，周围没地方可供我们去吃午饭。当然了，有些学生比较幸运，因为他们的寄宿家庭会每天给他们准备三明治。但是我的寄宿家庭从来没给我做过。

起初我的中介听得一言不发，我还以为可能她是有点被我对那个学校的态度吓到了。但是后来她告诉我说，她现在再也不敢把什么学生送到那个可恶的地方去了，那里简直就像电影《雾都孤儿》（Oliver Twist）里救济院的现代版。

"你的寄宿家庭怎么样呢？你和他们过得开心吗？"她试着改变话题，也许她觉得如果我不再说在那个语言学校的不开心，可能会感觉好受些。

"虽然校方说我们的住宿费里包括了伙食费，但是我和我的寄宿同学们从来没吃饱过，总得自己花钱去超市买更多的吃的。我的寄宿家庭抱怨说那个学校付给他们的钱不够。我告诉那些领导，我以为他们已经知道了那个寄宿家庭不是很友好，因为，甚至在我到英国之前，他们就把我从另一个家庭重新调剂到了这个家庭。这让我起了疑心，于是我很快就弄明白了为什么是这样。"说起我在寄宿家庭的遭遇，我感觉更闹心了。

"你说他们早就知道这个情况了，是什么意思？"

"很多以前的学生告诉我说他们之所以从那家搬出来，是因为他们不喜欢那户人家，那家从来不给他们吃饱饭。但是我们的领导告诉我说：'听你这么说，我感觉很惊讶，因为之前从来没有人向我们反映这个情况。'我不相信他们的话，因为校规上说，我们如果要申请换寄宿家庭，必须要有正当的理由。所有的学生都因为同样的理由搬家了，他们怎么还能说他们不知道那户人家不好呢？接着他们又告诉我说："学生总是不老实，他们总是说因为距离学校太远了，所以他们得搬到更近点的地方。"我听了感到非常无语，就问他们什么叫作距离太远，因为从那家到学校只需用两分钟。"

"你的上一家中介本该帮你去向英国文化委员会投诉的呀，因为这些问题真的很严重。"她告诉我将来如果遇到什么不公正的情况该做什么。

"这些问题的确严重，但是最荒唐的事还不是这些。在那几次私下会见的开始，他们拿过来一封我写的信，然后每次见我的时候就讲啊讲。他们坚持说那信是我写的，于是我就让他们把我的信给我看。我说既然认为信是我写的，那我想看看，因为我觉得我要是有能力写得出一封抱怨信，我肯定是大大地提高了我的英文。而且，我用的是他们那么破烂的电脑，每过一刻钟就自动关机，还有那么多人在我后面排着队，不断地催我，所以我站在电脑前得非常麻利地写完文章。"我告诉她说，在会见中，我最后的请求一直都是读一读我之前根本就没有写过的我的信。

"信上有你的名字吗？"

"他们告诉我说他们不能给我看那封信，因为他们读不了，信是用中文写的。我都惊呆了，最后选择了保持沉默。既然他们连一个中国字都不认识，他们怎么就能咬定说那封信是我写的呢？"

我的新中介于是告诉我说，在这种情况下，我可以去起诉他们毁谤我。但是过去的就过去了，我之所以告诉她这些，仅仅是想帮她了解我以后进一步学习要成功的话我需要什么，因为我真的很想念牛津，尽管我在那里学习生活的开头是如此巨大的一个噩梦。

我感觉我的新中介很聪明，也很体贴，能满足学生的不同需求。很快她就找到了一个地方，有好的学习环境、资源、师资和工作人员。她的描述全都非常适合我。最富吸引力的是，我再也不用待在寄宿家庭里了，我感觉是因为她在听了我的经历之后就记挂着这一点。她叫我去看看她为我找到的学校的信息，我看了后非常感动。因为我的专业一点也不常见，所以只能在牛津布鲁克斯大学找到。

"哇，是在牛津啊！几个月前我在牛津的时候，没人告诉我这个信息。所有这些信息看起来真的都和我想要的密切相关。我都迫不及待地要申请这个大学了。"牛津布鲁克斯大学的名字进入我的眼帘的时候，我感觉我的生活总算出现了远大的希望。

"但我不能确信能否帮你选到他们的研究生课程，因为，那个大学告诉我说即便你有资格上那里的研究生预科课程，他们也不保证什么。对你而言，好处是你可以上一些本科课程，你可以根据你的兴趣或是专业选择。同时呢，你可以使用那个大学的所有设施。我相信你会很满意的，因为他们有一个非常高级的图书馆，里面有丰富的图书、期刊，可能还有所有目前关于你专业的信息，而且，教授你这个专业的系是他们的一个骨干系。"她为我说明关于环境和课程的每一个细节，并且提醒我不要对那里的语言教学抱有太大的希望，因为那里是大学，而不是语言学校。我特别感激她的是，她帮我和课程负责人协商了一下，因为学期已经开始了，我可以不用预先付什么押金，只需带着我的学费就可以了，这样的话，在筹够学费之前，我也可以先去上学了。

然而，世界真是小，世事难预料。在飞机上，我意外地遇到了在那个语言学校的一个老同学。我和她说起那封奇怪的信和那些领导私下里会见的事，她大笑不止，告诉我说那封信是她写的，而且是签了她的名，她根本就没用我的名字。

我的经历就是这样。也许情况现在已经改进了，但是，回首往事，我感觉恰恰是因为他们开始时对我的欺侮，我反倒学会感激那个学校了。要不然的话，可能我不会这么感激和享受在牛津布鲁克斯大学的每一寸光阴，也不会这么感激我的大学，那里给我提供了这么好的学习环境，一个独立的卧室，有很好的服务和最好的设备。我得承认，自打我搬进去的那一刻起，我就一点也不想离开我的房间了。去附近的超市买东西，过了不过半个小时，我就开始特别想念我的房间了。我想这真是所谓的"苦尽甘来"，就像"雾都孤儿"一样，只有在受尽了那么多所谓的好心施主的虐待之后，才能够得到他良好的教育和培养。

学习

正如事物在此世是不完美的，"某时""某地"这两个词仿佛预示着我们追梦途中遇到的如此之多的可见的和不可见的艰难。天真的永恒、希望之花……激起我们更多的勇气，不放弃爱智之学，在短暂的生命中去奋力重造那种业已丢弃在身后的完美。

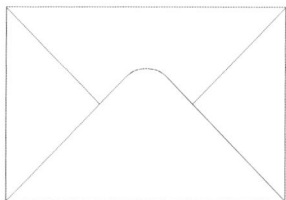

"虽然我们永远不知道将来在何时会去何地，但是，我们将在某时在欧洲的某地重逢的。"

那是我和我的俄罗斯朋友做的一个永恒的约定。在我们分手各自回国之前，我们在新西兰共同学习了三个月。来到英国的时候，我们道别时说过的话犹在我耳畔回响。

想起这两个词，心情真是沉重：某时，某地。这两个词仿佛预示着我们追梦途中遇到的如此之多的可见的和不可见的艰难。我们唯一所能期望的事是很快在欧洲重逢，因为那将意味着我们俩都克服了出国留学过程中最困难的问题。

没想到，我们就在那一年的圣诞节在牛津相聚了。在牛津站外，我们拥抱着，什么话也说不出。也许我们都不知道该先说什么，因为实在太快了，只用了半年，我们就到了英国，快得难以置信。

"回家的路上我们去喝杯咖啡怎么样？这次是为了庆祝我们在欧洲的重逢，不是为了逃离那个烦人的学习中心。"

"哈，你还记得我们在新西兰的事呀。抱歉啊，上次我拒绝了你的咖啡。今天的咖啡我请客。"

前半个钟头我们都没说什么话，只是不停地环顾着这个温馨的英国咖啡馆。我不知道她的感受怎样，也不知道她在想什么，可能她也有同感。因为我们两人来自完全不同的国家，讲着不同的语言，而且也可能在生活中有着不同的问题。可以理解，我们可能觉得有些陌生，因为我们有限的英文是在那个陌生国家唯一的共同语言。

"你为什么要来英国呢？"我对她的决定感到好奇，因为她跟我说过，到这个国家来读她的硕士学位太贵了。

"噢，可别告诉我说你不知道原因啊。我们离开新西兰后过了一个月，我收到你的电邮。你告诉我说你正在牛津学习一门短期语言课程。你突然的决定让我大吃了一惊，也让我来了劲，也给自己做了个决定，而不是在我的家乡无所事事。我的朋友已经飞到了英国，我怎么能还这么束手束脚地不敢为未来闯一闯呢？"

"但我是直到两个月后又回国时才收到你的回信。"

"哦，我亲爱的素燕，就像你所经历的，我来这儿真是太艰难了。我得安排所有的事，得为这个巨大的决定筹钱。我从来不能肯定我能否拿到来这儿的签证。直到手里拿到了我的签证和机票，我才敢给你电邮。"

"是啊，真是艰难。"我叹着气说，"最后我收到了你的信，听说你到了英国，我哭了几个小时，仿佛要死了似的，因为恰恰就是我回到台北家乡的同一天收到你的信，我以为我永远也没法再来这里了呢。我以为这是上帝特意和我开的玩笑。怎么会发生这样的事，就像在电影里一样？我的朋友刚刚到了英国，而我却在同一天不得不再次回家筹钱。"我打住了话，为了使泪水不从眼睛里流下来。

"是我的电邮叫你又来这里的吗？"我竟然是在听说她到了英国之后才决定再来这里的，可能这有点出乎她的意料。

"可能是吧。我当时真的特别希望马上飞到这里来见你。在台湾读到你的电邮，这对我来说太痛苦了，因为我跟你说过的，我想在我们重逢的时候领你看看我魂牵梦萦的牛津。于是，我发了疯似的央求每个人帮我尽快再来英国，虽然我手头还没有足够的钱。"

　　几乎所有到这儿留学的学生都是从富裕家庭来的，所以我本以为诉说我穷困的处境会有些难为情。我没法告诉她说我来英国只买了单程机票，口袋里只有 2000 英镑，是我在台湾所有的积蓄。这么点钱，甚至连上完我的研究生预科课程都不够，面对这样的窘境，我也不知如何是好。然而，我看到她一边听着我的经历，一边如释重负地微笑。我知道，她之所以微笑，不是因为同情我，而是因为可能她在生活中也有着同样的问题。想到这些我感觉挺好笑的。直到听到我的遭遇，她还不想说起她自己的事，因为她也不能肯定我能否理解她的处境。我们两人都深深地明白，出国留学攻读硕士学位可能会让我们付出生命的代价。我能肯定，她留意到了我寒酸的衣服，可是我所能够带去的所有行头就是那些了。我感觉她也是一样。

　　"你当时害怕吗？"她满面笑容地问我这个问题。

　　"你当时害怕吗？"我反问道。

　　"可能有点吧，但没把我吓倒，我还是到这儿来寻梦了。"

　　"那我们现在是在一条船上喽。在过机场海关登机时，我都不敢想我的未来。我的父母有一次训了我一通，因为他们说我是个傻瓜，把我所有的钱都抛到外国去，去做前途未卜的穷学生。现在，我能够告诉我爸妈了，这世界上还有一个和我一样的傻瓜。"我同在世界另一端遇到的另一个疯子坐在一起，心头有种说不清楚的滋味。

　　"我真是无法相信，不过在今年年初我们去了新西兰，半年前回到我们各自的国家，然后一次又一次地跑到英国，直到现在我们在这里相会。从地球一端跑到另一端，我们这一面见得真是长路漫漫啊。我觉得我们是世界上最棒的，因为没人会比我们更傻了，付出了一切来在外国换取一个没有前途的未来。"她又一次道出了我的感受。在新西兰时，一下课我们就冲到学习中心去学习，那时她也说过这样的话。

这个圣诞节我们俩都知道了在这个世界上发傻的不止自己。多么不寻常的圣诞节，多么珍贵的圣诞节啊！

开始的时候，我还是很喜欢上我的研究生预科课程的。这门课不仅很有帮助，而且给了我希望，让我感觉我正在去英国攻读硕士的路上。开始的三个月里，学校让我住在我可爱的房间里，没收任何房租。这给了我更多的时间去祈盼能有些奇迹来帮我。

可是接着灾难又一次向我的生活袭来。我一直在为该怎么支付研究生预科课程学费的问题担心，奇迹还没出现呢，这时学校给了我所有过期未付的房租账单。这一下花去了我几乎所有的钱，于是我明白了，我将不得不再次回家，而且是永远回去了。我躺在我的房间里，自私地想永远睡在那里，直到咽下最后一口气。可能只有这样，才能让我的灵魂永远停留在最快乐的时刻。在台湾，我一直都不快乐，在那里我没有看到适合我的别样的生活。然而，我一想起牛津，于我而言这世界上最美丽的所在，我犹疑了。如果我不能为我最喜爱的牛津做出什么积极的贡献的话，我不能允许我可怜的灵魂糟蹋了她的空气。现在，我已经见到了也触摸到了我的梦，能在这些美丽的建筑和书籍之间生活和学习。但是，又一次，我必须离开我梦想的生活。我下定决心去尝试最最不可能的事，去求我父亲，从他那里得到些帮助，虽然这仿佛是从地狱跳到天堂那般艰难。最后，因为我态度坚决，他被迫为我第二学期的学习和住宿付了款，但是，他不管我的吃喝。

尽管这样，这次我甚至更为坚决了。我父亲坚定地表了态，不愿再给我钱去英国。但因为我现在有地方在英国攻读一个硕士学位，所以我能在台北的一家银行办理一项政府贷款。于是我第三次来到了英国，来攻读我的硕士学位。英国人有种说法，"第三次运气来"。我现在相信，我未来的生活将会是在英国。

所以，在我和我的俄罗斯朋友在牛津重逢的几个月后，我们终于都开始了硕士学位的学习，虽然是在不同的大学。但是在学年结束之前，我和她失去了联系。有一次我梦到了她，她无法解决自己的问题，没法读完学位。我非常担心，可能就是这个原因，所以她从我的世界里消失了。我真希望我的梦不是真的，也希望我们能够很快再次在某时、某地重逢。

一般来说，我宁愿不理会外面的世界，一门心思只沉浸于萦绕在古老的书籍和建筑周围的气息之中自得其乐。但有的时候，我的室友雪会提出一些问题，让我稍稍清醒一点，想起来世界上还有很多不同种类的人生活在我们周围。

"素燕，今天一天在实验室我过得都特不开心。那个和我共事的欧洲女孩又没有睡觉！我们有这么多事要做，我也告诉她了，我已经把所有东西都准备好了。但她仅仅给了我一张疲惫的脸和俩黑眼圈。"雪告诉我说她和她实验室同事的关系让她很恼火。

"她干吗又没睡觉呢？"我问道。

"我真的不知道该说什么。她花了一晚上给我们做饭，这非常好啊。但是她也做了一件让我感觉很莫名其妙的事情。我们实验室有个男的，和她几乎没说过一两次话，可她却和他待了一个晚上，所以她就没时间睡觉了。要是她单单指望着我第二天来干完所有的重活，而她仿佛只能做些简单的事，我怎么能和她共事啊？至少这不是我搞科学的方式。"雪看着我，一脸孩子气的愤怒。

"我不明白为什么你对此这么大惊小怪的。我早知道你的男同事昨晚会和她待一晚上。"我知道我的室友会怀疑我对此事的判断，因为我只见过她的两个同事一次。

"一见钟情？在昨天的晚饭前他们几乎没说过话呢。爱情怎么会来得这么快啊？这真是超乎我的想象。要是你说得对的话，是不是欧洲人都像电影里演的那么浪漫啊？他们真的不用彼此了解就相爱吗？"她把嗓门提到了可笑的高度。

三周后，她面带着一副迷惑的表情回宿舍来了。

"素燕，又一次证明你是对的。我瞧你这几天一直都像个算命的似的。从那天晚上起他们就黏一块儿了。"

"那天晚上你去上了一个小时的游泳课，你想知道你走后我瞧见什么了吗？"我不想对别人的生活嘀嘀咕咕，除非里面有些有意思的事，而且还有人想知道，"你去附近上游泳课之后，你的女同事给我们看了她画的画。她难过地说起她是怎么在大半夜睡不着觉的时候画了那些画的——"

我还没能说完呢，我的室友就打断了我的话。"你是指那些铅笔素描的裸体男吗？我把那些素描给她藏在一本书里了，因为我觉得她可能是放错地方了。要是男客人瞧见那些画该有多难为情啊。"

"你怎么这么大惊小怪呀？让我给你把故事讲完。"看到室友两眼圆睁的脸，我感到真是逗人笑，于是我改变了我讲故事的策略，"那天晚上，在吃晚饭的时候，我只是撞见了你同事之间的一次目光碰撞，一看那眼神，马上我就知道要有一段浪漫史了。"

"哪个眼神啊？"一看雪迷惑的脸，我能够断定她根本还没进入故事呢。

"好啦，你就不能对爱情多有一些想象力啊？要是你总是这么打断我，我怎么接着讲这段浪漫史啊？"我抱怨道，试图将她的感觉带到这故事中来。

"OK，我会努力弄明白你现在所说的。但是你讲事情能不能更直截了当点？你讲得兜来绕去的，很是让我迷糊。"

那时候我也迷糊了。我不知道这是学设计的和搞科学的之间的区别呢，还是因为她太年轻，看不明白事理。当然，不可能是第二个原因，因为她和我差不多一般大。

"我再讲一遍啊。你的女同事一边讲着她画的那些裸体男，一边两眼偷看着你的男同事。他呢，看到那个女孩孤独的眼神之后，也回眸看了她，眼神里有种特别的关心。那个男的于是告诉那个女孩该怎么用艺术家的心灵去画得漂亮些。他们俩神秘兮兮地眉来眼去，乐在其中，但其他人呢，像我，不过被当作屋里的空气一样。你现在明白了是怎么回事吧？这么讲是不是让你更容易懂一些？"但是我感觉她是真的没怎么懂，因为听了我的一番解释之后，她的脸上没有任何反应。

"我是不是太幼稚了？我把那些画藏起来，我还以为是在保护她呢。这难道就是所谓的快餐式爱情吗？我觉得除了好莱坞电影里面，哪儿也不会有这种事的。就搭一次眼，就够了？我不明白，我真的一点也不明白。"

"噢，我亲爱的朋友，这不再是什么西方的或是东方的事了。这样的事在哪儿都有。春心荡漾还是一见钟情，我们能真正说得清是什么吗？对有些人而言，不论什么地方、什么时间，追求爱情都可能是浪漫的；但这么做对我们来说可能是古怪的。我们试图去保持我们的天真、我们的传统文化和道德价值观，我们选择远离通俗的和主流的，我们所看重的，是尽可能快乐地过好我们自己的生活。世界随时间不断地变化，这里面有很多的原因。但是请你别试图去批判世界，就把你的想法放在心里，因为是非之间本没有分界线。"我不知道该怎么帮她弄明白世界不是那么简单的，没法用直截了当的话说清楚。至少，事情对我来说常常是太过于复杂，没法用语言解释。有时候，我真的不知道应不应该让她睁开眼睛看看她实验室和科学教科书外面的世界，虽然正常地看清世界对她更有好处。

我们都在长大，但是我们不一定就非要失去我们的天真。然而，我们迈向真实世界的旅程一旦开始，我们的天真可能就会被其他人毁得一塌糊涂。

经过了几轮对我的生活狂风暴雨般的指责之后，我父亲最后帮我将我去英国留学的银行贷款还清了，还一点牢骚都没有。这个似乎不太可能的谜团不仅让我非常惊讶，而且让我困惑了很久。我绞尽脑汁想探明真正的原因，有的时候我会和我的朋友说起这难以置信的事。

"我爸爸竟然突然决定给我还清银行的贷款了，你能相信吗？"

"因为他是你爸爸啊。要相信你爸爸，他还是很爱你的。我不明白你干吗要想这么多呢。"

"要不是这么多年来他对我这么狠心的话，我本不想怀疑他的爱。比如，在这儿留学的第一年，我甚至吃不起饭，欠了学校一个学期的住宿费，可他根本就不帮我。我求了他那么久，他才同意为我的留学贷款做担保人并签了字。而且，他很坚决地跟我说过一百遍，他决不会帮我还钱，虽然他知道我在这里过得很艰难。他坚持说我应该为我自己的选择负责，是我自己要到这里来留学的。"

"也许他是被你对梦想的执著感化了吧，所以他回心转意了，最后决定帮帮你。"

"要是这是答案的话，这根本不是我父亲的作为。我的意思是说，用这种可能性解释我的情况就是有些不合情理，因为从我生下来就了解他了。"

"不管怎么样，他肯定是很为你骄傲的啦……"

我明白她干吗要那么说，因为父母爱子女，这是天经地义的。但是我打断了她的话，因为她所谓的这么自然的原因正常得简直不值得再讨论了。

"对这一点，我没有任何怀疑。但是一到要他为什么花点钱的时候，除非是他自己，没有什么东西能让他的心软下来去为别人花一个子儿，不论你有多么伟大的梦想或是成就，因为很久以来他就不相信人性是善的。他会认为一旦他开始花了一分钱，将来他就得花上无数的钱，直到他破产为止。你能明白我为什么对这件事这样不解了吧，他竟然毫无怨言地一次性为我把贷款还清了。"

我们想到了很多种可能性，比如可能是他刚刚中了彩票，赢了一大笔钱；或者，可能最后他明白了，我要是拿到两个硕士学位，前途还是有望的；或者，他得到了改造，因为上帝在晚上托梦给他，跟他说他应该帮他闺女一把，她将来改善了世界，那可是他最大的功德。

但是最后我们终于找到了他改变态度的最实际的原因。

"可能他担心你会永远也不会去看他，或者怕你债台高筑，最后很快在被通缉的罪犯名单上挂了号，这可会让他大丢颜面。所以呢，他与其丢了自己的信誉，还不如替你还贷，因为他是你的担保人。"

"那是最可能的原因了。"我们实在也不能想出什么更合理的解释了，我认为我的迷惑已经得到了解答，这能解释我父亲为何突然改变态度，那么心甘情愿地把我从银行借的钱都还清了。

然而，生活总是超出我们的想象，充满了惊奇。父亲还清我的贷款后几个月，我和他聊了聊，结果，我改变了想法，不再相信我们找到的最后那个解释。

"我刚刚和我爸爸聊了聊。"

"这几个月你和他在网上聊得挺多的，看起来你们的冷战结束了。真是好消息。"

"是啊，他的态度最近变得越来越柔和了。所以我们只是不停地谈笑，好像以前什么都没发生似的。但是我刚从我爸爸那里听到一个有趣的故事。"

"什么故事？"

"我爸爸每天早晚都要去家附近的山上遛狗。他在那儿交了很多朋友，有时候他们相互之间就拉拉家常。他跟我说他遛狗的朋友中有一个人很长时间心情都不好，结果突然决定退休不干了，因为他根本面对不了那种痛苦了。他告诉我爸爸说他的女儿在大学里一直都是很优秀的学生，学习也很用功。但是他女儿告诉他说她欠下银行 3 万英镑的贷款，他可真被她吓了一大跳。但这惊吓还没完呢，后来他发现欠债还不止 3 万呢，却是 5 万多。她把这些钱都花在了一个男的身上，可他呢，闪得无影无踪，一切都好像沉入大海了，悄无声息。这可把那个人给悔的啊，怎么在几年前她提出要出国留学的时候，他不同意呢？他想要是他在一开始就同意了的话，这出悲剧可能就不会发生了。我想我爸爸刚开始就是听别人说说故事而已，可是后来他明白了：那个人的女儿和我，他自己的女儿，是有着同样的梦想的。开始他可能对那个人有些同情，可是还没那么震惊，直到他看到了全部的真相，就像看到了隐藏在大海下面的冰山一样。我想他是意识到了那个人的女儿和我之间的不同：我们俩都有同样的梦想，开始时都遭遇到了同样的困境，但是最后却做出了不同的抉择。"

"所以他可能是被你追寻梦想不屈的心感动了。"

"不，我不这样觉得。我感觉他是突然明白了：相比起那个女孩来说，我真算是非常善待父亲的了。我只从银行借了1.5万英镑，而且这些钱还都是花在我留学上面，拿了两个硕士学位。那个女孩呢，5万多英镑啊，扔在一个男人身上，可那个男人不但不顶用，还跟着另外一个女的跑了。因此我的这点小钱对他来说就不足为虑了，所以他就跑到银行去帮我一次还清了贷款，没有任何犹豫。"

"你能肯定这是真正的原因吗？"

"人们通常把真正的答案藏在心里不说，每每自己都说服不了自己，却常常为自己的正确争辩。我爸爸给我把银行的全部贷款还清之后，一点怨言也没有，而且把这事压了好几个月没告诉我，直到我就信用贷款的事表达了我的重要观点，逼得他和我争论起来。

我从他谈话的语气里可以看出来，他当时挺开心的，所以他就忍不住说起这让我惊讶的经过来。所以呢，我觉得这才是他给我还钱的主要原因。他觉得我是一笔划算的买卖！"

我记得我的小乌龟有一次在我梦里告诉我，说它知道怎么让我父亲把钱从他口袋里掏出来供我留学。我还以为是个笑话，或者是因为我太为贷款的事焦心了，所以才做这样的梦。但是现在我有些相信我的小乌龟了，是它奇迹般地安排了这么出人意料的邂逅，才迫使我父亲给我及时还清了贷款。

要是真的没有圣诞老人来给圣诞节发放礼物的话，我热烈的中世纪梦想可能早就破灭了。

我读完我第一硕士的课程之后，有点为自己的生活感到迷茫。于是休息不到两周之后，我直接去读我第二硕士的课程了。我本以为我一直有个梦想，而且尽管生活中出现了如此之多的波动起伏，我一直都没有放弃这个梦想，但是在我第一硕士课程行将结束的时候，我不再那么确信了，不知道自己究竟在坚持什么，在追求什么，因为我未来的一切看上去都是那么迷茫。尽管第二硕士的课程可能很让我感兴趣，但是我不知道怎样才能下定决心去再拼命学上一年一门全新的专业，里面不但有深奥的英国文化，还有非常多的我这辈子都没学过的古怪英语单词。要不是两个学期之间有个寒假，恐怕我的一些课程会不及格了，因为那时我是那么的疲惫，感觉有点绝望。

我第二硕士的课程有很多实地考察，要去参观历史建筑，包括大大小小的教堂，还有几乎每周都要去学习古建筑的复原和保存，也许这些内容很自然地让我更加接近了上帝。在第一学期的期末，上帝给了圣诞老人一个任务，为我选了一些圣诞礼物，让我过了一个开心的英国圣诞节，也在我险些拿不到学位的时候，让我快速地走出了我生活的迷雾。

所有的惊喜都被藏在喜庆的包装纸里，我一个接一个地打开圣诞老人为我精心挑选的礼物，看到的是一个又一个的惊喜。我的手指小心地拆去美丽的包装纸，一本书的封面上一幅精美的西方油画突然露出了一部分，跳进了我的眼帘。

CIVILISATION（文明）：这个词是用朴素的大写字母写的，下面是拉斐尔的油画《雅典学派》（*The School of Athens*）。这幅画一出现在我眼前，马上就唤起了我心里所有的记忆。我从来没想过我能如此接近西方艺术，能像我在英国所经历的那样将我的生活沉浸在古代的氛围之中，虽然从电影里和书本上得来的关于中世纪的那些意象，随着我年龄的增长，在我内心深处正在渐渐远去。现在我沉睡的灵魂突然苏醒了过来，好像是一朵花，在春天新鲜的空气里绽放了。奔忙了十几年，最后又回到了原点，我绕了多么巨大的一个圈子啊！但这个原点却落在了这么个不同的地方，满是我从孩童的时候就一直在寻觅的文化宝藏。

亲爱的罗伊：

　　谢谢所有的一切。有那些诗歌和照片，我过了一个开心的圣诞节和新年。你说起你为我的学业担心，但是，我为其他事情花了那么多的工夫是有几个原因的。首先，我能和一位一直如此善良、如此耐心的英国绅士学习英国文化，机会真是太难得、太宝贵了。其次，我想也许我能在圣诞节和新年期间过个假期，所以我想学些更有意思的东西，这些是我在忙碌的学期里学不到的。最后，我了解到的不仅是那些建筑，而是思想的方法、研究的概念、学习的态度……

　　俗话说："学习中没有国王专用的路。（学无捷径）"中国人认为"万事开头难"。在我看来，通过学习我感兴趣的东西来思考我的学习方式，对我来说是个好的开始。当然了，这要花时间（这算是个好的借口吗？）。

　　说到我其他课程的学习，我找到了一些网址，上面有关于建筑、景观和中世纪艺术与建筑的词汇表，甚至有专给初学者用的词义解释和音标。还有，我从图书馆借了一些书，做我的课前阅读材料。所以，请不要为我担心，我会一直记得我首先该做什么的。谢谢你对我的关心，也谢谢你一直纠正我的英文。

亲爱的素燕：

　　我发现你的评论真是有意思，比如，"学习中没有国王专用的路"。这是不是说即便是国王，要是想学习，也必须谦虚？实际上，我认为老师也必须谦虚。你们有关于这个问题的说法吗？老师应该分享知识，而不是给予知识，这里有个微妙的区别。

你有一次说过，"在我们生命里永远也得不到的才是最美的东西"。这让我想起了布莱克的一首小诗。

Eternity, by William Blake (1757-1827)

永恒　威廉·布莱克（1757—1827）

He who bends to himself a joy　满心强求欢乐颂们

Does the wingèd life destroy:　偏将生命的双翼折损：

But he who kisses the joy as it flies　快乐飞走却亲它一口

Lives in eternity's sunrise.　活在永恒的日出里头。

亲爱的罗伊：

从这学期一开始，有很长一段时间我都受小组作业的折磨，甚至即使分派的任务完成了，我还是感觉有压力。曾有一个月我电脑送修，一切就尤其变得无法控制。所有的数据都在电脑里，所以我不得不花大量的时间重新安排我的工作。但是我的精神现在正在复活，而且我已经开始又一次写关于汉普顿宫（Hampton Court）修复的论文，虽然这个作业对我来说依然很难。我感觉我恢复的速度太慢了，但是我希望我已经学会了怎样更有效率地处理问题。

在休息时，我在你的电邮里看到了那首小诗，笑了。我第一次读这首小诗时，没什么强烈的感受。但现在它让我想起我自己的生活态度。是"珍惜"还是"强求"，这里面的区别造成了不同层次的生活享受。也许这也可以在我与我的同龄人的友情上反映出来。

亲爱的素燕：

我喜欢你精神"复活"的想法。这让我想到了草木，因缺水而枯萎，现在又开始挺拔茁壮地生长了。

据说威廉·布莱克曾非常敏锐地观察过事物，能很强烈地感受到万物的存在。有时候我们也能有这样的感觉，比如一块石头或是岩石，或是一棵树，可能显得非常重要，别有意蕴，尽管那究竟是怎样重要，我们无法说得清楚。他相信在我们看到的物质实体之后有个精神实体，而且精神实体其实比物质实体更为真实。他给事物作画，描摹的是这种精神实体，而不是物质实体。所以呢，布莱克不像某些画家，他们可能用一种模糊而神秘的方式画精神方面的事物，而他的作品因为精确、细致和独特而夸张的力度而闻名于世。

这是布莱克另一首诗的一部分：

Auguries of Innocence, by William Blake (1757-1827)

天真的征兆　威廉·布莱克（1757—1827）

To see a World in a Grain of Sand,　于一粒沙里看世界，

And a Heaven in a Wild Flower,　在一朵花中见天堂，

Hold Infinity in the palm of your hand,　于你手掌内盈无限，

And Eternity in an hour.　在那一瞬间窥永恒。

人们常用"灵魂的"这个词，但我感觉除了表示我们头脑中的什么东西或者表达了世界的奇妙和万物之间的联系之外，我不太明白它具体是指什么。但是这里有些想法。在大多数的文化里面，宗教都有一个很早的阶段，被称作"万物有灵论"。那时候人们相信每块岩石、每条溪流或者每棵树都有其自己的灵魂，这些灵魂可能会与你讲话。对那些人来说，整个世界都满是魔法。这些想法一直持续到基督教时代。怀有这样的想法，当然会使得在乡间的散步非常美妙刺激。这也见于古希腊的神话，尽管在那时之前人们也相信有像人一样的众神存在。

然后就出现了更为抽象也是人类独有的思想，像柏拉图和苏格拉底那样的古希腊哲学家相信，每个人，还有可能所有的东西，都有灵魂。我们生下来的时候，有个灵魂从某个"至善之地"降临，灵魂原本在那里快乐地生长，但后来它就忘却了那片乐土。我们看到美或爱的时候，会马上认出来，这是因为这美或爱让我们的灵魂想起了那个至善之地。事物在此世是不完美的，但是我们奋力去重造出我们业已丢弃在身后的那种完美。这是柏拉图的"理念论"的部分内容。这种理论在古希腊建筑中曾得到实际的运用：石匠使形式变形，是为了让它们看起来完美。其实呢，可能在哲学家们想出这套理论之前石匠们已经有这个想法了。在亚洲，中国和日本的禅意园林用了极简抽象艺术的手法，选用了一些山石和沙砾，但布局很简单随意。在一个层面上看这些布局很是单调，但端详起来的话，可能会感受到强烈的象征意味。这一点在劳伦斯·凡·德·普司特

（Laurens van der Post）的《颠倒人生》（*Yet Being Someone Other*）里有生动的描绘。

我知道你会懂一些此中道理，因为你说过你更喜欢旧书，"因为它们对我开口说话"。我喜欢这个说法。

~

也许我在三年前第一次去大英博物馆的时候就已经该被唤醒了，但是那时我还没有足够的意识和敏悟。大英博物馆收藏并展示了许多世界的宝藏，很壮观地向我们展示了世界的文明。从去那儿之后，我就很羡慕英国人。我感觉英国人大多数时候都是宽容的，几百年来，都能够尊重来自世界各地的不同文化。他们不仅为了他们自己，而且也为了保存文明的进步，将所有的文化遗产保护得很好，就像他们自己的无价之宝一样。他们甚至比任何其他国家做得都要多，尽管那些文化特色是从那些国家发源的。我相信，要是那些文化遗产没有以某些可能是很特别的方式被运到英国的话，即便我们能周游整个地球，也没有机会看到这么多。那时我没敢这么说，因为我不能肯定人们会不会同意我的看法，或是会不会把我看成是个叛徒，但我在我心里说："就文明的保存来说，他们为世界做得很好了。"

这是我对英国的态度发生转变的开始。从那时起，我开始认真地考虑改变我的选择，要去英国攻读我的硕士学位，为了更多地了解这个国家的历史和文化。我孩童时关于城堡和公主的浪漫梦想，还有我长大后对真正理解和了解西方艺术和文明的渴望，终于在那个圣诞节碰撞在了一起，迸射出绚烂的希望火花。在我心里的这种美好感觉促使我再次勇敢起来，也激起我去探索我生活的这个梦幻世界。然而，这探索一直都不容易。在读克拉克的《文明》一书时，我开始非常耐心地在词典里一个一个地查难词和怪词，渐渐地能懂里面的句子了。要是没有梦想的心灵，做这样的词语拼图游戏将会没有什么乐趣。在第一年里，我只能感受一下那本书。只是到了后来，在用了很多功之后，我才能开始理解它的精义。

十一　建筑

如同建筑的力度取决于其阴影的分量，即便是在一座保存完好的不朽古建筑身上，我们仍能看到在保持原有特色和顺应现代的需要之间的艰苦斗争。在人生的黑暗与绝望中，我们仍需坚定地听从心灵的召唤，充满韧性地追求自己的梦想。

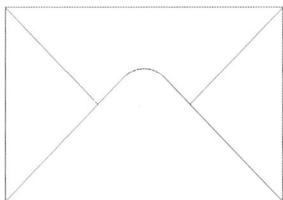

"我还不满足，我想要越来越多的东西来充实我的灵魂。"我的心道出了它的愿望，也帮我克服了像语言障碍和文化冲击等我在学习中碰到的困难。现实很是残酷，困难重重，有时极大地打击了我的信心，让我觉得非常压抑。所以我有时几乎想要放弃了，不想再花什么力气去追寻我的梦想。例如，我曾和我的班级去英国的另一个地区进行为期三天的实地考察，那是我的第一次实地考察，让我难以忘怀。

一早上，我和几个同事坐着他们的车出发了。车在高速公路上行驶，一路上日常的寒暄和聊天就开始挑战我的听说能力了。加之三天之内我们紧锣密鼓地去了很多地方，那处境就越发让我感到痛苦。然而，最为难的地方倒不是我不能从讲座和现场的解说中获取足够的信息，而是在每一次的休息期间，比如在正式的晚餐中，或是在晚上去酒馆时。这时所有人在一天的行程之后都放松了下来，尽管置身于这样一群英国人中去学习英国文化对我来说是非常激动的，但是在一个屋子里包括同住一个青年旅社的宿舍时，我从来都无法尽情享受和他们相聚的时光。一切对我来说都非常陌生，所以我不得不一直都聚精会神非常小心地听他们在说些什么，直到最后我回到自己的卧室，而这一天仿佛过了一年那么漫长。

让我坚持下去的最强烈的动机就是我对中世纪的那种气氛的感觉。这种气氛让我沉浸在自己的世界里自得其乐，仿佛走进了很多电影的画面，里面不仅有我想象的关于那些建筑的故事，还有在我们考察期间由专业人员在现场讲解的所有关于保存和修复的技术知识，都那么有趣。所以我也不是完全没有快乐，也没有太为语言和文化背景方面的困难苦恼。但是，要命的学习过程还是渐渐地消磨了我在这个国家追梦的勇气，直到圣诞老人及时赶来，重新点燃了我探索西方神话般世界的火焰。

我现在很乐意相信，圣诞节不仅有其宗教上的意义——预示着好牧人的到来，而且对我这样的人包含了一些特别的意蕴，圣诞老人来的时候，我们会让自己重新活过来。圣诞节之后，又一个惊喜到我这儿来了。一个朋友介绍我去到牛津大学的圣母玛利亚教堂里的商店工作。我感觉我离上帝越来越近了，而且在那里工作期间，我不断地收到他更多的祝福。

꙳

到了我上第二硕士课程的那年，我就能开心地和我们的班级打成一片了，哪里都能去，包括去英国酒馆吃午饭，现在也能正常地和他们在考察途中聊天了。要是把我决定去新西兰开始在异国的生活想象成凤凰投身火海，那么我在英国的生活将可被比作凤凰在灰烬中的复活。

"素燕，你在照片里真是开心啊。你在台湾的时候我可从来没见你这么笑过。能看得出你在英国真是开心。"我在台湾大学的一个同事看到我从英国寄回的照片，很为我的变化感到惊讶。

"那些照片是我在英国留学的一个记录。你看到了吗？我在用一种传统的方法砌土墙。亲手接触那些材料，还砌一道墙，对我来说真是刺激。我学会了做石灰胶结料的灰浆，学会了砌砖墙、草泥混合墙，学会了造茅草屋顶。还有，你知道吗？我还在我们的考察期间学会了做我自己的焙干砖头、铁钉和钩子。"我兴奋地向我的朋友讲述着我在英国丰富多彩的留学生活。

"哇，这听起来和我们这里的生活太不一样了。我想象不出你在英国的生活会这么棒，因为我本以为语言将会是你待在外国的一个巨大障碍。"她的担心是很对的，语言是阻止大多数人出国的主要困难。

"噢，没什么，就像鸡和鸭交谈一样，一旦你习惯了，你就能很喜欢这个想法了。"我很从容地答道，因为我不想让她知道我的语言问题可能还是困扰我的一个障碍。

"你真是乐观。我还是想象不出你在听不懂语言的时候怎么能摆得平。"

"这容易啊。听不懂他们说什么的时候，我就常常用微笑来应付。当然了，有时候是挺尴尬的，别人只是转过身去，再也不和我说话了。我有过一次难堪的经历，那时我还在学研究生预科课程，我在一个社区会议上工作。我不得不很多次请与会人员给我拼出单词怎么写，结果有一位年长的绅士是这么回答我的：'这个词还有另外一种拼法：i-d-i-o-t（白痴）。'除了我之外，所有人都在笑。除了这次之外，学界中人一般都挺友好的，会特别为我慢慢解释所有的事情，让我享受他们的活动。我觉得在英国的生活很有趣，因为里面有很多味道让我品尝，酸，甜，或是苦，但没有毒，所以我喜欢所有不同的味道，帮我成长，但不会让我丧命。"

"哦，亲爱的，要是我在那里的话，我会哭很多次的。但我真是高兴，你总算找到了适合你的位置来享受你的生活。"她跟我说她感觉我在英国的生活是那么自由和快乐，仿佛鱼儿遇到了水一般。

我爱英国，因为英国有牛津；我爱牛津，因为牛津有历史悠久的建筑和书籍。最为重要的是，英国人用尽了各种办法去保护和保存他们的文化，我为此深受感动。他们会想尽各种办法去重建一座有历史意义的房屋，他们从各个不同的领域招聘专家和能工巧匠去参加重建的工作，不论那工程需要花多少时间和金钱。大多数的修复工作，比如在重造特定时期的建筑细节或装饰的时候，没法用机器，都是手工完成的，这给我留下了很深的印象。

我在英国的硕士课程和我在台湾的大学经历非常不同。在这里，到处都有惊喜，我总会从课程当中获得有趣的学习经历。我们的课程负责人安排了很多实地考察，这样我们就能去很多地方，参观很多各式各样的古建筑，也能练习各种传统的修复古建筑的技巧。在这门地道的英国式课程里面，我感觉通过听课、做作业和参加实地考察我确实受到了各个方面的教育。

在我们的日常生活环境中，很自然地就能看到很多令人惊奇的古老建筑，但直到因为学习需要参加了历史保护小组，我从来不知道英国人在那些非凡的古建筑上面倾注了多少热情。比如，在一次参观中，一次简短的对话唤起了我对他们文化保护热情的兴趣。

"那些彩绘玻璃怎么能经历战争而幸存下来呢？"在我们的一次现场参观中，一个人关于那座建筑中的中世纪彩绘窗玻璃向导游提出了这个问题。这问题问得多聪明啊！我很吃惊，因为我这辈子从来没想过这个问题。这些窗户装上了多彩的玻璃，来构成美丽的图案和画面。

"他们是一块一块地将彩绘玻璃拆下来，然后把玻璃和附件一块儿安放到一处远离战火的库房里面，以免玻璃受损。"

这个回答让我非常惊讶，因为我本以为人们都会逃命去了，却从来没想过竟然还有时间在战争中花那么大的力气去拆卸玻璃和附件。我曾一度傻气地以为，之所以有那么多古建筑还像往常那般耸立着，是因为英国地震不多，而且在这个国家没有人想去拆毁那些建筑。渐渐地，我越来越深地钦佩英国人了，因为我不断地从他们那里学来越来越多的东西。

在另一方面，有时候我也搞不懂为什么英国人也在毁坏他们自己的历史特色建筑。这些建筑历经了数百年，还巍然屹立，感人至深。有一天，我们的老师安排我们去参观一座古建筑，据大家说是被成功地改造过了，派上了新用场。她告诉我们说要去看牛津城堡（Oxford Castle）。这个我可真是盼望已久了，这也正是我如此喜爱那门课的缘故。我以前经常走过那一大片绿色的城堡土墩，或叫护堤，那是在11世纪诺曼人刚刚征服撒克逊人之后很快就堆建起来的，有九百多年的历史。我也见过那座古塔，那是12世纪教堂建筑里仅有的遗迹了。我还曾读到过，马蒂尔达皇后（Queen Matilda）在1142年曾被围困在这个城堡里，在一个下雪的冬夜，她穿着一身白色的披风作为掩护，被人从城垛上放下城去，然后从结冰的沼泽地里逃跑了。这个所谓的城堡，其实是一座牢狱，始建于18世纪末，只有200年的历史。只有200年！在英国生活，大大地改变了我对时间和历史的感觉。他们用传统的材料和细节将建筑的外貌复原了，而现代的扩充看起来也非常协调，这些都给了我很深的印象。我急不可耐地想去看看里面，感受一下那座建筑超然挺拔于现代世界之外的那种精神。

可是我非常失望。建筑的整体精神全没有了，取而代之的是摩登的内景，在全世界哪里都可以看到，全然没有什么特色。器具的颜色、模样和材料与建筑的历史意义没有一点关系，却只显示出作为酒店的新功能。我感觉这种设计太武断了，没有根基，和那座建筑的历史缺乏联系。有人问为什么卧室里的横梁被漆成了两种不同的颜色，答案居然是："因为当时人分成了两派，对于用什么颜色持不同意见，而他们各自都不知道哪种颜色是最好的，所以最后他们决定在梁上把两种颜色都漆上。"我可以肯定，要是我在台湾的大学里对我们的考官说那样的话，我的设计课程肯定是得不及格的，因为这个室内设计在我看来是没有任何思想或是意义的。要是威廉·毛里斯（William Morris）活着，看到这个设计与他的美学和实用理念如此背道而驰，可能他会同意我的看法。在G.E.斯特里特（G.E.Street）的影响下，毛里斯秉持着"完全"建筑的理念：建筑的每一部分都很重要，富有意蕴，建筑师都应该领悟并兼顾。当然，这个设计与他的这个理念也是相悖的。我完全可以想见，当时是从市场选用了所有现代的设备和器具在装点这栋建筑，却根本没考虑到从历史的高度来进行室内设计，以映衬这座古建筑的精神风貌。

我感觉虽然我们要关注古建筑的重建和提升，但是对古建筑本身还是可以保留一些肯定的情感的。而且我相信，在保存旧迹和推出新意之间达到一种更好的平衡，对于设计者的才华是个挑战，这样的工程也将是个非常刺激的工作。我见过一些其他的设计，有很明朗的现代气息，但是同时保存了一些传统和本土的特色，那是不朽的个性。

要是有机会公开讲出我的观点，我会被人讥笑，因为我在这个国家的阅历有限。可能新旧之争一直都是哲学讨论中众说纷纭的话题，究竟该怎样界定美学的目的，时常让我头晕目眩。自从我这么疯狂地爱上这神秘而绚烂的英国文化之后，我的情绪一直在随着这新旧之争跌宕起伏。然而，我明白了，不是所有的英国人都能理解为什么像我这样的人这么想来英国，他们可能没有意识到英国文化中的一个基本事实。说牛津非常美的时候，我们当真是这个意思，我们将这样的美看作是一代又一代英国人的付出结出的最为宝贵的果实，是他们的努力才将他们的文化和历史保存到了今天，使其依旧鲜活。就像几百年前生活在那些古老建筑里的人一样，我们在牛津自由地生活着，呼吸着。每一块砖，每一块石头，每一颗卵石，都在如此生动地向我们讲述着它们古老而有趣的故事。我们不用去博物馆或是办公室里翻检历史记录，像做拼图游戏一样才能想象和勾画出一个牛津；我们只需敞开所有的感官，就能感受和体味牛津。

要是将来有一天我们也有这么多的古建筑可以展现给世界，我将会非常为我们自己的文化感到自豪，因为这文化也表明了我们的根是在哪里。

就像在机场里一样，经过一道很长的登记手续，排了很长的队，经过安检后，我们终于到了一个巨大的像在露天游乐场里的"转盘"，这就是"伦敦眼"（the London Eye）。我们想在这里从天空中看看伦敦全貌，但不幸的是，在大大的密封舱里只剩下一个空位子了，所以尽管费了很多劲，我们只能站在一个角落里，面对着伦敦最难看的一片风景。

"大家都这么机灵，动作这么快，抢占到了对着议会大厦的地方。"我禁不住发起了牢骚，因为我只能站在门边，看到的只是伦敦最新的面貌。

"因为他们想看到伦敦最具吸引力的部分，那才是英国最为纯正的特色。"我的朋友很自然地说道，尽管她没主修过城市设计或是建筑学。

我心里想，一位现代建筑师会选择站在哪里呢？"我感觉非常奇怪，"我说，"虽然很明显能看出来英国人很喜欢他们的传统建筑，让那些建筑还占据着最好的视野，而且根本就不想拆掉，但他们怎么又建了那些自毁个性的现代建筑呢？像那些摩天大楼，看上去很不舒服。"我很急切地看着那个角落，希望能有人为我挪动一点，这样就能看到那里的景色了。但是，买了这么贵的票，我一秒钟都不想浪费，光看人脑袋，没什么意义，所以我只能认命了，尽量享受对面角落的景色吧。在这里我很容易理解查尔斯王子在他1989年写的书《我看英国》（*A Vision of Britain*）里面的感受了，在写到威斯敏斯特桥以外的景色时，他说虽然他想方设法去欣赏那种建筑，但他就是欣赏不了。

"你觉得圣保罗大教堂周围的环境怎么样？"我问我的朋友。

"关于那里的景象我能说什么呢？在美国的时候，我看到他们建了很多高层建筑，为了构成一幅完整的画面，都是沿着一条和谐的空中轮廓线建的，看上去非常令人激动。但是这里呢，这些高层建筑看上去在设计的时候就没想要彼此呼应或是融入伦敦的景色，所以天空轮廓线太不规则，太不和谐。每栋建筑似乎都想说：'瞧瞧我！我多与众不同。'而不是一个家庭中的一员。"

我觉得她虽然不是设计师，但说得非常有见地。然而，设计师就是同意了，而且建成了这些破坏整体格局的建筑。但是重要的不是那些建筑，而是他们所破坏的风景，伦敦闻名天下的风景。我的老师有一次曾建议我去伦敦听一场讲座，讲课的人是一位特别好的设计师，他正在试图保护那些风景。他演示了一些例子，比如在圣詹姆斯公园里的皇家骑兵卫队，或者是汉普特斯西斯公园（Hampstead Heath），在这些地方如梦似幻的乡村风景被扎眼的高楼大厦破坏了。

228

说来痛心，他最后的结论是，伦敦在这场斗争中几乎已经失败了。

"在这个环境里，这个大教堂不像10年前我在这里的时候那么跳脱了，"我的朋友说，"幸运的是，大教堂的建筑本身得到了很好的保护，还没被拆掉。"她一边说着她的想法，一边告诉我说在这个角落毕竟还能看到点漂亮的东西，总比什么都没有强。

"你知道吗，我选了圣保罗大教堂作为我论文的第一个个案研究。我感觉甚至在我真的见到它之前我就非常喜欢这座建筑。"我开始说起我对这个大教堂情有独钟。

"你是什么意思呢？甚至在真的见到它之前？我想你的意思是在你亲身参观它之前你已读了很多关于它的东西，是不是？"我想她是很了解我的。有些人不用亲眼看到或是真正接触，仅仅通过词语就能学到很多东西。但我不是那种人，尤其是英国的文化和历史建筑，我开始感觉非常难以想象。

"我告诉我的导师说我想研究历史上著名教堂的照明设计，说我打算选择伦敦的圣保罗大教堂作为我的个案研究，我感觉他听后感觉有些不自在，因为他是建筑史学家，不是设计师。但是我告诉他我的第一学历是学室内设计的，我想运用我所有的知识来保存这些美丽建筑的特色，他就接受了我的观点。但是他不同意我选择圣保罗大教堂，却建议我只研究牛津的教堂，正当的理由有上百个。"我告诉她，我不知费了多大的周折，才让我的导师同意我的想法。

"我想他最后向你屈服了，因为你是如此的固执！"

"不是，我感觉这不是主要原因，因为最后他开怀大笑，还告诉我说他当时很开心。"我说。

"为什么呢？你能肯定他不是因为你在他办公室里闹了一个多小时所以嫌烦了吗？"她做出了个滑稽的笑脸，打趣我说。

"开始的半个小时里，他根本就不接受我的任何理由，而且我也真是黔驴技穷了，没法说服他。所以我改变了态度，决定告诉他真相。

"我跟他说：'我之所以决定选择圣保罗大教堂做个案研究，是因为我有一次梦到了一个大教堂，是那么的美。我看到一个巨大的穹顶，但是我不能肯定我是在建筑里面还是外面。在穹顶天花板上有土黄色的壁画，还有一些词。在圣坛边上站着一个身穿黑袍的牧师，他正望着天空或是天花板。我循着他的视线看去，让我吃惊的是，我看到雪花优雅地在美丽的阳光中飘散下来，从窗子飘了进来。这一幕简直太神奇了，我一下就被深深吸引住了。但是我在梦里很是迷惑，不知道这景象是在室内还是在室外，还是两者都有。您知道的，梦就是这个样子的。'"

她打断了我的话："你的梦这么抽象，你怎么真的知道那个就是圣保罗大教堂呢？"

"我把我的梦讲给一个朋友听，她马上就答道：'圣保罗大教堂，在伦敦。'所以我就去了圣保罗大教堂，去看看它是不是真的就是我梦见的那个。于是我就看到了天棚上的那些画，而且那里所有的牧师都穿着黑袍。我就告诉我的导师：'我认为是上帝为我选择了圣保罗大教堂来做研究。而且，最重要的是，我在那里发现了一项新的照明设计，还得了奖呢，我对此特别感兴趣，想瞧瞧他们是怎样用最先进的技术给一座古建筑做照明设计的。'于是乎，我的导师就决定同意上帝的选择了。"

"素燕，我不知道是否所有的设计师都像你似的，从来不按常理思考问题或是表达看法。我这辈子可从来都没见过像你这样的人，这么特别，这么与众不同。最重要的是你终于能就自己喜爱的建筑做研究了。我想你写论文的时候肯定很开心，可是很多同学都觉得写论文是个噩梦。"我能按照我的兴趣做事，她很羡慕我。但是，我很快就意识到，有时候把美丽的东西藏在梦里，别在现实中见得太多，可能会更好些。终于轮到我们欣赏议会大厦了，那一角的景色最好，于是我不说话了。

当然，在圣保罗教堂里真正做起研究来和我梦里的情形非常不同，但是，运用我自己室内设计的知识来评价那里面新的照明设计还是很有趣、很愉快的。

我一直都以为一般的教堂和大教堂都是用我非常喜爱的哥特风格建造的呢。可是这座壮观的英国大教堂是新古典主义风格的，所以开始的时候我根本就很难有什么看法。圣保罗大教堂建于 17 世纪下半叶，风格是文艺复兴时期的。以前这里有座哥特式大教堂，被毁于伦敦大火灾（the Great Fire of London）。所以，尽管建筑风格是古典主义的，但是设计却是哥特式的，这有点古怪，但我感觉不是有很多人注意到这些。在穹顶内部精心绘制的图画和天花板上闪亮的金色镶嵌图案是维多利亚时期人们添加上去的，风格是特有的奢华，因为维多利亚女王认为大教堂里面有些沉闷。有人告诉我说，在欧洲同类的教堂中，除了圣彼得大教堂之外，圣保罗大教堂是最为雄伟壮丽的。在这么一座摩登的国际大都市里面能看到保存如此完好的大教堂，也真是个奇迹。有人还告诉我说，在战争中大教堂周围所有的老建筑都遭了轰炸，被火烧毁了，但是圣保罗大教堂却得了救，因为很多勇敢的人在空袭的时候一直坚守在楼顶上，扑灭了所有落到大教堂上的燃烧弹。

走进圣保罗大教堂，我的第一印象是它很亮。窗户很大，玻璃要么是透明的，要么颜色很浅，不像我见过的别的大教堂。有人告诉我说之所以有这样的安排，是因为圣保罗教堂的设计者克里斯托弗·雷恩爵士（Sir Christopher Wren）是数学家，也是天文学家，他的设计意图是要让纯粹的理性之光照射进来。然而中世纪的大教堂是为了营造一种彩色的神秘世界，圣保罗大教堂是理性时期的建筑，在这个时期，科学家们虽然依然信仰上帝，而且将他们的科学研究视为对上帝造物的理解，但是他们不再俯首听命于教会，不必再相信那些古旧的思想。圣保罗大教堂最让人称奇的是雷恩设计的穹顶下方的巨大空间，比一般的哥特式教堂在其主塔楼下面所能提供的空间要大得多。这个空间被从穹顶上的一圈窗户涌进的光线照亮，后来我意识到，就是在这个地方，我在梦中看到雪花在那么奇妙地飘落。

有些建筑细节独具个性，比如文艺复兴时期的柱子和拱门，比例匀称，富有美感。这些细节灵巧地被隐藏起来的灯光突显出来，我很想知道这里面的门道。穹顶和穹顶上的绘画被隐藏在高处的一圈灯光照亮了，这些灯我们在下面是看不到的，只有爬到上面的柱廊里才看得到。也许维多利亚女王当初会感到满意。在穹顶下方，唱诗班席位里面金色的镶嵌图案在这些灯光的照耀下闪烁着光芒。

这就是我的第一印象，还算是不错的印象。但随着我环顾四周，再想一想我所看到的景象，所得的印象就不那么满意了。在支撑穹顶的柱子上面是三层黑色的照明配件，看上去就像交通信号灯或是舞台照明灯一样，这些灯当然是用来照亮穹顶下面举行的仪式的。那时在穹顶下面刚好在举行一个宗教仪式，仿佛是没有风浪的岛屿被人潮如织的游客包围着，人们在四处游走，显然是没有看到有什么宗教活动。一圈圈的座椅以同心圆排列成了一个堡垒模样，将游客和仪式隔开。在中间，一位牧师身着绿袍，看上去同样没注意到有游客存在。有些参与仪式的人，还有其他的牧师，身着黑袍，就像在我梦中的一样，正坐在椅子上。

走进那个神奇的圆圈将会进入一个不同的世界。交通信号灯被人打开，来照亮这个别样的世界，所以当我们游客仰头看那穹顶时，耀眼的强光会刺入我们的眼睛。那些灯也让人不安，因为它们有点象征了这个大教堂相互冲突的作用，也可能是我自己的感觉很矛盾，不知自己身在何处。

主灯光和建筑自身的阴影应该是表现建筑内部深度的主要构想。现在，当我以更挑剔的眼光将教堂内部视作一个完整的画面时，我看到的是不同的光源从各个角度照来，将这主要构想搅得乱七八糟。主光和阴影这样简单的基本概念在绘画和雕塑中一直是很自然地得到表现，但我弄不明白为什么建筑师在给古建筑进行照明设计时却感觉坚持这个首要的原则是如此之难。我还记得在拉斯金（Ruskin）的《建筑学的七盏明灯》（*Seven Lamps of Architecture*）中曾读到的东西，回到家我又将这段查了出来：

建筑的力度可以说取决于其阴影的分量。而且对我来说，建筑在现实中的展现，还有它们在人们日常生活中的用途和影响，都要求建筑应该通过某种程度的黑暗——就像在人生中须有相当比重的黑暗一样——表达一种人性的同情；就像伟大的诗歌和伟大的小说那样，通常因为其中蕴藏的巨大阴影而感动我们；如果它们只有绵绵不绝的柔美的快活，就无法抓住我们的心。所以此类艺术必须常常是严峻的，而且有时候是阴郁的，否则它们就表现不出我们这个疯狂世界的真相。所以在建筑这门人类杰出的艺术中亦然，在表现生活时也必须要表达出等量齐观的困惑和愤怒、悲痛和神秘。而要表达出这些，建筑只能通过深厚而弥漫的阴影，建筑的正面要肃然，而幽深处须有阴影。

当然，雷恩想让自然光从他设计的那些窗子照射进来，而不是玻璃上圣像的光。但是这并不意味着他没有营造阴影的地方，因为在他的建筑中有很多被阴影笼罩的幽深之处，就像在一些过去的图纸里看到的那样。我得出的结论是，圣保罗大教堂里的照明设计之所以得奖，最大的可能是因为所用的先进照明技术和控制，而不是因为设计表现了古建筑的精神或美。

我们一直等到仪式结束，才走到一位黑袍牧师那里，去看看他对灯光在宗教仪式中的作用有什么可对我们说的。他却去问穿着绿袍的牧师。几百年来，灯光在基督教教堂的宗教仪式中一直非常重要，关于这点我读到过很多。可是那位牧师却告诉我说牧师们从来没提出过什么关于灯光的特别要求，我听了之后有些讶异。他们只说他们需要足够的灯光，至于细节问题就留给建筑师去解决了。如果设计师像他们所一直标榜的那样，考虑过建筑使用者的需要，本着以人为本的设计原则，怎么会发生这样的情形呢？我搞不明白。最让人奇怪的是，在新的设计之后，大教堂里装了两倍还要多的照明装置，尽管设计理念都声称要再现建筑的历史氛围。我非常不解，他们怎么能说达到了这个效果？因为在大教堂建成的时候，还没有足够的人造灯光呢。我想他们是通过使用很多蜡烛模样的电灯来达到这个效果的。无论如何，我的问题没有得到解答，因为在那个设计小组里没有人解答我关于照明设计的质疑。

我相信是上帝托梦给我的，而我是受这个梦的感召去开始我对圣保罗大教堂的研究的。也许是因为圣保罗大教堂见证了伦敦的历史变化：原来伦敦是英国文化的一个中心，现在成为一个多元文化的大都会。圣保罗大教堂象征着伦敦人的精神，也是他们文化的根。那个穹顶过去主宰着伦敦的天空轮廓线，而且我看过那张有名的照片，战时的圣保罗大教堂，周围的建筑在燃烧，然而它却在烈焰之中傲然挺立。然而，即便在这样一座保存完好的不朽古建筑身上，我还是能看到在保持原有特色和顺应现代的需要和思想之间艰苦的斗争。也许上帝也想让我体会一下那些艰难，并且检验一下我的韧性，以便帮我成为这场斗争中一名合格的战士。但是后来上帝就放手不管我了，在我写论文的时候再也没有插手过，当时我有些绝望，因为手头的资料太少了。这种绝望让我意识到自己的处境，让我坚定地听从心灵的召唤，选择继续热烈地追求自己的梦想。这就需要我进行更多的研究，获取更详细的知识，为我将来的旅程做好准备，因为我下定了决心，既然上帝为我安排了这个起点，我就决不能够放弃。

在我论文答辩的那天，我的感觉可能有点像我在罗伯特·博尔特（Robert Bolt）的历史剧《千秋万代》（*A Man of All Seasons*）中所看到的那一幕：托马斯·莫尔坐在大陪审团面前，为了不被判罪，战斗到流尽最后一滴血。尽管这样，莫尔以前的一个仆人出现在法庭上，歪曲了他们的谈话，以此来证明他有叛国罪，这时被告的莫尔崩溃了，知道自己死定了，虽然这时观众还在为他最后透彻的陈词爆发出一轮接一轮的掌声。我看这出戏的时候，不能完全听懂那里面古奥的英文，但是在我的面试之后，我对那个可怜的贵族产生了同情。他被视作在亨利八世治下的英国最为聪慧的人物之一，但即便是他这样的人，因为和他不忠的仆人谈话所用的词语被明显地曲解，没能逃脱被砍头的命运。

我明白了，想保持中间的立场是何等之难。

国王和教皇之间产生了巨大的分歧，莫尔企图横跨在中间，想对两面都效忠，却倒在了中间。站在哪一边都很容易，但是保持独立的立场非常难。在每一面都有支持者，但在中间只有靠你自己。

答辩对我是场考验，决定了我未来研究兴趣的命运或是我改变世界的梦想。

在回家的路上，我想我要是在一出戏里的话，这戏该叫作"历经无数个冬天的女子"（*The Girl of Countless Winters*），想着想着自己都乐了。当然，在我的戏里面虽然背景相似，但会有一个巨大的不同，因为我作为女主人公不过是个学生，只学了三年的英文，而不是三十年。一想到这个，我就感觉好多了。要是古今中外结局都是一样的话，我的自我解嘲也许是个法子，可以逃避不被人接受的痛苦，虽然这痛苦仅仅是因为一个简单的、不通世故的但却与众不同的想法。幸运的是，我的头还在脖子上，不像那个可怜的人，在他最后的争辩之后，马上被砍了头。

"你觉得用最先进的照明技术能造出中世纪的光线吗？"没有很多的寒暄，考官直奔我论文中的第一个问题。

"也许是可能的，因为设计师可能觉得他们能够运用最先进的照明装置创造出各种效果。"这个回答和我自己的看法无关，是从那些照明设计理念里学来的，这些理念在我的一些个案研究中有所运用。

"我觉得不可能，因为在中世纪没有人造的照明。"他反驳道。

"我想我同意您的看法，但是我的一个个案研究表明，复制工业化以前的照明这个理想已经实现了，而且被授予了古建筑照明设计奖。这个发现让我特别感兴趣，于是我就想对中世纪照明的一些思想进一步研究，因为我不能肯定他们是如何能够在再现历史氛围的同时还能通过在大教堂里引进两倍照明装置来创造一种特殊的照明环境，以满足特定的需要。"

"你和这个项目的建筑师和鉴定人谈过吗？"

"的确没有。根据他们的设计理念所描述的，可以安装两倍光源来再现历史氛围。但因为我感觉他们可能根本就不喜欢我，所以即便我写电邮或是直接询问他们，他们也不想去答复。"

听到这种可能，他避而不谈，只是笑笑，转而问下一个问题。"你怎么处理那些可能会给建筑物带来损害的电缆呢？"

"我从个案研究中了解到，他们使用了一种无线电控制系统来减少在建筑物中的布线，也克服了穿墙打洞的问题。另一个个案研究说明了怎样重建地板，这样电缆和管道可以埋在下面。"

"这倒是个法子。"他第一次表示同意我的回答。于是我抓住这次机会大谈我的研究成果。"最有趣的事情是，另外有两个教堂经过了改建，也安装了新的照明装置，但是因为在两座教堂里所有的照明装置都被从墙上拆除了，所以它们就没有损毁建筑物的问题。"

"教堂因改建而派上了新用场，那是另外一个问题了。"他似乎对这个想法不大满意。

"但是这些被改建成图书馆的教堂常常被认为比其他建筑物需要更多的灯光，不是吗？"

他又一次对我的回答置之不理，跳到下一个问题。这很让人紧张，因为我不知道我的表现究竟怎样。"在这个问题上你是怎么贯彻国家政策的呢？我知道人们都在谈关于历史保护的《规划政策指南15条》。但是我想知道，你认为你怎样才能在照明设计项目上贯彻这个政策呢？"

这个问题有点吓到我了，我感觉在努力回答这个问题的时候，我在他面前瑟瑟发抖，因为我不能肯定我对这方面的政策有足够的研究。在那个一百页的政策指南里就有几百条用语。"《规划政策指南15条》对于古建筑的照明设计没有说很多，但是政策的结尾部分说列入文物保护建筑名录的古建筑可以进行改建，也可以安装新的服务设施，但是整个工程应该避免损坏建筑物。我想这么说的意思是我们可以在墙体表面安装电缆或是电线，但是要尽量使其别那么刺眼，等我们将来一旦不需要这些东西的时候，也可以很容易地将其拆除。这个方法不会给建筑物带来太大的损坏，而且很有弹性，能跟得上历史保护不断变化的思路。"我想起了牛津克赖斯特彻奇大教堂（Christchurch Cathedral）过道拱廊上面的电线，那些电线就是随着拱门的弧线排布的，而且被漆成了石头的颜色。

听我这么说，他微微笑了笑。这让我听到下一个问题的时候感觉好一些了。"你在进行古建筑照明设计时用的是哪家的理论呢？"

"拉斯金的。我读过他写的一本书，里面有整整一章专门讨论了光和影的问题。他的理论是想提醒建筑师们注意：积极的阴影和光线一样重要，能深刻地表现建筑的内涵。他的理论也让我想起来自美术、油画和雕塑的思想。经常出现的情况是，人们为了强调某些有趣的细节，就忘记了去保持光和影的主要效果，却不经意地破坏了建筑的神韵。正如拉斯金所说的，在建筑中阴影的运用比在绘画中更为复杂和重要。"

他又笑了，但还是不对我的回答做出回应，却继续问下一个问题。"你更喜欢为古建筑安装什么样的照明装置呢？"这可能是给我安排的一个陷阱。

"我想我更喜欢尽量传统一点的风格。"

"但是拉斯金说建筑应该是真诚的，而重蹈古风这种想法我认为他不会喜欢，因为这不真诚。"他笑了笑，因为他感觉指出了我明显的矛盾：我现在说的与刚才关于拉斯金理论的回答不一致。

"有些现代的照明装置和光源既可以用到古建筑上，也可以用到新建筑上。我感觉如果我们仅仅为了与建筑的风格相匹配而选择某种风格的照明，却不想骗自己说这照明真是古旧的，那么这算不得是不真诚。但不论怎样，拉斯金很注重材料和结构的真实性，而不是风格的真实。看到在19世纪工业化的英国建造16世纪风格的建筑，他就很开心。"

"要是你是为市议会工作的古建筑保护者，要考虑一个照明设计项目，你会做什么？"他总是用另外一个问题在问题之间跳来跳去，这意味着我的脑子总是处在斗争的状态。

"首先我会核实一下他们是否真的需要这么多的照明，然后再核实一下那些计划安装的照明装置会不会毁坏古建筑的精神。"我很快地答道，但他打断了我的话。

"你要怎样来核实他们需不需要这么多的照明呢？"

"我会用曝光表来测量施工现场的亮度，看看他们究竟需要加强多少照明，也看看他们要怎样在改善照明的同时却不给建筑的实体和神韵造成很大的损坏。所以呢，只有他们真的不可避免地要在建筑上安装新的照明装置的时候，安装工作和技术才会成为最后的问题。"

"你没有细致地讨论不同的照明装置之间有什么区别，没有关于不同光源的实用知识，我无法看出你怎么能处理照明设计项目。"

"我本想把那个题目列在我的论文中的，但是不太容易，因为我是在进行我的六个个案研究的时候，才发现了这个问题，即如何用最先进的照明来再现历史氛围。尤其是当我看到那两个图书馆的时候，我开始想这个问题——我们是否真的需要这么多照明。您不觉得我们在安装工程带来的损坏这个问题上耽搁太久了吗？我们是不是要回头来考虑一下这个首要的问题：究竟需不需要这么多的照明呢？"

"但是在安装的过程中是无法回避损坏建筑物这个问题的，对此你没有详细写，没给出一个解决这个问题的法子。"虽然我觉得我已经回答了这个问题，我在我的论文中写了可以用射频控制和玻璃纤维光学，但是他还是坚持他的观点。

"要是我们首先考虑一下我们是否真的需要这么多的照明的话，我们可能就不会有建筑物损坏的问题了。比如，他们在施工现场需要光的时候，完全可以用台灯或是手提灯，这很容易就有照明了，而不必将照明装置装到建筑物上。所以我觉得讨论各种光源的区别和安装技术应该是另一个论文的题目，没法放到这么一篇仅有2万字3个月就写完的论文里。而且，您知道，我已经将对中世纪照明和窗户的研究从1万字压缩到了2000字，这对我来说真是痛苦，也是遗憾，因为我觉得这些题目非常有意思。人们在设计项目时总是谈到历史氛围，我觉得这些题目可以让他们有一些历史观念。"

"你论文的选题从历史名城的购物中心变成了教堂的照明，这两个题目之间可是有个不小的跳跃，我想知道你的选题为什么发生了这样的变化。"

"这和我的第一学位有关系。我在台湾的大学学的是室内设计，后来我在一个环境控制实验室工作了3年。我们的一部分工作就是去对室内照明做一些试验，因为我们需要考虑如何改善为了满足实际需要的照明，而且我们希望找到如何最好地利用自然光的办法，为了节省能源。"

"噢，这挺有意思的。我听说你来学这门课程之前学过空间规划。但现在我觉得你已经掌握了关于照明技术的知识和技巧。"

"是的，差不多吧。在这个研究的开始，我想把所有的知识都运用出来。但是，我从我的个案研究中明白了一个道理：我们研究的第一步应该是研究历史，而不该接着去争论古建筑应该保护还是需不需要安装新的照明装置，这样的争论已经进行了一百多年。最为重要的是，我强烈地认为我们需要严肃地思考一下在我们推出新的照明设计计划的时候，我们是否真的需要这么多的照明。"

我想他不知道该怎么和我再继续争论下去了。最后，最危险的问题来了。

"在你论文的第一部分你列出了非常多的研究问题，但是我感觉你没有回答那些问题。"

"您这么说我感觉非常惊讶，因为我在做这项研究时一而再再而三地回顾这些问题，如果我不反复地核查我的研究问题，我将在某个地方迷失方向。您能给我举出什么例子吗？哪些问题没有回答呢？"

听他说到这个问题，真的出乎我的意料，而且我也很难回答他，因为我无法告诉他实情：我是在研究结束时才写的那些问题。换句话说，如果我是根据我的答案写出的那些问题，怎么会是这样呢？

回想过去，现在我感觉他们当初只是睁开眼睛浏览了一下在白纸上的 2 万个黑字和那些彩色的图表而已，却没有敞开他们的心扉去欣赏一些可能和他们头脑中固有的观点不同的思想。在另一方面，我非常感激他给了我这次机会来谈一谈我的研究，所用的时间已远远超出了答辩预计的时间限制。他没有把我当作一个对英国文化没有感觉、没有了解的蠢笨的老外，没有觉得我根本处理不了这样英国式的研究。但至少不像莫尔那个可怜的贵族，也不像我在台湾的遭遇，他给了我机会来为我自己辩护。我想这是今天英国的方式吧。

十二

死亡

一个人曾和你谈笑契阔，经过了那么多的日出和日落，现在却伴着最后一次日落长眠了，此情此景，实在是难以承受。然而所有的记忆都是可以追思的。死并非生的对立面，而是作为生的一部分永存。

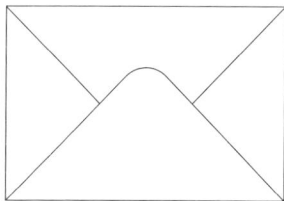

"为什么他们都在我床边哭呢？这儿发生了什么？好疼啊，他们这么不小心，抓伤了我的脸。"我的祖父颤巍巍地蜷曲在病房的一角，瞧着躺在床上的自己。

"啊，天啊！我是在做梦吗？"我费劲地睁开眼睛，想看清楚在病床上躺着的祖父边上怎么又跑出一个蜷曲在角落里的祖父来。

"爸爸，我是素燕啊。很抱歉打扰您，但是您能告诉我现在爷爷的情况吗？他好吗？"我从床上蹦起来给我父亲打了电话。

"现在正在给你爷爷办丧事呢，等我们念完了佛经我给你打过去。但是，你怎么知道他今天去世的呢？"我父亲不想让祖父的丧礼被打断，但是我知道我给他打电话他很惊讶，因为我在英国，离我的家乡远着呢。

"我梦见他告诉我说他被刚才他周围的哭声吓坏了——"我想继续说，但父亲没让我讲完。

"我们现在正为葬礼的事忙得要命，等稍后我再把全部经过告诉你吧。拜。"

一股强烈的悲伤直达我的心。我非常缓慢地呼吸着，但忘记了怎么去哭泣。我知道我不能回去见他最后一面了，因为我马上要去荷兰学习一个星期。从那时起，时间就过得太慢太慢。在等待我父亲的电话的时候，一秒钟对我来说仿佛有一个小时那么长。

以前有人说："不要在逝者的身边哭泣，因为哭声会吓到他们。"我感觉真是这样子的。子女们哭得这么伤心，可是我的祖父却被他们吓得无法平静地长眠。我离他这么远，我能为他做些什么呢？

"素燕，你没事吧？我们刚刚安排了你爷爷出殡的时间。"等了好久，我才接到从家里打来的电话。

"爸爸，我想说的是，您得劝劝别人，不要在我爷爷身边哭了，因为他被哭声吓坏了。""你是怎么知道的？我真是不明白，为什么你爷爷大老远地找你求救去了。他肯定要漂洋过海才能找到你。"

我不知道我父亲的不解是不是符合逻辑，但是我不在乎，我只想请他们轻轻搬动我的祖父，避免给他可怜的身体造成太多的伤痛。"爸爸，我不知道您信不信，但是我感觉这是真的，人刚死的时候还是能感觉到疼痛的。您能告诉那些护士在护理的时候尽量小心些吗，即使她们认为我爷爷已经死了？我能为他老人家要求的就是这么点事了，求您了。"

梦见我祖父去世这件事再一次让我相信：即便我们的肉身暂时死去了，可是我们的魂灵是永远不会消逝的。最为重要的是，我认为这个想法即便跨越不同的国家和文化的界限也不会改变。虽然我去了这么多的英国教堂，而且我的心在一段时间里一直完全沉浸在英国的文化之中，但是我还是能在梦中感受到那些神秘的信息。

亲爱的素燕：

看你这么为你的祖父担心，我发给你这首诗。诗写的是死亡可以是多么祥和，我希望这首诗能对你是些宽慰。我也认为虽然我们感觉人死去了，但是他们的身体还是会感到一些痛苦的，这个想法有些让人不安。你很喜欢希腊神话故事，下面又是一个。

古希腊人和古罗马人几乎有相同的男神和女神，但用了不同的名字，所以乍一看有些混乱。普洛塞耳皮娜（Proserpine）是古罗马人给古希腊的春天和花朵之神起的名字。古希腊的名字是珀尔塞福涅（Persephone），我感觉这个名字更美一些。她是谷神色列斯（Ceres，古希腊人称作 Demeter）和众神之首朱庇特（Jupiter，古希腊人称作 Zeus）的女儿。有一天，普洛塞耳皮娜正在采花的时候，被普鲁托（Pluto，冥王）掳了去，强迫她嫁给他。朱庇特非常愤怒，让普鲁托同意让普洛塞耳皮娜每年有几个月能够返回神界。这样一来，每当她回来的时候，我们的春天就到了；每当她回到冥界的时候，冬天就开始了。

The Garden of Proserpine,by Algernon Charles Swinburne (1837-1909)

普洛塞耳皮娜的花园　阿尔哲农·查尔斯·斯温伯恩（1837—1909）

She waits for each and other,　她等待万物，等待所有，

She waits for all men born;　她等待着所有人的出生；

Forgets the earth her mother,　大地母亲她抛在脑后，

The life of fruits and corn;　不顾水果和谷物的生命；

And spring and seed and swallow　春天、种子，还有莺燕，

Take wing for her and follow　飞起，流连，将她追赶

Where summer song rings hollow　夏日的歌在空洞地回旋，

And flowers are put to scorn.　而花儿们也被做了笑柄。

古希腊人认为，不论好人坏人，死后都会去冥府。古希腊人还没有像基督教教徒那样认为有天堂和地狱的分别。死去的人：

Nor wake with wings in heaven,　不会在天堂里振翅醒来，

Nor weep with pains in hell.　也不会在地狱里痛哭。

诗人斯温伯恩（Swinburne）想象着普洛塞耳皮娜在冥府里建造了一个美丽的花园，人们死去的时候，就在里面沉沉睡去，平和安谧，因为所有人生的苦恼和失望全都结束了，所以各个都心怀感恩：

From too much love of living, 不再有对生的太多热恋，

From hope and fear set free, 不再有希望或是忧惧，

We thank with brief thanksgiving 我们用简短的谢意感念

Whatever gods may be 诸神，不论是什么来路……

斯温伯恩是维多利亚时期的诗人。在他的诗中，有一种神秘而奇幻的感觉，他表达这种感觉很有本事，为人称道。有些人认为他之所以能这样，是因为他服用鸦片酊，是鸦片和酒的混合物，在那个时代通常都被当作药物服用。他运用奇特的格律和押韵，比如，每节诗的最后四行都有一种催眠效果，让人很宁静，仿佛有人在抚摩你的头。

I am tired of tears and laughter,	我受够了泪水还有欢笑，
And men that laugh and weep;	也厌倦了哭笑的凡夫；
Of what may come hereafter	也受够了人们苦心操劳
For men that sow to reap:	之后期盼收成的眉目；
I am weary of days and hours,	我厌倦了日月时光流逝，
Blown buds of barren flowers,	花朵绽放却空落无子，
Desires and dreams and powers	欲望和梦境和诸般权势
And everything but sleep.	什么也不如长眠美妙。

你可以感受一下第五到第七行的效果，都是押韵的，但读上去这些诗句像自然而然地引着你的声音渐弱下去，仿佛入眠了一般。这首诗很长，我感觉很美，而且美得有些神秘。此诗在大多的诗选里你都可以找到。

亲爱的罗伊：

我感觉从你为我选的那些诗里面我学到了很多思想。我能看得出来，它们不仅是美丽的作品，而且是英国人生活的记录，虽然我不能肯定我已经深刻地理解了其中全部的内涵。

谢谢你给我讲的《普洛塞耳皮娜的花园》，我非常喜欢这首诗，而且也想了解更多的神话和传奇。我是在做梦吗？我过了一个美好的生日。要是我的祖父知道了我在这里的生活，他会开心的，没准也会原谅我没能回去参加他的葬礼。遗憾的是，他对我不是很好，因为他只在乎他的长孙，但是我过去常去看他，经常听到他因为生活发牢骚。我姑妈说他在临终的时候还时常念叨我呢。可是，我祖父去世没有人通知我，最后是我自己梦到了。我梦见他告诉我说他很受伤，很害怕，然后他带着很多的痛苦闭上了眼睛。之后，我感觉很难过，就给我父亲打电话，才知道我做这梦的时候恰恰就是这事发生的时候。也许这是某种第六感吧，或者是因为我非常爱我的祖父。不管怎样，我希望他能看到我在这里的生活，也能看到我美好的未来。

我不太能记得那天发生了什么，只记得我被一根重重的绳子捆住了，我的眼睛被人蒙着块布，这个人我以前在哪里认识。听到他们模模糊糊地商量该怎么处置我，不给警察留下一点证据。之后发生什么我就不记得了。

晚上我拖着疲惫的身躯跌跌撞撞地回了家，好像在我父母的房子里在举行一个大派对。我不知道这是我家里什么特别的日子还是可能一些要人因为公干来看我父亲。然而，走进家的时候，我看到附近围了群人，有些警察正在一口棺材边上和我父亲严肃地谈着话。在棺材的上方有一幅死者的照片。我没能马上反应过来，因为我的思绪很乱。死者的名字和照片都是我。

那是我的棺材吗？他们干吗要给我安排个假的葬礼呢？一下子

很多的问题涌到我脑子里面。我走到母亲那儿，想问她这是怎么回事，但是她看上去很紧张。

"赶快去阁楼。"我母亲说。

"好的，要不然人们会发现我还活着，那我爸爸就会有麻烦了。"我不等她把话说完，因为我感觉我明白当时的情况，所以我很快地走到阁楼上去，小心地藏了起来。我等着那些人离开我的家，然后我就可以问问我父母我的葬礼到底是怎么回事。可是过了好久，我母亲似乎忘记了我在阁楼上，还是不来让我下去。

"妈妈，我现在能出去了吗？他们都走了吗？"看到我母亲从阁楼经过，我叫她，但她还是很忙碌，不理我。

我溜了出来，没人看见。阁楼很小，那时候又不让开灯，所以待在里面很憋闷。阳光照得我睁不开眼，我感觉有些虚弱，可能是因为整整一晚上在阁楼里水米没沾牙。但是，又见到太阳了，感觉真好。现在我的心情很好，我和在街上遇到的每个人打招呼。可是，没人理我，感觉他们所有人都在有意地回避我。我不知道他们这样的态度是不是和我神秘的葬礼有关系。

"天气真是好，是吧？"终于，我的一个朋友冲我微笑，还和我说话。我真是开心，迫不及待地跑上前去，尽管我的腿很软，实在使不上什么劲。可是我的满腔热情立刻被泼了一瓢冷水，这时我才明白，她是在和我身后的一个人说话呢。在那些日子里我所遇到的所有事都特别让我郁闷，所以我真的想弄明白这些奇怪的情况到底是怎么回事。我慢慢地走回了家，心里很难过，也很孤独。但是我不知道那个时候我出现在自己的葬礼上合适不合适。从树后我所在的位置我转过身去注视着我的家。很奇怪，我看到我父亲很难过，我的母亲和我的妹妹低着头垂着泪。

"你们为什么这么难过啊？我在这儿呢，我在这里看着你们呢。抬起你们的头啊，看看我啊，我还活着呢。"他们不认得我，我却在那里对他们讲着话，真是恼人，真是绝望。可是我再也发不出什么声音了，这更让人着急了。

丧钟响起来了，我不由自主地飘了起来，飘到了一条河里。我面前有一座桥，可是我不敢从那桥上走过去，所以我只能抱紧桥墩，踩着水面，跳过河去。一眨眼间，我的脑子仿佛遭了一个晴天霹雳，一下成了一片空白。我的葬礼全是真的，一切都是真的，我唯一不知道的事就是我的死。我死了。

太阳又一次照得我睁不开眼，可是这次是真的阳光，从我的窗子照进来，将我从这个死亡之梦中唤醒。我在呼吸着呢，我真是高兴。

"上帝肯定非常偏爱你。你的梦让你实打实地体验了一下死的过程，有些古书上就是这样记载的。"我的一个朋友听说了我的梦之后就是这个反应。

"除了你自己之外，没有人知道你活着，这可真是恐怖。我不想相信在死之后我们还不能完全消失。要是我们的魂灵还能感觉到人世间的东西，那我们该怎么办啊？要是我们的灵魂永远存在的话，死就成了我的噩梦。"我感觉我倒是相信上帝真的偏爱了我不少，可是我有点怀疑死的过程是不是这样。

"我知道你想在死后无拘无束、自由自在。但是，就我所知道的，你的梦和那些古书上的记录是一模一样的。比如，据说一般在听到丧钟响之前我们是不知道自己是死了的；我们死的时候在太阳下晒着是会很虚弱的，而且我们的脚不会真的踩在地面上；最紧要的事是，我们会很害怕，不敢从桥上走过去，而是会想办法踩着水跳过河去，这和你在梦中做的一模一样。"我的朋友不停地用他从书里读来的关于死的知识来吓唬我，"而且我可以告诉你那座桥的名字——奈何桥，意思是没法再回来了。"

"没法再回来了？那我们过了那座奈何桥之后会去哪里呢？"听到这么诡异的桥，我真是有点害怕了。

"我们会被带去见阎罗王，他是裁决我们一辈子是不是好人的神。在阎罗王的裁决之后，我们会沿着一条路往下走，一直走到我们的来生，要么做人，要么做兽。最后的结局将取决于我们在今生中做了多少坏事。走过一段漫长的路途之后，我们会来到一个大门，门口有个老太太站在那里，给我们喝一种汤，叫孟婆汤。这个老太太姓孟，所以汤就以她的姓命名了。我们喝汤的时候，她会让我们忘掉所有东西，带着空白的脑子去开始新生。然后呢，她就将我们推下去，到我们要去的地方。"我的朋友描绘了死的其余过程，这些是我在梦中未曾经历的。

"所有的记忆一下就没有了，就这么被推了下去，听起来真是可怕。"一想到失去我的记忆会是什么样子，我皱了皱眉头。

"是啊，在你一路往下掉啊掉啊掉到灵魂转世的路上去时，你会很害怕，很惊惧。所以你会哭，于是你又变成新宝宝等着降生喽。"

噢，天啊，我花了这么久时间才长大成人，但是还得必须再生一次，再经历一次长大的漫长过程。我真是不喜欢这个灵魂转世的说法。然而，我感觉自己真是个胆小鬼，因为根据我梦中的经历，我担心死后我们还会有魂灵。看起来我得相信我们也得无数次地被生到这个世界上来。不然的话，要是我们的灵魂永不消逝的话，我们该去哪里，我们该做什么呢？

我感觉我没有什么其他的选择，只能努力在此生中尽可能地行善，为我将来的生活积些运气吧。

亲爱的素燕：

我买了一本漂亮的小书，有100年的历史呢，讲的是古代希腊神话。书里面就有比如普洛塞耳皮娜的那个故事，还有俄耳甫斯（Orpheus）和欧律迪克（Eurydice）、普塞克（Psyche）、潘多拉（Pandora）等很多其他的故事。这些神话故事当然是想象出来的，但是它们讲的都是人性的基本特点，比如爱情、信任、报复、勇气、友情、嫉妒、悲伤、痛失等，所以这些神话几千年来都引发我们的想象，而且很多名字都被今天的心理学家们用来描摹心理状态。普塞克本人是个勇敢的小女人，她爱上了一位天神，历经了各种磨难之后，终于和心上人得以厮守终生。其他的天神非常受感动，就让她做了仙子，所以"普塞克"这个名字后来就用作表示"灵魂"，而心理学就是对于我们非生理性自我的研究。

亲爱的罗伊：

古希腊神话！我会非常喜欢这本书的。你曾问我来这里的最初想法是什么，其实我之所以想来这里，是因为我看过非常多关于英国、意大利和希腊的电影和照片，读过不少神话故事。那里面的建筑、古代文化、艺术等，对我来说意味着这里的生活就像梦境或是天堂。但问题是，因为我是通过中文了解的这些，所以我没法欣赏这些美丽的东西，也就是说，想看到那些东西的本来精神是很难的。所以，在15岁的时候，我下定决心想来这里追寻那些梦幻般的事物。后来，我长大了，也感觉只在一个小岛上学习的东西对我的一生来说是不够的，我想到其他国家去探索我的人生，去学不同的知识和技能。现在，我想留在这里，因为我感觉我的梦想正在成为现实。你知道，我一直想有机会学会欣赏古书里的诗歌，了解古建筑及其美妙的故事。现在每周都能和你分享英国的文化，我感到越来越平和，越来越快乐。通常，在忙碌了整整一个星期之后，我可以通过这种方式在我的梦境里活上片刻，这样我就能远离我的忧愁、压力和不快了。

亲爱的素燕：

看到你喜欢《普洛塞耳皮娜的花园》，我很开心。我个人觉得这首诗很美，但是这美是一种感伤的美。感伤和哀伤不完全是一回事，虽然词典里说是一样的。我们越意识到美，也就越会意识到美的脆弱，所以感受美的过程常常伴着一丝哀伤。因为在感受到美的同时也知道这美是无法依恃的，所以这份美感就分外地刺痛，这就是感伤。有时人们说这感伤就是诗人该有的心境，也有人说这是英国人性格的一部分。你会发现很多诗歌在这个意义上都是感伤的。诗人的一个作用可能就是去表达哀伤、失望和痛失，这些情绪在某些方面是美的、普遍的，能拨动我们所有人的心弦，所以我们也知道并不是自己孤零零一个人在难过。

对于感伤还有另外一种看法，觉得感伤是因为怀想起过去的哀伤，但有些奇怪的是，我们喜欢这种感伤，因为虽然我们的情绪被触动了，但这感伤和我们现实的生活没有关系，也没有什么危险。我们以类似的方式去欣赏一出悲剧或是一部哀伤的电影。在1742年，诗人斯内德·戴维斯（Sneyd Davies）描写了他在游览廷特恩修道院（Tintern Abbey）废墟之后心生的这种"愉快的哀伤"：

> *Here, O my friends, along the mossy dome*
> 啊，朋友们，穹顶上已是青苔满满，
> *In pleasurable sadness let me roam:*
> 让我在愉快的哀伤中在此流连忘返；
> *Look back upon the world in haven safe,*
> 回首凝望着尘世，它虽是安然无恙，

Weep o'er its ruins,at its follies laugh.

可我还是哭它的废墟，笑它的愚妄。

　　我们可以知道过去的哀伤，也能意识到当下生活的脆弱，这两种感觉似乎有联系，但也有不同。下面是《普洛塞耳皮娜的花园》中的另外几句。"lure"是引诱，但没人能用引诱留住时间。

We are not sure of sorrow,	我们并不确信伤情，
And joy was never sure;	也绝不相信任何快乐；
Today will die to-morrow;	到明天今天已经死去；
Time stoops to no man's lure...	时间永远不受人诱惑……

在维多利亚时代，尤其是在达尔文发表了进化论的思想之后，很多有思想的人发现接受基督教有些困难了，虽然他们觉得宗教仪式对社会的稳定还是很重要的，所以也不时地参加。斯温伯恩在这首诗别的地方说："死去的人从未再生。"这种想法是直接和基督教信仰相违背的。那时很多人发现古希腊罗马时代的思想和故事非常让人着迷。还有一首诗，对待生和死的态度有些类似，但可能更愤世一些，这诗就是《柔巴依集》（The Rubaiyat of Omar Khayam），作者是古波斯的诗人欧玛尔·海亚姆。《柔巴依集》在19世纪被爱德华·菲茨杰拉德（Edward Fitzgerald）意译成英文，你可能会喜欢的。

"鲁拜"这个词只是表示每节诗是写成四行的，我们称之为四行诗

（quatrain）。尽管菲茨杰拉德译的诗说今生是我们所拥有的唯一的生命，但他似乎还是在暗示说我们应该尊敬死去的人。在牛津郡的布劳顿城堡(Broughton Castle)的庭园里有个用墙围起来的花园,很美,里面有个日晷,也叫太阳钟,在日晷的边上就镌刻着选自《柔巴依集》的这些美妙诗行。

The Rubaiyat of Omar Khayam, by Edward Fitzgerald (1809-1883)

柔巴依集　爱德华·菲茨杰拉德（1809—1883）　黄杲炘译

I sometimes think that never blows so red

有时我想：古往今来的玫瑰丛

The Rose as where some buried Caesar bled;

就数埋过恺撒血肉处的最红——

That every Hyacinth the Garden wears

朵朵盛开的风信子，无非都是

Dropt in its Lap from some once lovely Head.

从春风一度的头上坠落园中。

And this delightful Herb whose tender Green

草色喜人，毛羽般的新翠嫩绿

Fledges the River's Lip on which we lean—

满江潯，在这里我们靠下身躯；

Ah,lean upon it lightly!For who knows

轻轻靠着吧！谁知道从前该是

From what once lovely Lip it springs unseen!

多美的绛唇才把它暗中化育！

"我无法相信英国是在同一个地方举行生和死的仪式，而且婚礼也是在那里举行的！虽然现在看到英国人在教堂的墓地里吃饭我感觉挺自然的，但是一往深里想这种文化特色，我还是感觉挺惊讶的。周末我会去大学教堂工作，时常会在那里看到举行婚礼，或是葬礼的追思礼拜，或是其他任何种类的仪式，有悲也有喜。"

"我不明白为什么你会对此感觉这么惊异呢。这和你们的文化那么不一样吗？"

听到这个问题，我不感到奇怪，因为我感觉没有多少英国人会明白我对他们看待死亡的各式态度是什么感受。

"对我们来说，很少会用´美´这个词来描绘葬礼。在中国文化中，死亡依然是个沉重的话题，和痛苦与苦难联系在一起，所以在像家庭晚宴这样正式的场合上我们是不能提到死的，这是禁忌，尤其是在年长的人面前。"

听了我的回答，我的英国朋友露出一脸的茫然。我感觉这个解释还不够形象生动，没法让他看到在我们的文化里我们对待死亡的方式。

"我记得有一次我们家邻居举行葬礼，害得我们从早到晚不得安宁。葬礼要是在冬天举行的话会稍微好一点，因为遗体不会太快散发出难闻的气味。"我在讲我们家隔壁一个人死后我的经历。

"我不大懂啊，为什么遗体会有味道呢？难道他们不是把遗体安放在棺材里吗？要是这样的话，不应该有味道散出来啊。"我的朋友还是很不解。

"按照习俗，他们得根据阴历选个良辰吉日来钉棺材盖，然后再等一个良辰吉日来下葬或是火化。但是，人都死了一个月了，他们还是找不到最合适的日子。因为是在夏天，尸体很快就开始腐烂了，味道很难闻，被风轻轻一吹，就不时地飘到我家这边来。"我慢慢地给我的朋友解释，好让他感受到当时的场景。

"听起来好让人紧张啊！"他很震惊。

"啊，是啊，是很恐怖。但这还不是中国的葬礼中最让人紧张的事呢。在整个丧礼期间没日没夜的奏乐和哭号那才是最让我难挨的呢。我参加过我祖母的丧礼，整个过程都像是在演戏。我知道我不该这么说，可是我真的感觉就是那样。"

我的朋友讲了一下英国葬礼的意义。"你们的那套做法我很难理解，因为对我们而言，葬礼是供人们追念死者并且向其一生表达感激的时刻。当然了，如果那个人在生前没做过很多的好事，有时候是很难追念什么好事情的。尽管这样，牧师还是会尽量为逝者美言几句，让他的家人有些可追思的。"

"我觉得我们举行葬礼是有着同样的目的的，只是纪念死者的表现方式不同罢了。在我祖母的丧礼上，我们从一个专业的公司雇用了一个女的来带头哭丧。她手持一个麦克风，站在送殡队伍的排头，哭得非常响亮，还演示给大家看在大声哭丧的时候该怎样手脚着地爬行，她喊停我们才能停。"

我模仿着那专业的哭丧声，让他理解得容易些。

"非常专业！"我的朋友点着头说，但看到我模仿的样子，他捧腹大笑。

"有时候在半夜一个特别的时刻，我的一个姑妈会喊所有的女儿来到我祖母的棺材边上，我姑妈先从五倒数到一，然后大家就开始哭。"我告诉我的朋友说不止领哭员干得专业，我的姑妈们也能。

"要是她们不是演员的话，怎么可能马上就开始哭起来呢？"我的朋友看起来又迷惑不解了。

"我也不知道她们是怎么办到的，但是她们真的做得很好，一听到中间有人说：'停，时间到。'她们马上就能打住。"

"听你这么说我感觉太神奇了。这情景我真是无法想象。在英国，我们是不让流露感情的，男人尤其如此。你们的男人也哭吗？"

我给他讲了更多的关于我们那里这种哭丧业的情况。"有时候有人会选择从丧葬公司雇用由五个小男孩组成的哭丧团，围在棺材或是坟墓边上哭。这些小男孩很是训练有素，可以跟着音乐的拍子哭，而且他们也能根据领哭员的指令随时开始突然大哭或是戛然而止。"

"这是干吗啊？弄出这个哭丧的职业有什么意义吗？"他最后忍不住问这个问题，尽管他知道这么问会让我感觉是在批评我们的文化。

"是啊，意义很简单。培训那些专业哭丧员是让他们领着人哀痛，去帮亲戚酝酿出合适的情绪好马上突然大哭起来。而且我感觉他们发现这对他们而言是某种慰藉。我觉得这挺有用的，因为我家的所有成员都非常悲伤地哭了起来。他们也希望我这样，可是我觉得他们的哭声很滑稽，不怎么感动，所以我就是哭不出来，在整个过程中总是不住地犯困，虽然在那种场合很难睡得着。"我老实地道出了真相，虽然可能听起来有些冷酷无情。

"是啊，我可以想见，在那里肯定是太吵闹、太不舒服了，不容易睡着。"我的朋友仅仅认为吵闹是主要的原因。

"不是的，丧礼持续时间很长，可吵闹声不是让我睡不着的主要的原因。最大的问题是主持丧礼的道士。他一边为我祖母念念有词，一边不停地叫我们跪下、起立、向右转、向左转。很多次我都睡着了，没能很好地照着道士的指令去做，所以我母亲就打了我好几次。"

我又绘声绘色地模拟着当时的情景，听得我的朋友放声大笑。

"这种传统的丧礼现在在你们国家还见得到吗？要是在英国在谁家的隔壁出现这样的情景，要是太吵闹，味道太冲，会有人报警的。"

"我想英国人是不会明白的，我们之所以不报警，只是出于尊重，即便丧礼是真的很烦人，但我们感觉得到那家人因为死了亲人很难过。我想这种传统的丧礼现在只能在一些偏远的农村地区看到了，因为现在大多数人都住在高楼里，没有地方举行那样子的丧礼了。在我祖母的丧礼上，我看到了关于死亡的传统文化，那是很特别的经历。然而，我当时很纳闷，不知道我的祖母是否会为她的丧礼感到开心，也许她会感觉太吵太闹了，搅得她没法子在棺材里安息。"

我在英国工作的那个教堂有个墓园，被改造成了一家咖啡馆。在一个典型的夏日，明媚的阳光晒得人懒洋洋的，人们舒适地靠着一座墓碑坐着，或是坐在墓园里的草地上，呷饮着咖啡，开心地吃着饭，看着小孩子们在墓地里追来跑去。这样的景象我感觉真是很古怪，但随着我去了更多的地方，在这个国家这种现象也见得多了，我开始懂了这种说法的真正含义：死是生的一部分。或者像我在一次美丽的葬礼上听到的，"在生命之中，我们在面对死亡"。某一天每个人都会死去。我也记得那些非常平静地赴死的人们，比如安妮·博林和托马斯·莫尔，或是那个英国的诗人战士，他们感觉为英国而死，死得光荣。

我的朋友说，因为基督教坚信基督征服了死亡，灵魂会上天堂，一个更快乐的地方，所以肉身就不那么重要了，因此真正的基督教教徒很乐意去死；他们也会难过，但只是为了留在身后的朋友们而难过。他说虽然英国人不怕死人，但是我们应该尊重那些坟墓，不该损坏它们，也不该在附近做坏事。当然，英国的葬礼办得很庄严，常常没有人大哭特哭。总体上来说，我觉得我更喜欢英国人的方式，虽然有时候我也觉得，要是你难过，哭出来是好的。

亲爱的素燕：

我答应过要发给你这首诗的，现在讲的就是关于一个人的哀痛的。诗的第一部分读来很悲伤，但也很美；第二部分很美，但又有些哀伤。你能看出来吗，在诗的第一行里面在"赫拉克利特"（Heraclitus）这个名字的地方有个停顿，然后重复了一遍"他们跟我说"，所以读起来是不是像在哭诉的声音？

赫拉克利特是 2500 年前的哲学家，生活在米利都（Miletus），当时是卡里亚（Caria）的一个古希腊城市。虽然这首诗表达了哀伤之情，但也歌颂了谈思论道的快慰，还有不断想起那些谈话的喜悦。诗中没有谈及鬼神或是天堂、地狱，只写了生命与友情的崇高。注意诗人在诗的第一部分说到诗人之死的时候用的是"you"（你），但在第二部分表达他的信念——坚信这些永远不会死去——的时候，却用了更为传统或是更具有宗教意味的"thou"（你，尔，汝）。

Heraclitus,by William (Johnson) Cory (1823-1892)

赫拉克利特　威廉（约翰逊）·科里（1823—1892）

They told me,Heraclitus,they told me you were dead,

他们跟我说，赫拉克利特，他们跟我说你已死去，

They brought me bitter news to hear and bitter tears to shed.

他们给我带来苦痛的消息，我唯有洒泪，痛楚。

I wept as I remember'd how often you and I

想起你我曾怎样在日光下，侃侃而谈没完没了，

Had tired the sun with talking and sent him down the sky.

直到太阳疲惫地落山，泪儿就禁不住暗暗地掉。

And now that thou art lying,my dear old Carian guest,

可是，现在，我亲爱的老朋友，卡里亚的过客，

A handful of grey ashes,long,long ago at rest,

你静静地躺在那里，早已成了一抔宁静的黄土，

Still are thy pleasant voices,thy nightingales,awake;

你的音容笑貌宛然还在，依旧将你的夜莺唤起，

For Death,he taketh all away,but them he cannot take.

死神啊，虽能掠走一切，这些，他却无能为力。

亲爱的罗伊：

    诗的开始部分生动地表现了诗人深深的悲痛。诗人不能相信这
是真的，尽管他知道那是真的，可是他满心的悲戚让他无法说出这
个真相。一个人曾和你谈笑契阔，经过了那么多的日出和日落，现
在却伴着最后一次日落长眠了，此情此景，实在是难以承受。"躺在"
这个词激起了我很多的思绪：平和而难以察觉的解脱，还有感伤。
我真的找不到恰当的词来表达那些感情，太微妙了，难以用语言说
得清。也许这就是为什么英国的葬礼一般都是如此静寂平和。

"死神啊，虽能掠走一切，这些，他却无能为力。"这句让我感觉一下倾吐出了那不尽的哀痛，还有死神所不能带走的所有的记忆。所有的悲哀都陷入了沉默。我觉得这是英国面对诀别之痛的方式。

这首诗真了不起，自然而然地让我忘记了年代，竟然相信赫拉克利特就是威廉·科里真实的朋友。后来我才知道诗人其实是生于赫拉克利特之后 2000 余年，我感觉在这首诗里的时空交错真是神奇。

十三

情乡
怀村

在自然的广袤天地中，视觉可以驰骋上下，无拘无束，意象之丰盛之变化，难以计数。诗人钟情于此，自然以最极致的完美出现；设计师钟情于此，阿尔卑斯山脉以最迷人的线条呈现……当我们与田野林木为亲为友，自然根本不是看上去的那样平静。

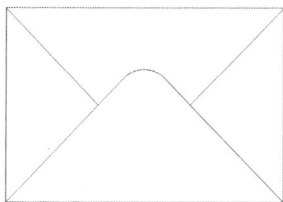

一天晚饭后，雪和我去波特草场散步。尽管雪说在做学生的时候就住在草场边上，经常去那里跑步，可是我还是第一次去那里。波特草场是牛津很特别的一个地方，那里的景色特别像我们常在美术书里看到的水彩风景画。闻到牛马粪的味道，雪皱起了眉头。我却相反，感觉那味道虽然有一点点讨厌，但也是波特草场的一部分。我们跳过路上一堆堆黄褐色的粪便，我看到马儿在河边自由自在地吃草，溜达来溜达去，河岸边柳树低垂。太阳正在落山，悬在低低的地平线上，一群大雁正从河水上方飞过。万籁俱寂，只有河上一艘训练船上的划船教练偶尔大叫几声，打破了这片宁静。

像牛津这样喧嚷闹腾的城市，竟然还有这么一大片人迹罕至的野地，真是让我惊讶。像波特草场这样的土地怎么会得以保存下来？我颇有些纳闷。但是这片地野而不荒，看上去还是有些人在打理的，打了篱笆，修了人行小径。我记得我们进大门的时候瞧见一个牌子，上面写着波特草场的简要历史：波特草场是牛津里面一块公共土地。公共土地？这个词我听起来感觉很有意思。有时候我们看到有些牌子上写着"私有地产，严禁擅入"。那么，作为公共土地，波特草场是不归任何人所有还是归大家所有呢？这让我们想起了电影《克伦威尔》。国王查理一世为了给他的宫廷筹款，授权给贵族去没收农民的土地，只要贵族去将土地用篱笆围起来，这土地就归他们所有了。波特草场怎么能经历圈地运动之后幸存了下来呢？

正在说着这些事，我们看到一位面貌和善的英国女士朝我们走过来，她看起来就像教堂的那些女士一样。雪和我互相看了一眼。"你去问吧，"她说，"这事你比我懂得多。"

"打扰了，"我说，"请问我们能在这里散步吗？"

那位女士笑了，"当然可以了，这里不是公共土地嘛！"她见我们还是一脸的茫然。"可能你们不知道什么是公共土地。所谓公共土地，就是几百年前有一些人是有权利在这片土地上养一些动物的，'公共'嘛，意思就是说他们共有整个这片土地，而不是将它分成一块一块的，过去在很多地方都是这么干的。"

"但是这能表明我们现在就能在这里散步吗？"

"哦，也不是真的就能。这个'公共'是老皇历了。他们说有个美国人有一回要来看牛津里最古老的历史遗迹，他们就带他来看了波特草场。它被列进了1086年的最终税册，上面说所有牛津的自由民都可以在这里养马。你们也能看见，现在这里还有马呢。至于你的问题，规定的权利指的是某些人可以在这里养动物，但是另外一些人则根本没有权利到这里来。虽然你们没有权利到这里来，但事实是，也没有人有权利要求你们离开一片公共土地，所以你们可以尽情地在这里散步。"

她走远了，还为自己似是而非的俏皮话轻轻地笑。我心里想："在英国，只要你一开口问问题，就会发现这地方真是难以捉摸。"

亲爱的素燕：

你在公共土地的有趣经历让我想起18世纪另一首有名的诗来，作者是奥利弗·哥德史密斯（Oliver Goldsmith）。在几百年前的中世纪，大多数的耕地都是像那位女士所说的是"大家"共有的。但渐渐地因为各种各样的原因，土地落入了少数人的手里，成了他们的私产，土地被围上了树篱，今天英国乡村的田野大都是这样。这个过程被称作"圈地运动"，在18世纪达到了高潮。同时，有钱的地主们忙着改善他们的领地和景观，创造出一种巧夺天工的自然风光。很多东西给了他们灵感，比如中国的思想、古罗马诗人维吉尔的新译本、意大利当时的油画。在伍德斯托克（Woodstock）的布莱尼姆公园（Blenheim Park）就是一个例子。现在还有一些公共土地，它们大多是像牛津的波特草场这样用作娱乐休闲的场所。

圈地使得很多穷人无地可种，没法养家糊口，有时候为了改善地主家可以展望的风景，穷人的房子也被扒掉了。哥德史密斯的长诗描写的就是怎么毁掉一个村庄的，这村庄可能是萨顿·考特尼（Sutton Courtenay），就位于牛津的南部，或者也可能是在爱尔兰的某个村庄。他的诗可能会有人批评，因为他遵循的还是田园诗派的传统，将被毁前的乡村生活写得很理想、很浪漫，但是他也的确以同情的笔调描绘了乡村被毁的现实。这里仅仅选了一小段，他讲了"甜美微笑着的乡村"是怎么变作了一片"萧索枯寂"，最后这土地上只生着一种叫作麻鸦的鸟，这种鸟生性孤独，叫声凄厉，诗人借此来象征田园的丧失。现在"整片的土地"都被"一个主子"所占据，而且：

Trembling, shrinking from the spoiler's hand
浑身颤抖着，躲开那破坏者的恶手，

Far far away thy children leave the land.

远远地，你的子民将故园抛在身后。

然后，他满怀想象地从特殊跳到了一般：

Ill fares the land,to hastening ills a prey,

悲哉斯土，被接踵而来的不幸攫住，

Where wealth accumulates,and men decay:

金银越积越多，可人心却日渐朽腐。

事实上圈地是个必要的过程，它促进了农业的发展，随着农民迁到城市去工作，英国得以能够养活世界最多的工业化人口。其他很多人去了美洲开始新的生活，那时美洲那片地方还属于英国呢。但是圈地也导致了很多贫困和非常恶劣的生活条件，有的时候饿死了很多人。其实圈地的过程本来可以管理得更好一些。今天很多发展中国家正在工业化，也在经历类似的过程。

我希望有一天你能通读全诗。这首诗的韵律是"五步抑扬格"（iambic pentameter）。所谓五音步诗行（pentameter），是指一行诗是由五个节拍构成。"pent"是英语中的一个前缀词，表示"五个"。而所谓"抑扬格"（iambic）是指两个音节组成的一个单位，一个轻音接一个重音。写诗所用的这样一个单位被称作一个"音步"（foot），这有些像音乐中的"小节"（bar）。强弱音节还可以组合其他种类的音步，写诗时都可以用。这首诗押韵的格式是典型的 18 世纪的，每两句一韵，所以这样的诗句被称作"押韵对偶句"，每个对偶句都像英国十四行诗的最后两行，所以如你所见，以这样的格式作诗用意该是多么深重了。这里面的"路得"（rood）是很久之前的面积单位，用来指一小片土地。"耕地"（tillage）是一片被犁过或耕作的土地。"定额地"（stint）是旧时的土地公有制下每个人分得的土地，今天这个词表示在一项工作中每个人应完成的工作量，"I've done my stint"的意思是"我干完了我分内的工作"。"lawn"是指一片草地，可以是非常平整规则的草坪，也可以是不规则的草场，供动物吃草，这里用的是这个意思。

The Deserted Village, by Oliver Goldsmith (1728-1774)
荒村　奥利弗·哥德史密斯（1728—1774）

Sweet smiling village, loveliest of the lawn,
甜美微笑着的乡村，最姣好的草场，
Thy sports are fled, and all thy charms withdrawn;
你的欢愉，所有的魅力，全都消亡。
Amidst thy bowers the tyrant' hand is seen,
村舍里，暴君的贪欲之手无处不见，
And desolation saddens all thy green:
萧索枯寂使你绿色芳颜黯然消散。

276

One only master grasps the whole domain,

整片的土地，只被一个主子所占据，

And half a tillage stints thy smiling plain:

笑吟吟的平原，却只挤出农田半亩。

No more thy glassy brook reflects the day,

你澄明的小溪不再照出青天万里，

But chok'd with sedges works its weedy way.

却被恣意蔓延的莠草将空灵窒息。

Along thy glades, a solitary guest,

在你林中的空地，只看到一个客人，

The hollow-sounding bittern guards its nest;

是那枯叫着的麻鸦，孤独守着巢门。

Amidst thy desert walks the lapwing flies,

在你废弃的行路上，唯有田凫在飞，

And tires their echoes with unvaried cries.

啼着一成不变的调子，愈叫声愈微。

Sunk are thy bowers, in shapeless ruin all,

农舍凋敝成了废墟，没了旧日容貌，

And the long grass o'ertops the mould'ring wall;

坍塌的墙体上，长满了高高的青草。

And trembling, shrinking from the spoiler's hand,

浑身颤抖着，躲开那破坏者的恶手，

Far, far away, thy children leave the land.

远远地，你的子民将故园抛在身后。

Ill fares the land, to hastening ills a prey,

悲哉斯土，被接踵而来的不幸攫住，

Where wealth accumulates, and men decay:

金银越积越多，可人心却日渐朽腐。

Princes and lords may flourish, or may fade;

王侯和将相，有时发迹，有时倒毙，

A breath can make them, as a breath has made;

但一口气就将其吹活，一口气足矣；

But a bold peasantry, their country's pride,

可彪悍的农夫，那却是国家的骄傲，

When once destroy'd can never be supplied.

一旦他们被糟践，就再没地方可找。

A time there was, ere England's griefs began,

曾经有过一阵，英国尚未见过愁苦，

When every rood of ground maintain'd its man;

她的每路得土地，都由大家来做主。

For him light labour spread her wholesome store,

只需轻快地劳作，便有宜人的收获，

Just gave what life requir'd, but gave no more:

仅给予生活所需，却从来不求更多。

His best companions,innocence and health;

那时人最好的伙伴，是天真和康健，

And his best riches,ignorance of wealth.

最大的财富，是不知道把钱财贪恋。

亲爱的罗伊：

在我看来，从古到今，无论东西方国家，在国家发展进步的时候，穷人和弱者总是被牺牲的羔羊。如你所说的，很多人去了美洲开始新的生活，可是他们的村落却被拆毁了，为了给那片土地唯一的主子提供更好的风景。我愿意将这想成是埋在他们心底最初始的动因：努力去挣脱英国的束缚，不再记起他们的根是在何处。

在我了解到这段历史之前，我非常喜欢在像布伦海姆公园那样的古典风格的公园附近散步，只是因为那些公园奢华的设计透射着强烈的贵族气派。读了这首诗之后，我想下一次置身于这个公园的时候，我会感觉整个的美也包含着另外一种残酷的毁灭力量，因为有这种力量才有了我们现在能够见到的一切。我不知道这种感觉是否会帮我深刻地欣赏古典的公园，或是会浇灭我的热情，让我不再热衷于想象18世纪奢华的生活。有时我想对那些引人入胜的历史遗迹后面的历史有更多的了解，但我非常怕知道真相，因为俗话说得好："每个硬币都有其两面。"真相有时候就像狙击手的子弹，粗暴地刺穿我心里的仙境。尽管这样，我记得我的设计老师曾经说过，好的设计应该包含毁灭的力量，借此来折射出创造的力量。

亲爱的素燕：

你会在大多数普通的诗集里面找到《荒村》一诗的节选。你把全诗从网上下载下来了吗？我的美国学生总是对下面这一部分感兴趣，因为至少对其中的某些人来说，这些背井离乡的人们就是他们的祖先。哥德史密斯描绘了英国人在海滩上等着坐船去美国，"绕着凸圆世界的一半"，也就是说"绕着地球一半"。在那个时候，这一路是非常危险和难受的；而且航海者想到了他们抵达新大陆后会遭遇到的危险：黑暗的森林，"老虎"或是美洲狮、响尾蛇，还有凶猛的土著人。那些移民肯定是非常勇敢的，要么就是被逼得不顾一切了，就像你说的，这些都可以说明美国人性格的某些方面。

Far different there from all that charm'd before,

与以往所有着魔的东西远远不同，

The various terrors of that horrid shore;

那片可怕的海岸上恐怖有千百种。

Those blazing suns that dart a downward ray,

多少个炙热的太阳射着重重烈焰，

And fiercely shed intolerable day;

一天一天酷暑难当，只把那阴凉盼；

Those matted woods where birds forget to sing,

林木盘根错节，鸟儿都忘记了歌唱，

But silent bats in drowsy clusters cling;

但蝙蝠拥在一起，昏沉沉不声不响；

Those pois'nous fields with rank luxuriance crown'd,

有毒的田里覆着芜杂丛生的茂密，

Where the dark scorpion gathers death around;

暗黑色的蝎子，在周围吞吐着死气；

Where at each step the stranger fears to wake

每踏出去一步，初到者都怕会惊醒

The rattling terrors of the vengeful snake;

那善于报复的毒蛇，咯咯发出响声；

Where crouching tigers wait their hapless prey,

潜卧的猛虎，等着倒霉的猎物入口，

And savage men more murd'rous than they...

还有凶悍的野人，比他们更是凶手……

Good Heaven!What sorrows gloom'd that parting day,

天啊！别离之日该罩着怎样的愁云，

That call'd them from their native walks away...

生养他们的地方还在呼唤着他们……

And shudd'ring still to face the distant deep,

面对遥远的大海，他们还在发着抖，

Return'd and wept, and still return'd to weep.

回来还哭泣着，回来还是把泪儿流。

亲爱的素燕：

我发给你《荒村》的时候，本想在圣诞节发给你这下一首诗的，这样你就能做比较。这首诗写的也是圈地的主题，但写法不同。此诗在诗歌中算不得阳春白雪。诗是以所谓"民谣"的形式写的，也就是说，用词和韵律看起来都比较简单，直接平白，尽管表达的意思有时也可以很复杂、很含蓄。

你很容易就能想见这首诗在客店或是酒馆里被人吟唱的样子，虽然这样，此诗讲了很多重要的史实。

农民可以在公共土地上养几只"母羊"为生。虽然现在他分得了和他普通权利相符的一小块地，但他得到的那份却不足谋生，而且他怎么也搞不到钱将他的地用篱笆围起来，虽然在法律上讲他现在有义务这么做。所以他不得不廉价将他的地卖给有钱的地主。他换来的那"一丁点钱"很快就会用光了，又回到以前的窘境，就像今天的一些国家一样。他岁数太大了，没法去当地的城镇或是去美洲开始新生活。他可怎么办呢？

我知道此诗的语言你读起来会不习惯，我给你解释了几行。

What little [分到] *of the spacious plain*

Should power to me consign, [官方分配给我]

For want of means, I can't obtain, [我没有足够的钱用篱笆将地围起来]

Would not long time be mine. [不久我也得把地卖掉]

The stout may combat fortune's frowns [强者会战胜厄运]

Nor dread the rich and great ［也不怕有钱有势的人］

The young may fly ［去］ *to market towns,*

But where can I retreat?

我希望你能喜欢这首诗，因为它会激发你的同情心，这本身是一种想象力。此诗写于 1783 年。在读全诗之前，还有几个词你得了解一下。在"threescore years"这个词组里面，"score"是个老词，表示"二十"，所以那个人的年纪是六十岁，在过去是很大的年纪了；那时候没有政府为老年人提供的养老。"cot"是非常简陋粗糙的房子或是小屋。祈愿某人进教堂庭院，"I wish the churchyard were his doom"，意思是希望他死了(所以埋在了教堂的庭院里，一般是墓地)。

告诉你件高兴的事，我找到了《莎士比亚戏剧故事集》(*Tales from Shakespeare*)的一个好版本，希望下周能带给你。

The Cottager's Complaint,on the Intended Bill for enclosing Sutton-Coldfield,

by John Freeth (1731-1808)

农夫的控诉——关于拟在萨顿－克尔德菲尔德圈地的议案

约翰·弗里斯（1731—1808）

How sweetly did the moments glide, 以前的时光过得多甜美，

How happy were the days! 那些日子多么快活！

When no sad fear my breast annoyed, 心里不曾有恐惧和伤悲，

Or e'er disturbed my ease; 生活安稳没有折磨；

Hard fate!That I should be compelled	命好苦啊！我要迫不得已
My fond abode to lose,	失去我那心爱的家园，
Where threescore years in peace I've dwelled,	六十年了我一直安居这里，
And wish my life to close.	本指望余生在这儿过完。

Chorus	合唱
Oh the time!The happy, happy time,	茅舍虽小，我却怡然自足，
Which in my cot I've spent;	唉！那时是何等滋润！
I wish the church-yard was his doom,	可偏有人将我的快活杀戮，
Who murders my content.	但愿早死是他的命运。

My ewes are few,my stock is small,	母羊没几只，收成也很少，
Yet from my little store	虽然我积蓄不是很多，
I find enough for nature's call,	可足够遵从天意过得安好，
Nor would I ask for more!	此外也不复他求！
That word,ENCLOSURE!to my heart	但是"圈地"这万恶的词！
Such evil doth bespeak,	听起来让我恨恨不平，
I fear I with my all must part,	恐怕我得与所有东西别离，
And fresh employment seek.	还得去谋别样的营生。

What little of the spacious plain	田野是那么广阔，可官家
Should power to me consign,	怎就不多给我点活路？

For want of means,I can't obtain,	地那么少，又围不起篱笆，
Would not long time be mine:	这么点活路也保不住。
The stout may combat fortune's frowns,	有力气的还兴许能去挣命，
Nor dread the rich and great;	有钱有势的吓他不着；
The young may fly to market-towns,	年轻人可以跑到集镇谋生，
But where can I retreat?	可是，我却往哪里逃？
What kind of feelings must that man	是谁琢磨出这贪婪的诡计，
Within his mind possess,	害得邻人鸡犬不宁？
Who,from an avaricious plan,	这种人的良心都去了哪里，
His neighbours would distress?	如此逼人痛不欲生？
Then soon,in pity to my case,	他们迟早会可怜我的苦楚，
To Reason's car incline;	重转起理智的车轮；
For on his heart it stamps disgrace,	想出如此卑鄙阴谋的恶徒，
Who formed the base design.	耻辱永会烙上灵魂。

亲爱的罗伊：

　　贫富之间，或者我们可以说有权者和无权者之间，不仅是在18世纪，即便是现在，也依旧存在着很多的不公。我不知道为什么这首诗让我想起很多我自己来英国之前的遭遇。肉体上的苦难和心灵上的折磨究竟哪个更难捱，我无法做出比较，因为我没有诗中那个农夫的生活经历。但我能说我懂得那种宁可盼望去死而不愿在绝望中挣扎的感受，因为在心理上我个人的生活就经历过巨大的灾难，所以我非常能理解那个老农夫。他生活本来就很穷困了，却被圈地的政策逼进了人间的地狱。但从另一方面说，就如佛教相信的因果报应，也许穷人是在前世做了什么特别坏的事情，所以他得经受苦难的今生来消除前世所造的恶业。或者，如果他是无罪的话，为了帮助他的国家有良好的发展，他却在今生受了凌虐，那么他唯一能做的是等待上帝给他来世好运，这样他才能得救，因为即便是上帝也无能为力，无法改变他今生今世的命运。

亲爱的素燕：

你说你想知道为什么有这么多的英国诗歌都写乡村。约瑟夫·艾迪逊（Joseph Addison）是位 18 世纪上半叶的作家和思想家，生活在牛津的马格德林学院（Magdelen College）。现在从马格德林学院延伸出来的一条小径还被称作艾迪逊步行街。在他出版于 1712 年的散文《想象的愉悦》（*The Pleasures of the Imagination*）中，艾迪逊介绍了这样的思想：想象、审美和设计中的愉悦可以理解成是一种理性过程，与科学中的实验方法相似，这种实验方法在当时得到了非常成功的发展。他尤其主张说自然比建筑和园林更能拓展我们的想象力，因为后者无论怎样不过是我们自己头脑的产物，而自然却更为博大。下面的节选说明了他为何认为自然是诗歌最好的主题。

最宏伟的园林或是最壮丽的宫殿固然美，但这美却拘囿于一个狭窄的范围，想象力马上就可尽览无余，所以还需他物来获得满足。但是在自然的广袤天地中，视觉可以驰骋上下，无拘无束，意象之丰盛之变化，难以计数。因为这个，我们发现诗人总是钟情于田园生活，在这里，自然以最极致的完美出现，而自然所呈现出的所有那些景色，是最容易让想象力获得愉悦的了。

在 1697 年，另外一位诗人兼作家约翰·德莱顿出版了组诗《农事诗集》（*Georgics*）的英译本。这些组诗本来是由一位著名的罗马诗人维吉尔写于 1500 年前，这些诗将乡村和农事都理想化了。在德莱顿出版英译本之前，这些诗只有那些通晓拉丁文的人能读懂。但是自从人人都能通过英文读这些诗之后，这些诗激起了人们对于乡村和自然浓厚的兴趣，从此之后就成为英国生活的一个特别的风尚。关于《农事诗集》，艾迪逊写了一篇散文，收入了德莱顿的译本。这种和古罗马思想的渊源似乎激发了艾迪逊的灵感，从而发展了他认为自然能够愉悦和激发我们心灵的思想。艾迪逊将这一脉有力的思想引入了英国的生活，这些思想至今还在呢。

艾迪逊将维吉尔的《农事诗集》描绘成：

……诗集中汇集了田野和林木中最为悦目的风景，成群的牛羊，飞舞的蜜蜂，完全吸引住了想象力。整个诗集与田野林木为亲为友，收揽了最让人心怡的自然之美。诗集在我们心里召唤起了各种各样美妙的风景。

其实，维吉尔诗作的大部分都是关于农事的一些切实建议，而可能不是我们所认为的想象之作。但是诗集让艾迪逊很着迷，就像今天很多生活在城市里的人去农村游玩一样。

亲爱的罗伊：

艾迪逊关于想象力的哲学非常有意思，因为他关于自然的思想不仅说明了诗歌最好的主题是什么，而且告诉我们最初的设计理念是哪里来的。我记得你和我说过，很多设计师花了不少力气去在广阔的世界中寻找最美的线条，而有些人，像拉斯金，认为最迷人的线条应该是在大自然中才会找到，而不是在艺术家的工作室里面。拉斯金本人就是在阿尔卑斯山脉找到的。这让我想起可口可乐的标志就是一个好例子：很多年来，设计师一直在不断地微微改动这个标志低端的曲线，因为他们想画出最优美的曲线来使整个标志完美无瑕，尽管他们感觉永远也无法实现这个目标。

我现在正在牛津大学上一门关于艺术史的短期课程，在这门课里我学到了一些设计原则的观点，也是关于自然这个主题的。不论是偏爱将自然风格化的理念，还是严格模仿自然的想法，争论永远都离不开自然本身。要是我这样从设计的角度来理解艾迪逊关于想象力的思想没有错的话，我感觉我是能够理解为什么英国诗歌大多都是和自然主题有关系的。而且，比起设计师来说，我更羡慕诗人，因为通过字词——尤其是在那些要遵守韵律和规则的诗歌中——来表现想象需要更多的知识和更强的逻辑性，比通过视觉设计更难。艾迪逊关于自然的思想现在激发了我很浓厚的兴趣去学习英国的乡村诗歌。

亲爱的素燕：

6月就要到了，这是割晒干草的月份。农民选了一些地用来种牧草，草长得很高时，农民就将草割下来，经过几天的日晒风吹，草就干了，这样就可以储藏在仓库里，用来在冬天喂养农场上的牲口。当然，农民在割草之前得先看准了，开工后得有几天的好天气，但以英国的气候，这可是不大容易办到的事。如果天气温暖，干草柔软，散发着甜美的味道，那可能是农场上最快活的时候了。根据传统，大家都会过来帮忙——亲戚、朋友和邻里——所以这时候是非常快活的。但是大家也都明白，整个漫长的冬天都不长青草，能有足够的干草喂养牲口对农民来说是何等的重要。

大多数草都会生出高高的草梗，最上端开着花，花虽然不很明艳，但很精美，也很雅致。在传统的农业中，草场上也会有很多种野花，尤其是三叶草。这些花会招来大黄蜂，个头不小但很友好，还有五彩斑斓的蝴蝶，还有很多其他的昆虫。花草长得最为繁茂茁壮的时候，也正是必须割晒干草的时节。一排排精美的花头就躺在那里，慢慢地枯死了。很多艺术家和作家都给这些青草和变成的干草赋予了高贵的品格，比如牺牲和忍耐。在宗教中，这些活得不长随即死去的草被用来比喻我们生命的短暂和不能持久。

在 17 世纪上半叶，英王詹姆士一世下令翻译一部新的英文《圣经》。这个译本被称为钦定版《圣经》或是詹姆士王《圣经》。虽然里面的语言今天看起来可能过时了，不好懂，但这个版本的语言非常美，里面有很多形象生动、让人难忘的名言警句。钦定《圣经》和莎士比亚在过去的 400 年间丰富了我们的语言，对人们写作和说话的方式产生了深远影响。严格来讲，钦定本的语言算不得是诗，介于散文和诗歌之间，所以拥有一种在今天的诗歌中都很罕见的韵律。最显著的一个语言特点就是使用旧时的动词"eth"结尾，而不是今天的"s"。所以"falls"就成了"falleth"，而"comes"就成了"cometh"。你一旦习惯这种形式，就会觉得很容易了。这是钦定本的一个特点，使得语言有特别的韵律和庄严。《圣经》本来是要人在教堂里大声朗读的，这个版本的词语读起来尤其让人震撼。

下面是选自《旧约·以赛亚书》，里面有很多美丽的句子。"cry"的意思不是哭泣，而是呼喊，或叫喊，或正式宣告。"The Lord"在这里不是指某个人，基督徒通常将上帝称为"the Lord"（天主）。

'The voice said, Cry. And he said, What shall I cry?

"有人声说，你喊叫吧。有一个说，我喊叫什么呢？

All flesh is grass, and all the goodliness thereof is as the flower of the field:

凡有血气的，尽都如草，他的美容，都像野地的花。

The grass withereth, the flower fadeth: because the spirit of the Lord bloweth

upon it: surely the people is grass.

草必枯干，花必凋残，因为耶和华的气吹在其上。百姓诚然是草。

The grass withereth,the flower fadeth;but the word of our God shall stand forever.'

草必枯干，花必凋残，唯有我们神的话，必永远立定。"

下面是引自《新约·彼得书》：

'All flesh is as grass, and all the glory of man as the flower of grass.

"因为凡有血气的，尽都如草，他的美荣，都像草上的花。

The grass withereth, and the flower thereof falleth away.'

草必枯干，花必凋谢。"

我们的葬礼祷文（Service of Burial）中有这么动人的一句：

'Man that is born of woman hath but a short time to live...

"凡是女人所生养的啊，只有很短的时间可活……

He cometh up and is cut down like a flower.'

他长大了，又被砍倒，就像草茎上的花朵。"

在大多数人都在农村或是农村附近生活的时候，这些意象和比喻本来是很熟悉的。因为这些话在这片土地上所有的教堂里都在读，大家对此也应该很熟悉。我总是感觉这些话帮了人们的忙，让他们接受死亡，把死当作生命循环中自然的、不可避免的一部分，所以可能在一种奇妙的意义上死亡也变得美丽和崇高了。很多的男男女女割下青草、收回枯草，那些草现在变成了喂养牲口·的牧草，被储藏起来。那些男女中至少有几个人会想过他们所做的事情象征着什么吧。但也可能这些话今天读来就没那么有感染力了，所以给草坪割草就不再有同样的象征意味了。

顺便说一句，你所说的通过设计来达到对诗歌的理解是很有眼光的，因为艾迪逊写那篇散文的主要目的实际上就是给园林和风景设计介绍一种新的自然风格，这种风格的基础是一种诗意的自然观。相反地，亚历山大·蒲伯（Alexander Pope）在其《伊利亚特》英译本序言中运用了园林的设计理念来表达诗歌中创新和识力的区别。

亲爱的罗伊：

因为我从来没看到过这种农活，所以我对这个晒干草喂牲口的过程没什么概念。我们只有在早春清明节那天才可以在祖坟附近割草，所以我能想见的也就是扫墓时在坟地里的割草情景。我记得很小时有一次清明节和我父母去南台湾。也许我那时候太小了，对死没有什么感觉。在我外祖母的墓前见到我们所有的亲戚，我很兴奋。外祖母的墓地在乡下，很宁静，和我家的环境非常不一样。空气中弥漫着春天的气息，满眼都是鲜嫩的绿色，还有精美的粉色和白色的花朵，随着微风轻轻摇曳。清明节是我们的传统节日，一家子团聚来怀念先祖。

我想我那时有八岁吧。那是唯一一次我见到我妈妈娘家的所有亲戚，因为传统上都认为我们应该更多地关心叔辈亲戚，而不是姨表亲戚。但这次我们是去给我的外祖母扫墓。她去世得很早，那时我还不足 5 岁，我的父母不许我去看葬礼，因为在中国人的习俗里，小孩子接近死人是不好的。所以我第一次看到的葬礼是我祖母的，那时我 13 岁。

但是，当我们开始割草的时候，我意识到这活没我想的那么容易。我的衣服被荆棘戳出了洞，皮肤也被擦破了。草很柔韧，想割断它们竟然是难以置信的困难，而我不知怎么就总是把自己弄伤了。我用手将草拔起的时候，下面的飞虫和爬虫就活蹦乱跳着出现在我的眼前，我看了很是害怕。亲戚们告诉我要小心那些草下面吸血的爬虫，所以我没割几下草就撂下不干了。要是我没干过那活的话，我永远也不会知道草丛里面的样子，根本不是像图画那样看上去的那么平静，而是像城市一般忙碌着的。

所以，我发现《圣经》里的话非常有意思，因为这些话唤起了我对往日所有的记忆。但是也让我想起了我自己的一些感受。草死了，是因为人类的活动才牺牲了它们的生命，我为那些死去的草感到难过；当然，随着草一道牺牲掉的，还有那些在草底下活生生的昆虫和爬虫。对我来说，草就象征着在过去漫长的不同时段相继逝去的先祖。但是在我们的文化里，割下来的草是被焚烧掉的，我感觉这样做在某种意义上比将干草存到谷仓里等着喂牲口更加神圣。

我还是宁愿想起那些在田野里快活地干活的人们，这些人比起那些诗歌中所写的背井离乡痛苦抱怨的人让我感觉好一点。我现在一想起后者就感觉太痛苦了。

亲爱的素燕：

　　有一次你说起你是怎么挽救了一本罗伯特·布朗宁的诗集，因为这本书向你开口说话了，而且有朝一日你会读它。好，现在我们就开始吧，因为我们正在思考英国乡村这个话题。你还记得他的妻子伊丽莎白·巴雷特的故事吧。就像过去很多有钱的英国人那样，他们去了意大利，住在那里，因为这对伊丽莎白的身体有好处。他开心地回忆着英国农村所有的细节，那么浓烈的细节，只有散步时或是静静坐着时才会看得到，我们今天开着小汽车在路上是看不到的。我一直觉得他的诗本该更为精巧的，可总是不够精巧，尤其和你所说的中国诗歌的那种精雕细琢相比起来，他的诗看上去总是有点粗拙，没有修炼到家。字词表达的重点是合适的，诗句韵律强调的重点也不错，可是两者就是不能一直合拍。你自己仔细读读，看看感觉如何。以前我的老师曾教过我们，说布朗宁写诗时不按照一般写作的方法用词，甚至不按照讲话的规则用词，他只写他的所思所想，但是思想起初的时候总是混沌无形的。

Home Thoughts, From Abroad, by Robert Browning (1812-1889)

海外乡思　罗伯特·布朗宁（1812—1889）

Oh, to be in England

啊，真想身在英格兰，

Now that April's there,

那里正是四月的天。

And whoever wakes in England

不论是谁，要在那里醒转，

Sees,some morning,unaware,

在清晨会看到，不经意间，

That the lowest boughs and the brushwood sheaf

最低的枝丫和浓密的灌木

Round the elm-tree bole are in tiny leaf,

在榆树干旁已将细芽吐露；

While the chaffinch sings on the orchard bough

苍头雀在果园的枝头放歌，

In England—now!

在英格兰——就在这时节！

And after April,when May follows,

四月去了，五月悄然而来，

And the whitethroat builds,and all the swallows!

莺儿筑起巢，满天燕飞徊！

Hark,where my blossomed pear-tree in the hedge

听啊！篱内我那株开花的梨树

Leans to the field and scatters on the clover

低垂到地上，将那花瓣和清露

Blossoms and dewdrops—at the bent spray's edge—

洒向三叶草，在那曲枝的一端——

That's the wise thrush;he sings each song twice over,

是灵巧的画眉，每歌都唱两番，

Lest you should think he never could recapture

唯恐你觉得他不会再次唱起

The first fine careless rapture!

初唱时那般无忧无虑的狂喜。

And though the fields look rough with hoary dew,

虽然白露给田野蒙上了暗影，

All will be gay when noontide wakes anew

正午一来万物即快活地苏醒。

The buttercups,the little children's dower

金凤花是小孩子手里的宝贝，

—Far brighter than this gaudy melon-flower!

远比花哨的甜瓜花更加明媚。

亲爱的罗伊：

　　我感觉英国的诗歌美丽而又浪漫，即使翻译成中文读来也是如此。你跟我说过，在艺术上所谓的"浪漫的"不是指爱情，而是指一个人努力追寻很特别或是很美好的事物，这事物可能从来就没存在过，或是永远也不会存在，就像伯恩 - 琼斯（Burne-Jones）在他的

《亚瑟王在阿瓦隆的沉睡》里所期冀的一样。我之所以喜欢英国诗歌，也是因为它们有着美妙的韵律，虽然我不懂字面的意思。在我有勇气读原诗之前，我读了一些英国诗歌的中文译本。而且，我和我的一些同事有时候也喜欢在我们的设计理念中引用一行英文诗句来表达我们抽象的想法，虽然我们对那些诗理解有限，但很喜欢那种神秘的感觉。后来我从你那里学习到了更多的关于那些诗的背景知识，我才意识到之前我所喜爱的不过是我从那些英国诗歌中想象的东西。那些想象看起来非常神秘，就像天空中的星星一样遥不可及，虽然我不懂其中的真实意义，但还是特别让我着迷。

几个月前，我大学的一个同事和我讨论了一番英国诗歌。她告诉我说，她感觉英国诗人在诗歌中的遣词造句和布局谋篇都非常灵巧。我听了她的议论之后，心里感觉很是好玩。因为我知道她读的是中文译本，对那些诗歌的背景她并不怎么了解。对我来说，读一首诗的时候同时跨越两种文化，是非常有趣的经历。一位中国的设计师，运用她无拘无束的想象来讨论英国诗歌，还说那些诗是如何如何的美妙，但是她的这种想象和我从我的英国老师那里学来的迥然不同。也许她的想象不太像艾迪逊关于自然的思想中所论述的想象，但在哲学上可能有些相似性。诗人在运用精挑细选的词语作诗描摹自然的时候，他们已经将自然注入了他们的想象之中，而在我们读他们的诗作的时候，我们通过追索着他们的语言形成我们自己对自然的想象，然后在头脑中借这些想象绘成自然的风景。如果诗中的景物我们没有亲身经历过，就像在台湾我从来没见过在英国乡间见到的那番景致，我们就只能完全通过运用我们的想象来感受诗中的世界了。比如这首诗中所说的"灵巧的画眉"，我会在想象中描摹出那鸟的特征，而且感觉"灵巧"这个词是针对布朗宁个人情感的一种反应。你知道的，在中国诗歌中，我们经常找对立的意象。也许布朗宁感觉自己一直没有足够的智慧来生活在异国他乡，所以他很思念以前那种"无忧无虑的狂喜"，想到这些，他也许有些后悔。诗的剩下部分接着表达了诗人对英国四月的乡村景色的渴望：朝露渐渐散去，青草在正午的阳光照耀下娇嫩可人。虽然这是幅简单的画面，而且似乎伸手可得，但是他在那时是看不到的，或许以后永远都看不到。即便他身在景色之中，那景色也不完整，因为那将只是他生活的一部分。

我感觉虽然我不是英国人，但是我能够理解布朗宁思念英国乡村的那种心情，因为英国的乡村享誉天下，被很多台湾和其他国家的人称为人间天堂。英国乡村的每一个角落在我们的想象中都是一张风景明信片，所有的村舍都像小蛋糕一样坐落在农田里，周围是树、鸟、缤纷的花朵，还常常有流水环绕。我不知道该怎么用语言来描绘，生活在这么丰富多彩的画面中，就像做梦一般，这风景不仅是二维的，而且有着我所深爱的声音、气味和触觉，是真实的四维空间。能生活在这么一个风景如画的国家，很多人都羡慕我，我回答他们的话是：我也羡慕生活在英国的自己。

十四 纪念

战争，沉重得美丽而又让人难以忍受的话题。即使在我们这个时代人类的文明进步到这样了不起的程度，它仍在很多地方爆发。那些阵亡的将士化作天上的星星，在漆黑的夜晚守护着我们。每当仰望繁星闪烁的夜空，我们希冀此次就是"结束所有战争的战争"。

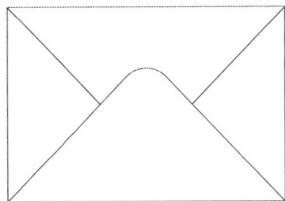

在 11 月上旬的一个阳光明媚的星期天上午，我和雪正在去圣母玛利亚教堂上班的路上，听到从大学公园方向传来一声震响，好似放炮的声音。我没怎么在意，以为那可能是公园里在举行什么仪式或是进行什么商业活动。但是雪非常好奇，不停地问："素燕，你觉得这是什么声音？会不会是现在牛津正在进行阅兵仪式啊？正在放炮呢？还是为了纪念阵亡将士纪念日？"

"阵亡将士纪念日是纪念什么的啊？"

"我听说那是为了纪念在战争中阵亡的将士的，但是我不太清楚具体那天是怎么回事。来，我们瞧瞧去！"

雪的好奇心的确不时地带给我们一些有趣的发现，所以我们快步走到了大学公园，从锻铁做的大门向里面张望着。在草坪上，真的有一门大炮，几个士兵穿着陆军制服正在放炮。我们靠近的时候，甚至都能感觉到地面在震动。在制服上，那些士兵戴着红色的小花。好像最近有一阵子了，我们经常看见一些人，尤其是老头老太太们，在卖这种红色的小花。我们实在不知道这花叫什么名字，但是感觉这花肯定是有什么特别含义的。

雪一看到士兵和大炮就很激动，因为她像男孩子一样，对战争史有着不一般的兴趣。虽然我们没有仔细去数，但她感觉放炮的次数肯定是有什么特别的意义。我们刚才在大学公园里看到的一幕让她想起两年前的她在电视上看到的一个仪式。当时就在 11 月份，她正住在一个英国人家里。那个仪式是在女王的带领下纪念在两次大战中阵亡的军人。所有参加仪式的人，从唱诗班的少年到年老的士兵和女王自己，一律都戴着同样的小红花。我现在也想起来了，在去白金汉宫的路上有一个亭子，在里面的纪念碑上就摆放着用同样的小红花编成的花圈，是用来纪念阵亡将士的。

关于在战争中牺牲的军人，他们的名字都刻在教堂里的纪念碑上了吗？我看到每个教堂都有个碑石，而且有一次我看到罗伊在默默地仔细读着阵亡者的名字。他告诉我，这些人是为了祖国捐躯的，他这样默诵着他们的名字是出于尊敬。我看到他说到这里的时候眼中含着泪水。那为什么要为阵亡的军人佩戴这么一朵小红花呢？

亲爱的素燕：

你让我告诉你那些小花的故事，但这可不是个动听的故事。在1914—1918 年间的第一次世界大战中有很多激烈的战斗，而大部分都是在法国北部和比利时的一片空旷地带的农田里打的。由于炮弹爆炸和士兵挖掘掩体，土壤松动了，使得成千上万的甚至可能有上百万的罂粟种子破土发芽并且生长开花。所以很多人就死在一片片满是美丽花朵的田野里，因此罂粟就被用来作为那次大战的象征。罂粟的颜色也正是鲜血的颜色。

我答应过你会发给你一些战争诗人的作品。他们的主题是1914—1918 年的大战，现在这场战争常被称作第一次世界大战，但在当时人们还不知道会打另外一场大战。

鲁伯特·布鲁克（Rupert Brooke）的这首诗写于 1914 年，作者还在早期的理想主义时期，而英国在那时国势正盛，极为自信。在这首诗中所表达的那些品质，诸如爱国主义、勇气和对英国热烈的信仰，后来为当时很多上层社会的英国人所共有。这反映了古希腊诗人贺拉斯（Horace）所表达的一些情绪："为国捐躯，死得其所，虽死犹美。"但是在开战的第二年，布鲁克死了。他死得算不上光荣，是在服役的时候害了败血症死的。那时候没有抗生素，很多战士都是因为伤口感染就死了。近代的第一种抗生素是盘尼西林，是在1928—1938年间在牛津被研制出来的，但是由美国人发现了它的军事价值并将其大规模地发展了。后来盘尼西林也救了我的命，所以我有理由感激牛津，也感激美国人。

这首诗除了军事方面的内容之外，它主要非常强烈地让人想起在英国生活成长给当时的特权阶层的年轻人带来的影响："……经了她的哺育，得到觉悟，是她，长出鲜花，给了我道路流连。"

对国家的这些情感可能不被生活在工业化大城市里穷困的工人阶级所看好。尽管如此，那个时候大多数人都是慷慨激昂地爱国的，所以很多平民百姓都是主动参战。后来呢，政府就强迫他们去打仗了。所以今天我们并不完全赞同当时那种毫无保留的爱国主义，部分原因就是那场大战。虽然这样，这首诗本身还是很美的。而且实际上很多人还爱着英国，而且军人还在为他们的祖国献出生命。

以前在世界各地的许多国家都有英国的公墓，英国的传统是将阵亡的将士安葬在他们牺牲的地方。想到一个人孤零零地埋在一个陌生的国家，该是多么悲哀的事情，所以将那里想成是英国的也许会感觉好一些："在一片陌生的土地上，有个角落，那永远属于英国。"

在那个时期没人知道这场大战会打多久，会有多么可怕。后来其他的诗人开始表达战争所带来的苦难、遗憾和悲痛。如果布鲁克能活得长些，也许他也会这么做。你注意到了吗？这首诗是十四行诗。瞧瞧诗人是怎么在第二部分拓展了他的主题的。

The Soldier, by Rupert Brooke (1887-1915)

战士 鲁伯特·布鲁克（1887—1915）

If I should die, think only this of me:

假如我战死，只需这样把我记起：

That there's some corner of a foreign field

在一片陌生的土地上，有个角落，

That is forever England. There shall be

那永远属于英国。在那片沃壤里，

In that rich earth a richer dust concealed;

有一粒更丰饶的尘土，在此隐没；

A dust whom England bore, shaped, made aware,

这尘土，经了她的哺育，得到觉悟，

Gave, once, her flowers to love, her ways to roam,

是她，长出鲜花，给了我道路流连；

A body of England's, breathing English air,

身魂系英伦，我把她的空气吞吐，

Washed by the rivers,blest by suns of home.

江河将我涤荡，阳光赐福于故园。

And think,this heart,all evil shed away,

且想一想，这抛弃了众恶的心灵，

A pulse in the eternal mind,no less

永恒的心胸里，一支血脉在奔流，

Gives somewhere back the thoughts by England given;

祖国的思想，会经他在异国恢弘；

Her sights and sounds;dreams happy as her day;

还有她的声和景，和那欢乐梦境

And laughter,learnt of friends;and gentleness,

宛如天明；亲朋欢笑声；那般温柔，

In hearts at peace,under an English heaven.

那般宁静，仰望着，英格兰的天穹。

亲爱的罗伊：

　　在初读《战士》时，我感觉里面包含了我在英国第一年时的所有感受。我不是战士，但我明白他们愿意为国捐躯的心情。这些话让我非常感动："在一片陌生的土地上，有个角落，那永远属于英国。"他肯定是非常想念英国的，却不知道何时才能回到英国。从这句诗看来，似乎他清楚他可能根本回不去了，他的身体将留在一片陌生的土地上，只有他的灵魂永久地渴望着英国，仰望着英格兰的天穹。

亲爱的素燕:

下面又是一首出自战争诗人的诗歌,诗人是威尔弗雷德·欧文（Wilfred Owen）。这首诗并不美,写它的时候就没想让它美。这首诗是对战争所带来的浪费、污秽和损失进行的抗议。

在战场上,年轻士兵的尸体要么被炸成了碎片,要么被丢弃在泥巴里烂掉,连个名字都没有。欧文描写了一场给这些人举行的葬礼,但这所谓的葬礼只是戏谑的模仿。在文明社会的葬礼中,一般会有一个庄严的为逝者敲响丧钟的仪式,会有祈祷、蜡烛、唱诗班的歌唱,棺材上还要盖上柩衣（一块布或是一面旗）,还有很多纪念的鲜花。

但是,他问道,给这些人敲响的是什么钟呢? 只有不绝于耳的枪炮声。是什么祈祷呢? 只有机关枪突突突的索命声。倒是没有什么"假冒的东西",没有虚伪和矫饰。没有唱诗班,只有头顶上呼啸着让人胆战心惊的弹片;还有军号声从英国的"郡县"呼唤他们,这呼唤听来很凄厉,因为这些地方失去了这么多条性命。没有唱诗班的男童为他们举起蜡烛,只有在他们垂死的眼睛中渐渐消逝的光芒。他们唯一的柩衣是年轻女子脸上的苍白,因为她听说了心上人或是父兄的死讯。他们的鲜花只是人们耐心守候时温柔的期盼,他们定是苦等了一辈子却始终没有等到。在英国有这么个传统:要是谁家里死了人,这家就拉下百叶窗,所以每个夜晚暮色降临的时候,百叶窗就被拉下来,这时将是痛苦的追忆。

我这样说这首诗,我想你可以看出来它是一首非常愤怒的诗,尽管写得简明而有节制。我和你说过的，在整个战争中，死了上百万人，而一上午就有2万英军战死。在1918年战争行将结束的时候，威尔弗雷德·欧文也战死了。很多牺牲的人都是我们最优秀的青年。在英国，大概有1万个村庄或是教区，但是只有32个村庄的士兵得以全部生还。在那些日子里，女人都指望着能嫁出去，别人也指望着她们能嫁出去。可是当时有上百万的妇女永远也没法找到丈夫了。

注意：欧文写的是"为这些人敲的是什么丧钟"，而不是"那些人"：这些都是他亲近的人。上阵作战的人之间有战友之情，也相互理解；可是也正是因为他们去打仗了，使得他们和国内的人们疏远开来，后者不怎么能理解他们的苦难。这首诗运用了比喻的修辞手法，经常用一些其他非常不同的意象来表现思想。

关于我们今天的讲座，安东尼·特罗洛普（Anthony Trollope）写了《我们现在的生活方式》（*The Way We Live Now*）。要是你想去看看别的英国教堂的里面，或是想参加一个宗教仪式，只要看那是不是公共的仪式。通常在门口都有个单子——公共的礼拜、晨祷、圣餐或是晚祷，这些都是公共仪式。或者你也可以问问教堂里的人。私人仪式通常是葬礼、洗礼仪式或是婚礼。经常也有家庭或朋友圈之外的人来参加，通常都是当地人。但是如果在一个男人的葬礼上突然来了一位陌生的女子，那家人可能会认为她是那男的生前的密友。在大教堂里会有一些专为复活节举行的仪式，非常好。坐的时候靠后面一点，仪式进行的时候，看别人怎么做，你就跟着站起来或是坐下或是跪下。但如果大多数人都走到教堂前面去领受圣餐，你就不要去。这时经常都会有募捐活动，教堂里会有人拿着一个袋子走来走去，每个人都为教堂捐一些钱。

Anthem for Doomed Youth, by Wilfred Owen (1893-1918)

死难青年的赞歌　威尔弗雷德·欧文（1893—1918）

What passing-bells for these who die as cattle?

为这些牛马般的死者把怎样的丧钟鸣？

Only the monstrous anger of the guns.

只有那愤怒和凶暴的隆隆枪炮响。

Only the stuttering rifles'rapid rattle

只有那来复枪突突扫射的迅疾索命声

Can patter out their hasty orisons.

才能喋喋念出如此悼文慌慌张张。

No mockeries now for them;no prayers nor bells;

现在没有祷告和丧钟；没有装腔作势，

Nor any voice of mourning save the choirs, —

除了些合唱，没有一个人前来哀婉，

The shrill,demented choirs of wailing shells;

那合唱是呼啸的弹片，疯狂而又凄厉；

And bugles calling for them from sad shires.

号角正从哀恸的家园将冤魂召唤。

What candles may be held to speed them all?

谁能举起怎样的蜡烛送他们别离？

Not in the hands of boys but in their eyes

不是唱诗班的少年，却是他们的眼，

Shall shine the holy glimmers of good-byes.

将闪着神圣的光辉和逝者道再见。

The pallor of girls'brows shall be their pall;

少女苍白的容颜，将是他们的枢衣；

Their flowers the tenderness of patient minds,

那送葬的花朵，是忍耐而温柔的心，

And each slow dusk a drawing-down of blinds.

还有缓缓拉下的窗子，在每个黄昏。

亲爱的罗伊：

很明显，欧文写的诗与布鲁克的《战士》恰恰相反。欧文的诗里面满是痛苦和绝望。

我记得有一首中文诗描写的是战斗后的战场：一将功成万骨枯。在《战士》一诗中，我感觉战争很是荣耀，颇为仰慕；可是在欧文的笔下，战争却完全是一幅哀伤惨淡的画面，死者的家人和朋友被留在世间来承受那永远的心灵创伤，只知道他们亲爱的人消逝在没有名字的土地上，甚至都没有合适的地方来纪念他们。

我记得有一次雪和我参观完了教堂里纪念阵亡将士的纪念碑之后，我们聊起了第一次世界大战。你给我们讲过，大战爆发的时候，英国人都是自告奋勇上前线和德国人打仗的，而且那时候人们还是期望有一场光荣的战争的。原来英国经过专业训练、一呼即到的军队并不是很多，但是英国的老百姓却能够如此英勇，自愿上阵，了解到这些情况后，我们俩都很吃惊。正如我们从你那里了解到的，和以往英国古时打的仗不同，这次大战没有从一个战场辗转到另外一个战场，却是在长长的战壕里打的，而且一打就打了四年。看到你信里列出的那些触目惊心的数字，我明白了为什么我挽救的那么多有意思的书里面都说过第一次世界大战怎么怎么深深地改变了英国的社会和人民。和个人一样，国家也仿佛是浴火的凤凰，从灰烬中又飞腾起来，重获新的生命。我相信，在战争中死去的无辜生命和那些幸存者遭受的痛苦是不会白费的，会一直引导我们踏上更光明的途程，要是我们能够从他们身上吸取教训的话。

亲爱的素燕：

当然，在战争期间，人们希望在战争结束后世界会被变成一个更好的地方。这就是所谓的"结束所有战争的战争"。不幸的是，这场大战不是。下面是又一首出自战争诗人的诗。"倒下的人"（The fallen）是指所有那些战死的人，所以倒下了。

宾雍这首诗的第四节每年都在阵亡将士纪念日的仪式上朗读。这个纪念日名义上是在 11 月 11 日（当年战争就是在这天结束的），但实际上通常是在离 11 日最近的星期天。布鲁克的诗洋溢着不问是非的爱国主义，而欧文的诗是满纸凄凉，这首诗则介乎两者之间。在第一次世界大战即将结束的时候，所有人都明白了这场战争是场灾难；但是另一方面，要是人们觉得这场战争还有些许庄严和高尚的意义的话，他们只能接受它。宾雍的诗似乎达到了这个目的。

第一次世界大战不仅导致了很多人丧命，也深刻地改变了社会。人们开始反抗所有导致这场战争的价值观念：爱国主义，传统的文化和艺术，对威权的敬重，还有宗教。因为军队里需要非常多的男人，所以很多男人做的活都由女人干了。所以第一次世界大战也促进了社会主义、女权运动、国际主义，还有现代艺术和建筑等的发展，虽然这些思潮早已经出现了。人们一向认为西方价值观十分优越值得信赖，可这次大战促使他们开始质疑自己的看法。

For the Fallen, by Laurence Binyon (1869-1943)

致阵亡者　劳伦斯·宾雍（1869—1943）

With proud thanksgiving, a mother for her children,

以母亲对孩子那般骄傲的感激，

England mourns for her dead across the sea.

英格兰为她海外的阵亡者呜咽。

Flesh of her flesh they were, spirit of her spirit,

他们是她的肉中之肉，魂中之魂，

Fallen in the cause of the free.

他们倒下，是为了自由的事业。

Solemn the drums thrill:Death august and royal

鼓声隆隆响起：威武庄严的死神

Sings sorrow up into immortal spheres.

唱起哀歌，一直响彻永恒的天宇。

There is music in the midst of desolation

在一片哀恸之中，是动人的曲调，

And a glory that shines upon our tears.

在我们的泪光之上，闪耀着荣誉。

They went with songs to the battle,they were young,

唱着歌他们走上战场，那么年轻，

Straight of limb,true of eye,steady and aglow.

肢体遒劲，眼神清正，稳健而雄浑。

They were staunch to the end against odds uncounted,

虽有困苦无数，他们却坚持到底，

They fell with their faces to the foe.

虽然倒下了，却直面着敌人。

They shall grow not old,as we that are left grow old:

苟活的我们会老去，可他们不会：

Age shall not weary them,nor the years condemn.

岁岁又年年，他们永不会被消殒。

At the going down of the sun and in the morning

在每一次日落，还有每一个清晨，

We will remember them.

我们都会在心间铭记他们。

They mingle not with their laughing comrades again;

他们不会再与欢笑的战友团聚；

They sit no more at familiar tables at home;

也不会再坐在家中熟悉的桌边；

They have no lot in our labour of the day-time;

白日我们在忙碌，不见他们身影，

They sleep beyond England's foam.

在英伦的海外他们正长眠。

But where our desires are and our hopes profound,

但是我们那深沉的愿望与期冀，

Felt as a well-spring that is hidden from sight,

就像看不到的一汪泉水般清莹，

To the innermost heart of their own land they are known

在他们祖国的内心深处，他们啊，

As the stars are known to the Night;

一如那夜空里耀眼的星星；

As the stars that shall be bright when we are dust,

我们成为尘土时，群星将会闪耀，

Moving in marches upon the heavenly plain,

他们在天庭的平原上阔步赳赳，

As the stars are starry in the time of our darkness,

就像我们的暗夜里璀璨的繁星，

To the end,to the end they remain.

他们会一直闪亮，直到永久。

亲爱的罗伊：

《致阵亡者》读来好像是一首动听的歌。我可以想象得到，一位慈爱的父亲，轻柔地为痛失的爱子唱着歌，永远不想让他醒转过来去面对人世间的苦难。某种程度上说，这首诗对英国就是一首安魂曲。

"我们成为尘土时，群星将会闪耀。"

那些阵亡的青年变作了天上的星星，这样的想法非常美。每当仰望繁星闪烁的夜空的时候，我都会获得一种宁静，现在我不知道是不是因为他们给了我这样的宁静。你说过恒星是不动的，但是地球在动。所以他们高尚的灵魂就一直像忠诚的战士一样在漆黑的夜晚守护着我们。

亲爱的素燕：

下面这首诗写的是一种不同的战争，当然，虽然那个时候人们也会战死。那个时候军队数量很少，个人的勇气和武艺非常重要。

我想鲁伯特·布鲁克的态度可能受到了古代的影响，因为他是受过古典教育的英国人，该是熟悉这些故事的。

在西方，最古老、最著名的诗歌是《伊利亚特》，讲的是特洛伊战争的故事。特洛伊战争大概是在公元前 1200 年，发生在希腊人和特洛伊人之间。这部史诗据说是由荷马创作的，但没人知道究竟有没有这么个人。史诗很长，里面有很多故事。此后有数不清的诗歌、绘画、雕塑、引言、名言和电影都从这部史诗中汲取了灵感。

在 18 世纪早期，诗人亚历山大·蒲伯（Alexander Pope）将《伊利亚特》从古希腊文翻译成英语。这个译本很受大众喜爱，为蒲伯赚了足够多的钱，使他后来可以独立地生活和思考。但在他那个时代，艺术家和诗人经常要仰赖富裕的赞助人。

我从蒲伯的译本中节选了一些并拼凑到一处，讲的是特洛伊最伟大的勇士赫克托耳（Hector）战死的故事。就在前一天，赫克托耳刚刚杀死了帕特洛克勒斯（Patroclus），他是希腊一方的最伟大勇士阿喀琉斯（Achilles）的朋友。帕特洛克勒斯之所以死，阿喀琉斯要担一定的责任，因为那天他被国王惹火了，于是就拒绝上阵杀敌。每每过失其实是我们自己的，我们却总是指责别人。所以阿喀琉斯就决定去杀死赫克托耳。

希腊人一路追杀，将特洛伊人赶进了特洛伊城。虽然赫克托耳的父王普里阿摩斯（Priam）恳求他也回城，但是赫克托耳却勇敢地决定留在城外，孤身作战。可是一瞧见阿喀琉斯闪光的长矛和插着羽毛的头盔，赫克托耳心头突然有种奇怪的恐惧。于是赫克托耳就跑，阿喀琉斯就追。赫克托耳想跑进特洛伊的城楼，这样他的朋友就可以用箭来射阿喀琉斯，但阿喀琉斯很机灵，把他朝另一个方向追。他们连跑带追，绕着那个小城的城墙转了三圈。

这一幕变得似真似幻，就像在噩梦中一般："人们已睡眼迷离……"他们在奔跑；他们"腿脚跑得发沉"，没法跑到他们要去的地方。赫克托耳没法逃脱，可是阿喀琉斯也追他不上。整个世界仿佛都在凝神注视着那片小小的地方，在特洛伊和大海之间的那个平原；"众神在天庭上俯身观望，探头探脑"，仿佛他们在看一出戏。那些想让阿喀琉斯赢的天神拿定主意一定得帮点忙。密涅瓦（Minerva）乐意出手，于是从天而降变成了赫克托耳的兄弟迪弗布斯（Deiphobus）。

密涅瓦的计谋奏了效。赫克托耳以为自己有援助了，转过身来和阿喀琉斯拼杀。但在打之前，他首先想和阿喀琉斯立下君子协定：不论谁赢，都要尊重另一方的尸体，并将尸体交付他的家人来做体面的安葬。阿喀琉斯愤怒地拒绝了，用长矛直抛向赫克托耳。赫克托耳巧妙地避开了，而且自觉现在占据了上风。但是密涅瓦悄悄地将矛还给了阿喀琉斯，而当赫克托耳准确地将他的投枪掷向阿喀琉斯的时候，密涅瓦的"天盾"使投枪扎偏了。赫克托耳就向迪弗布斯求救，可是，当然"哪里来的迪弗布斯"？现在赫克托耳明白了，天神站在敌人的一面，他肯定是要死的了，于是他决定英勇赴死，这样就可以流芳千古了。

人们认为《伊利亚特》在写成文字之前已经被人记诵了几百年。

想一想在 2500 年前人们就已经在听赫克托耳和阿喀琉斯的这个故事了，真是蛮有意思的。

"fly" 和 "flies" 这两个词可能会难以理解。它们在这里的意思不是指鸟那样飞，而是指逃跑或逃走。

Selection from The Iliad of Homer: Book XXII,

translated by Alexander Pope (1688-1744)

《伊利亚特》第二十二章节选

亚历山大·蒲伯（1688—1744） 译

'Ah! stay not, stay not! guardless and alone;

"啊！千万别留下！你就一人无备无依；

Hector! My loved, my dearest bravest son!

赫克托耳！我的至爱，最勇武的儿子！

Methinks already I behold thee slain,

我感觉已见你在沙场上惨遭戮杀，

And stretched beneath that fury of the plain.'

直挺挺躺倒在那旷野的暴怒之下。"

But fixed remains the purpose of his soul;

可是他心意已定，哪里能再有回转，

Resolved he stands, and, with a fiery glance,

他坚定地站在那里，双目凶光满盈，

Expects the hero's terrible advance.

静候着那狰狞对手的一步步前行。

Thus pondering, like a god the Greek drew nigh.

正思量时，如神的希腊人已到眼前。

His dreadful plumage nodded from on high.

他头上的翎羽正高高地威严震颤。

The Pelian javelin, in his better hand,

握在他铁掌中的那支佩里艮长矛，

Shot trembling rays that glittered o'er the land.

正闪着寒光，将要杀得他地震山摇。

As Hector sees, unusual terrors rise.

一见对手，赫克托耳感到无比恐惧。

Struck by some god, he fears, recedes, and flies.

神明来和他为难，他只能仓皇逃去。

He leaves the gates, he leaves the wall behind.

逃离了城门，又把城墙远抛在身后。

Achilles follows like the wingéd wind.

阿喀琉斯像插翅的风，追得精神抖擞。

No less fore-right the rapid chase they held,

他们跑得如射出的箭，径直往前飞，

One urged by fury,one by fear impelled;

一个受愤怒驱遣，一个被恐惧追随；

Now circling round the walls their course maintain,

不依也不舍，两人绕着城墙把圈转，

Where the high watch-tower overlooks the plain

高高的城楼默然屹立，俯视着平原。

By these they passed,one chasing, one in flight:

一个追，一个逃，一切都被甩在身后。

The mighty fled,pursued by stronger might.

逃的气力雄健，追的更有不凡身手。

Swift was the course:no vulgar prize they play,

腿脚迅疾，但他们不是为俗物争抢，

No vulgar victim must reward the day,

不寻常的牺牲才能与这一天相当，

Such as in races crown the speedy strife:

就像在赛跑中最快的才把桂冠赢，

The prize contended was great Hector's life.

他们所争夺的是赫克托耳的性命。

Thus three times round the Trojan wall they fly.

就这样，他们绕特洛伊城跑了三遭，

The gazing gods lean forward from the sky...

众神在天庭上俯身观望，探头探脑……

Unworthy sight!The man beloved of heaven,

真是杀风景！那人如此得天庭垂青，

Behold,inglorious round yon city driven!

瞧他！怎能不光彩地绕着城垣逃命？

My heart partakes the generous Hector's pain:

我同情那慷慨的赫克托耳的苦难，

Hector,whose zeal whole hecatombs has slain...

他曾经虔敬地将无瑕的祭品奉献……

Now see him flying;to his fears resigned,

瞧他现在逃得慌，是因恐惧的煎熬，

And fate,and fierce Achilles,close behind.

命运的压迫，还有阿喀琉斯的残暴。

Oft as to reach the Dardan gates he bends,

有几次他想冲向那达尔丹的城门，

And hopes the assistance of his pitying friends

希望城上的朋友用实行表达怜悯，

Whose showering arrows, as he coursed below,

他在下面跑时，上面可以齐发箭镞，

From the high turrets might oppress the foe,

从高高的城垛上或许把强敌压住。

So oft Achilles turns him to the plain:

可阿喀琉斯几次把他向平原驱赶：

He eyes the city,but he eyes in vain.

他眼看着城池，但他就是无法近前。

As men in slumbers seem with speedy pace

他们一个死死追赶，一个苦苦逃避，

One to pursue,and one to lead the chase,

好像奔跑太久的人们已睡眼迷离，

Their sinking limbs the fancied course forsake,

腿脚跑得发沉，难再续追逐的妙想，

Nor this can fly,nor that can overtake.

可是这个逃不脱，那个也追赶不上。

正在观望的天神支持希腊人，他们决定一定得让赫克托耳留下来继续拼杀，但不会帮他，却希望他被阿喀琉斯杀死。密涅瓦狡猾地变作赫克托耳的兄弟迪弗布斯现身了。在这个伪装下她对赫克托耳说：

'Too long O Hector,have I borne the sight

"唉，赫克托耳！这一幕我端详了好久，

Of this distress,and sorrowed in thy flight:

我真是苦闷，为你的逃走感到哀愁：

It fits us now a noble stand to make,

现在是时候了，我们要尊严地站定，

And here,as brothers,equal fates partake.'

就在这儿，像兄弟一样，共同担当运命。"

密涅瓦的计谋得逞了。赫克托耳转过身来，向阿喀琉斯挑战：

'Enough,O son of Peleus!Troy has viewed

"够了！佩流斯的儿郎！特洛伊已看到

Her walls thrice circled,and her chief pursued;

她的城墙被绕了三圈，其主将被追讨；

But now some god within me bids me try

但是现在，我心里的神明让我迎战

Thine,or my fate:I kill thee or I die.

你我的运命：要么杀你，要么我完蛋！

Yet on the verge of battle let us stay,

但是在大战开始前，让我们先暂停，

And for a moment's space suspend the day;

让这纷纷扰扰的俗世且有些安宁；

Let Heaven's high powers be called to arbitrate

让天上的神明来给我们之间裁判，

The just conditions of this stern debate.

瞧瞧这酷烈的争斗怎么公正了断。

...I swear;if,victor in the strife,

……我立下誓言；如果最后我胜，

Jove by these hands shall shed thy noble life,

是朱庇特借我手取了你尊贵性命，

No vile dishonour shall thy corpse pursue:

对你的遗体我不会有卑污的辱狎；

Stripped of its arms (the conqueror's due)

作为胜利者，我有权取走你的铠甲，

The rest to Greece uninjured I'll restore:

其余的我会毫发无损交还你亲友，

Now plight thy mutual oath,I'll ask no more.'

现在你也立下誓言，我不复有他求。"

'Talk not of oaths,'the dreadful chief replies,

"别和我谈誓言，"阿喀琉斯厉声回答，

While anger flashed from his disdainful eyes,

边说轻蔑的眼里闪出愤怒的火花。

'Detested as thou art, and ought to be,

"你的作为已遭了天谴，且活该被咒，

Nor oath nor pact Achilles plights with thee...

与你立什么誓言或协定，门都没有……

To such I call the gods! One constant state

我就如此召唤天神！我心已如铁石，

Of lasting rancour and eternal hate;

我对你的怨愤仇恨绵绵没有绝期；

No thought but rage, and never-ceasing strife,

没有思想，只有暴怒，还有不尽斗争，

Till death extinguish rage, and thought, and life.'

直到死神熄灭这怒气，思想，和生命。"

He spoke, and launched his javelin at the foe;

话音还未落，他把枪矛掷向了仇敌，

But Hector shunned the meditated blow:

但赫克托耳躲过了这用心的一击：

He stooped, while o'er his head the flying spear

他一俯身，枪矛呼啸着从头上飞过，

Sang innocent,and spent its force on air.

什么也没扎到，在空中耗尽了怒火。

Minerva watched it falling on the land,

密涅瓦眼见着枪矛飞落，扎到了地，

Then drew,and gave to great Achilles hand,

于是将矛枪拾起，还给了阿喀琉斯，

Unseen of Hector,who,elate with joy,

赫克托耳没看到这招，还满心高兴，

Now shakes his lance,and braves the dread of Troy.

挥舞着长枪，找特洛伊的敌人拼命。

'Boasting is but an art,our fears to blind,

"夸口不过是遮掩自己畏惧的玩意，

And with false terrors sink another's mind.

用虚假的威武来震慑别人的士气。

But know,whatever fate I am to try,

但放心，不论我要经受怎样的运命，

By no dishonest wound shall Hector die.

赫克托耳即便是死，也会堂堂正正。

But first,try thou my arm; and may this dart

可是你先尝尝我长矛的味道，但愿

End all my country's woes, deep buried in thy heart!'

它和特洛伊的血泪刺进你的心肝！"

The weapon flew, its course unerring held;

说话间长枪飞了出去，不偏也不斜，

Unerring, but the heavenly shield repelled

虽然没有偏斜，可那天盾把它拦截，

The mortal dart...

那致命的武器……

Hector beheld his javelin fall in vain.

赫克托耳一见自己的长矛没动静，

No other lance nor other hope remain.

没别的枪矛，也没其他希望来取胜，

He calls Deiphobus, demands a spear;

他呼唤他的兄弟，把枪再拿来一支，

In vain, for no Deiphobus was there.

当然叫也白搭，哪里来的迪弗布斯。

All comfortless he stands: then, with a sigh:

他孤绝地站在那里，不禁喟然长叹：

'Tis so   Heaven wills it, and my hour is nigh!

"此乃天亡我，终于要来了——我的大限！

Tis true,I perish,yet I perish great;

我会死，不假，但我死也要死得伟大；

Yet in a mighty deed I shall expire.

我将在最后一场战斗中英勇死去。

Let future ages hear it and admire!'

让未来的千秋万代聆听并且仰慕！"

Prone on the field the bleeding warrior lies,

流淌着鲜血的勇士俯卧在战场上，

While,thus triumphing,stern Achilles cries:

如此得胜，狠心的阿喀琉斯大声嚷：

'At last is Hector stretched upon the plain,

"终于赫克托耳在这平原上被放倒，

Who feared no vengeance for Patroclus slain.

杀了帕特洛克勒斯还不怕仇家找。

Then,prince,you should have feared what now you feel:

冒失的王子，你现在应该感到后怕，

Achilles absent was Achilles still.'

当时我虽没来，可我终会把你戮杀。"

亲爱的罗伊：

　　因为天神的决定，一个勇士被另一个更勇猛的勇士所杀戮，这真是不公平。即使我们是在老远老远的东方上学，我们也听说过这个传奇般的阿喀琉斯，战无不胜，天神和人都怕他。因为人们通常会向强大和权势低头，所以可能会有很多诗歌或是颂歌赞颂阿喀琉斯。在这个意义上，这个诗人写的诗是颇不平常的，也是很难写的。他花了这么大的工夫，用了这么细腻的笔触，来捕捉一个英雄的最后一刻。英雄知道自己注定了要死，却仍然勇猛不顾一切地面对阿喀琉斯闪亮的头盔。

　　我以前曾找到过一本很老的书——《伊利亚特》和《埃涅伊德》故事集。我想前者肯定就是以你提到的这首据说是由荷马所写的长诗为基础改写的。读了几页之后，我很是为那些故事感到悲哀。我感觉所有的战斗首先在双方的天神之间已经有了了断，所以上阵拼杀之前，不论勇士们怎么向他们的保护神祈祷，也不过是按照神的旨意从事。几乎所有的仗打得都是一个模子，除了勇士的名字不一样，还有就是在中间拨弄的男神和女神不一样。我边将那本书收好，边想：要是我能懂古希腊文，如果有一天我能像你讲解英国诗歌那般玩味原文的遣词造句、结构韵律的话，荷马的史诗将会读来更刺激、更享受。但是我在我的房间里一大声朗读你的版本，这诗就活了起来。赫克托耳上了密涅瓦的当，也许他早就知道会是这样，所以他先逃走了。但是他明显是个勇敢的人，从结局我们可以看出来，而且他似乎是个比阿喀琉斯更好的人。可怜的赫克托耳，当他意识到最后他只是孤身一人，没有了天神的支持，他肯定是非常无助的吧。我不知道天神们有没有公正的理由来决定谁应该赢得战争。在中国文化中，我们相信要是神灵想让我们受苦，其中必有缘故。根据佛教的因果报应理论，我们受的所有苦都是为了赎罪的。

也许有的时候真正的生活对我们所有人是不公平的，所以我们只是想避而远之，但是最终我们还是得面对生活。面对命运的时候，即便是这么了不起的勇士也有恐惧和绝望。我无法想象，一个普通战士，甚至根本就不想成为勇士，却经历了两次漫长而恐怖的世界大战，将他生命中几乎所有的东西都留在了祖国，他会有怎样的感受呢？这个题目太沉重了，而这部史诗使这个题目更加沉重了，沉重得美丽而又让人难以忍受。要是那些鼓动别人去参加世界大战的人能多读读像这样的诗歌，要是那些人能同情一下不论是伟大还是平凡的战士，那么打世界大战的机会会不会减少一些呢？悲哀的是，我知道这只是一个好心的梦想而已。战争在我们这个时代还正在很多地方爆发，即使人类的文明进步到这样了不起的程度。

十五

同理心

不论我们处于什么样的境遇之中，作为人，我们在所有人之中，是社会中的一部分，不要因为不同的信仰而相互毁灭，都要面对生活，都要妥协。通过认识自己，来认识他人，"己所不欲，勿施于人"。

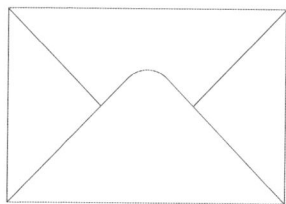

亲爱的素燕:

　　在你看见的那些宏伟的房子里,有高大的烟囱,过去都是让只有 4 岁大的小男孩爬上去将烟灰扫下来。到了 18 世纪,有教养的人不仅写宗教和爱情,而且开始了解并关注穷人的境况,下面这首诗就说明了这一点。这些孩子多是孤儿,而孤儿院巴不得随便给他们找点事干,以便打发他们走人。扫烟囱是辛苦、危险、有害而且惨痛的活。有时候房主人会在孩子身下点上一把小火,逼他爬得更快些。受了伤之后再加上烟灰里的化学物质,会导致疼痛,甚至得上癌症。一直到 1865 年左右,这种扫烟囱的方式才被定为非法。这是英国文化的另一个侧面,就像宗教迫害一样,让人讨厌。

The Chimney-Sweeper's Complaint, by Mary Alcock (1742-1798)

扫烟囱小孩的控诉　玛丽·阿尔考克（1742—1798）

A CHIMNEY-SWEEPER'S boy am I;　我是一个扫烟囱的小男孩,

Pity my wretched fate!　求你可怜下我的不幸!

Ah, turn your eyes; 'twould draw a tear,　若是你知道我有多么无助,

Knew you my helpless state.　泪水会打湿你的眼睛。

Far from my home, no parents I　远离了家乡,爹娘是啥模样,

Am ever doomed to see;　苦命的我从来没见到;

My master, should I sue to him,　主人倒有,但怎敢朝他诉苦,

He'd flog the skin from me. 他只会把我皮肉打掉。

Ah,dearest madam, dearest sir, 啊，最最好心的太太和先生，
Have pity on my youth; 求你们可怜我的小命，
Though black,and covered o'er with rags, 黑糊糊的身子，衣衫破又烂，
I tell you nought but truth. 但我说的全都是实情。

My feeble limbs,benumbed with cold. 我弱胳膊嫩腿给冻得发麻，
Totter beneath the sack, 被麻袋压得晃晃悠悠，
Which ere the morning dawn appears 日头还没出，重担就上来，
Is loaded on my back. 沉甸甸地压在我身后。

My legs you see are burnt and bruised, 你瞧，我的腿烫伤又磨破，
My feet are galled by stones, 两脚被石头磨得生疼，
My flesh for lack of food is gone, 没东西吃，我耗得没了肉，
I'm little else but bones. 最后剩下了瘦骨伶仃。

Yet still my master makes me work, 可是主人还是逼我把活干，
Nor spares me day or night; 白天黑夜不让我喘息；
His 'prentice boy he says I am, 他口口声声说我是他学徒，
And he will have his right. 所以要用好他这权利。

331

'Up to the highest top,'he cries,	"爬到最顶上去，"他大叫道，
'There call out chimney sweep!'	"到那儿去大喊扫烟囱！"
With panting heart and weeping eyes,	心怦怦地跳，眼里全是泪水，
Trembling I upwards creep.	我哆哆嗦嗦往上面拱。

But stop!no more　I see him come;	但不能再说了！我看他来了；
Kind sir,remember me!	好心的人别把我忘记！
Oh,could I hide me under ground,	唉，要是我能躲藏在地底下，
How thankful should I be!	那样将会有多么感激！

　　这首诗能对一个特定时期的人类命运有所觉知并寄予关切，这是其最吸引人的地方。但是作为一首诗歌来看，它并不很出色。这首诗节奏轻松，韵律也简单。尽管诗人也进行了形象的描绘，但她不但没能运用想象力将这个特定的主题升华到对人类的同情心和正义感的普遍洞察，而且她甚至没能将那个孩子刻画得让我们感觉非常真实，也没能唤起我们埋在心底的同情。因为这首诗歌写了这样的主题，我们不能期望里面有什么美妙的思想，但是根本就没有什么引人注目或是值得记住的句子或是措辞，也没见哪一句里用凝练的几个字就表达出复杂思想，而这正是诗歌的一个特点。当然了，这首诗也必须这样写，因为诗人写整首诗的用意是让人感觉仿佛诉说的人是那个没受过教育的小男孩，要是他用了文雅的字词，就和内容不协调了。也许那样不是个好的安排。

同样是写圈地这个主题，我们读过了两首诗，《荒村》和《农夫的控诉》，通过这两首诗我们也看到了诗歌和韵文之间的区别。但是《农夫的控诉》比起这首诗来说还算是较好的民谣。威廉·布莱克写过几首扫烟囱的诗。下面选了短短的一节，他只用了几行就揭示出当时人世中的背叛和伪善。

A little black thing among the snow,

风雪里一个满身乌黑的小东西

Crying'weep! weep!'in notes of woe!

"扫呀，扫呀"的在那里哭哭啼啼！

'Where are thy father & mother,say?'

"你的爹娘上哪儿去了，你讲呀？"

'They are both gone up to the church to pray'

"他们呀都去祷告了，上了教堂。"

我曾经说过，要欣赏一首诗，你必须大声朗读很多遍，如果是默读的话，那就在心里慢慢地读，好像是很大声的样子。丁尼生在《国王之歌》（Idylls of the King）中说：

As when we dwell upon a word we know,

每遇到熟识之字，必精心推敲，

Repeating,till the word we know so well

反复吟咏，直到平淡庸常之词

Becomes a wonder,and we know not why.

化作神奇，但我们却不知为何。

"dwell"在这里的意思是长时间的思考，不是居住。所以一首好诗在我们嘴里反复吟咏的时候就变成了一件让人称奇的东西。但是我不知道玛丽·阿尔考克的诗值不值得那样子吟咏。你觉得呢？

亲爱的罗伊：

在思考这首诗之前，我很是为你在介绍中所描述的 18 世纪的情景感到难过。你的介绍比这首诗本身更有趣也更细腻。由此我能够想象得出为什么诗人选用了那些词来这样写这首诗。

我感觉，如果写一篇散文或是一个短篇小说，也许能表达更多的感情，这样会比写首这样的诗好一些。我感觉她在描写那个男孩子的控诉的时候用了太多的形容词。我感觉有些奇怪，那些孩子那么小，又在那么悲惨的环境里，那么小的岁数却要干那么艰苦的活，他们怎么会有这么成熟的想法去控诉他们的主人呢？所以，也许她用第三人称的描写来表达她的同情会更好些。

我想韵文的写作仅仅是强调用规则的韵律和押韵，但是诗歌却比这些要求高：诗歌能深深地激发想象力和同理心，或是同情心。我感觉这首诗不算糟糕，虽然也许算不得好诗。但是这首诗不能深深地唤起我的同情，因为虽然那个男孩子的生活听来很是辛酸，但是他似乎更像是一部音乐剧中的角色。

亲爱的素燕:

年龄那么小又没有受过教育的孩子是不会那么说话的,你看出来了这一点,很好。从这个角度来说,我们可以用缺乏"真实性"这样的说法来概括你的意思,也许这是这首诗不能激起我们的同情的原因。然而,"sue"(起诉,控诉)不仅是个法律用语,它也可以表示恳求或是要求。我想诗人对那个男孩艰苦生活细节的描写可能是真实的。

下面是18世纪的另一首诗。这首诗更有思想。无论是在电影里,还是在现实的建筑中,你都已经看到了,这个时期从其建筑、音乐和服饰来看都是非常优雅的。很多豪华的房屋都是那时候建的,里面摆设着雅致的家具,居住的人也很优雅,而且所有这些现在都还能让置身其中的游客感到很愉悦,就像你在查茨华斯庄园(Chatsworth House)、布莱尼姆宫(Blenheim Palace)或是在阿普帕克(Uppark)所见到的那样。这个时期也被称作"理性的时代",因为到了这个时期,人们公认应该通过理性的讨论和切实的实验来研究问题。即使人的性格和情感也以理性的方式来剖析,而不是通过宗教的或是感性的途径来解释,这一点也经常表现在诗歌当中。

18世纪很多诗歌都有一个迷人之处,就是它们展现了对一般人的境遇寄予的深厚同情。一边是优雅的智识生活,而另一边同时存在的,是满目的贫穷和艰苦,所以公众的和私人的生活都可能是凶险和残酷的。而像这样的话题,都可能用作诗歌的主题。

《墓畔哀歌》（*Elegy Written in a Country Churchyard*）是托马斯·格雷（Thomas Gray）创作的。

但是在你读此诗之前，我感觉有几个不熟悉的词要给你讲一下。"curfew"的意思是宵禁，是指晚上所有的人都必须待在家里，通常用鸣钟表示宵禁开始；"toll"是慢慢敲响钟或是钟声响起；"knell"你是知道的，本意指为死者敲响丧钟，这里指一天的流逝；"lowing"是牛的哞哞叫声；"lea"，也可写作"ley"，是指草地；"tinkling"是指挂在绵羊脖子边上的小铃铛发出的叮当声；"fold"是临时的羊圈，用来晚上把绵羊赶到一起；"yon"的意思是"yonder"，在那边；"elm"你是知道的，是榆树，本是英国田野里很常见的一种树，可是在 20 世纪 60 年代时被一种病全都害死了；"rude"不是指举止粗野，而是没怎么受过教育，或是单纯简朴。

你已经发现了，在黄昏的时候，英国的白天黑得很慢，不像在台湾，你跟我说过，黑夜很快就来了。

Elegy Written in a Country Churchyard, by Thomas Gray (1716-1771)

墓畔哀歌　托马斯·格雷（1716—1771）　　卞之琳译

The curfew tolls the knell of parting day,

晚钟响起来一阵阵给白昼报丧，

The lowing herd winds slowly o'er the lea,

牛群在草原上迂回，吼声起落，

The ploughman homeward plods his weary way,

耕地人累了，回家走，脚步踉跄，

And leaves the world to darkness and to me.

把整个世界留给了黄昏与我。

Now fades the glimmering landscape on the sight,

苍茫的景色逐渐从眼前消退，

And all the air a solemn stillness holds,

一片肃穆的寂静盖遍了尘寰，

Save where the beetle wheels his droning flight,

只听见嗡嗡的甲虫转圈子纷飞，

And drowsy tinklings lull the distant folds.

昏沉的铃声催眠着远处的羊栏。

Save that from yon ivy mantled tower,

只听见常春藤披裹的塔顶底下

The moping owl does to the moon complain,

一只阴郁的鸱枭向月亮诉苦，

Or such as, wandering near her secret bower,

怪人家无端走近它秘密的住家，

Molest her ancient solitary reign.

搅扰它这个悠久而僻静的领土。

Beneath those rugged elms, that yew-tree's shade,

峥嵘的榆树底下，扁柏的荫里，

Where heaves the turf in many a mouldering heap,

草皮鼓起了许多零落的荒堆，

Each in his narrow cell for ever laid,

各自在洞窟里永远放下了身体，

The rude forefathers of the hamlet sleep.

小村里粗鄙的父老在那里安睡。

格雷用文字勾画出一幅英国乡间夏末傍晚的图景，各种元素都有，而且在上千个村庄里都见得到。一天的放牧和耕种的农活都忙完了；暮色渐浓，所以日常看到的世界越发难以看清了；夜晚才飞出来的金龟子告诉我们夏天到了；除了远方的声响，一切都趋于静寂。

这首诗每行有五个音步，韵律和用词结合起来的效果很自然地使音调渐弱，仿佛入眠了一般。这种感觉是庄严而肃穆的。

但是格雷本人没有入睡。在草泥或是青草中的土丘告诉我们他是在墓地里，这时夜幕正在降临。但是，作为一个有理性的人，他一点也没被鬼神等思想所困扰。相反，他却畅想起在几百年间在那个村子里生活过的所有人的生命。受过教育和有权有势的人也许会鄙视穷困和没文化的劳动者，而且欺凌虐待他们，正如我们在另外一首诗里会看到的；但是格雷却在穷苦人有限的生命中看到了尊贵和气节，要是他们得到了机会，他们中有些人本来也可以有伟大的成就的。

Perhaps in this neglected spot is laid

也许这一块地方，尽管荒芜，

Some heart once pregnant with celestial fire;

就埋着曾经充满过灵焰的一颗心；

Hands that the rod of empire might have swayed,

一双手，本可以执掌到帝国的王笏

Or waked to ecstasy the living lyre.

或者出神入化地拨响了七弦琴。

如果谁的心灵"充满"或是蕴藏"灵焰"，那么他可能会成为一位了不起的作家或是传道士；可能会成为伟大的政治家，可以统治一个帝国；也可能会成为杰出的音乐家。格雷饱含着同情地意识到：教育机会的缺失，还有贫困，或是贫穷，是怎样限制了他们的生命，而且可能使他们愤愤不平。

But Knowledge to their eyes her ample page

可是"知识"从不曾对他们展开

Rich with the spoils of time did ne'er unroll;

它世代积累而琳琅满目的书卷；

Chill Penury repressed their noble rage,

"贫寒"压制了他们高贵的襟怀，

And froze the genial current of the soul.

冻结了他们从灵府涌出的流泉。

　　你现在知道了，诗人经常是怎样改变词序来创造韵律和其他的效果的，所以我希望你能看出来这首诗的前两行是什么意思。然而，尽管格雷同情那些没有机会受教育的村民，但是他在其他诗歌中还是表达了艺术中田园传统的态度：把农村劳动者的生活看作是健康的和使人愉快的，就像哥德史密斯所写的那样。但格雷却和另一位诗人乔治·克莱布（George Crabbe）不一样，这个我们很快会看到。

　　这首诗是英国诗歌中最著名的一首，有一些难忘的句子，包括第一节，经常被人引用：

Full many a flower is born to blush unseen,

世界上多少花吐艳而无人知晓，

And waste its sweetness on the desert air.

把芬芳白白地散发给荒凉的空气。

Far from the madding crowd's ignoble strife

远离的纷纭人世的钩心斗角，

Their sober wishes never learned to stray...

他们有清醒的愿望，从不学糊涂……

《远离尘嚣》（*Far from the Madding Crowd*）是托马斯·哈代的著名小说。

顺便提一句，你知道不同类型的诗歌和主题有其自己的名字。这首诗被称作"挽歌"，因为它表现的是对一个严肃的观点的沉思。

亲爱的罗伊：

我可以想象在英国人们晚上跑到教堂墓地里待着的样子，但是我无法相信在台湾半夜三更会有谁敢在坟地里转悠，可能除了盗墓的之外。英国的墓地又平静又感伤，这可能是格雷以那样的心境写下这首诗的原因。诗开始的这两句很美："晚钟响起来一阵阵给白昼报丧，牛群在草原上迂回，吼声起落"；接下来写出的是挽歌，揭示了乡村生活黑暗的一面，而不是快乐的、无忧无虑的农村。

我曾从我母亲那里了解到，农村有新鲜的空气、宽阔的视野，还有大自然美妙的声音，这些东西在大城市里难以享受得到。虽然在城里人们有很多受教育的机会，可以改善生活，但是城市生活也有很多不足，比如太多的竞争导致人们缺乏体育锻炼，容易得近视眼或是精神焦虑。虽然我们都觉得人们想学习知识，这样就有能力去选择自己喜欢的生活方式，但是也许有一天不受教育会被当作最适合人类的生活方式，那样的话，很多人就会宁愿回归最简朴的、没有很多文化的生活状态。然而，到了那时，最严重的问题就来了：自然环境因为过度开发而会大量稀缺。

不管怎么说，我还是相信这个想法有一天会实现的。我记得我父亲曾说过，即便我们都觉得农村比城市对身体更有好处，但是小孩子最好是在城市里长大，因为城市的生活很现实，人没法太天真，这样才能在这个世界里生存。也许格雷也因为农村生活的两面而心怀同样的矛盾，所以他才一面在他的诗里尽情描绘乡间的美丽，一面又关心穷苦村民缺少机遇和教育的问题。

"世界上多少花吐艳而无人知晓，把芬芳白白地散发给荒凉的空气。"这两句暗含的意思可以是说天才出生而不能受到足够的教育，结果在艰苦的乡间荒废了才华；但也可能是一种警告，人生下来可能像"吐艳的花朵"一样面色红润，身体健康，但是到了一个没有多少自然环境的地方，想在糟糕的空气中存活下去，结果消耗去了本有的好身体。

亲爱的素燕：

如你所看到的，在很多写乡村的诗中，农村都被描绘成快乐无忧的地方。这是诗人对农村的看法。诗人嘛，虽然不总是，但通常是无须干体力活就可以活着的人，他们有条件自由自在地欣赏乡间的美景，而且有时候把在农村生活和劳作的穷苦人的生活想象得分外美好。这种在艺术和诗歌中将农村生活理想化的做法被称作艺术中的田园传统，这个传统可以经由古罗马诗人维吉尔一直追溯到古希腊诗人忒奥克里托斯。地中海气候温暖宜人，很可能在那里放牧是颇为快活的生活；但是北欧天气更为寒冷潮湿，在那里耕作种地，却不是这样。17、18世纪有些英国诗人会给他们虚构的人物起古典时代的名字，这样他们就可以神游于古人的天地之间了。

L'Allegro, by John Milton (1608-1674)

欢乐颂　约翰·弥尔顿（1608—1674）

Hard by,a Cottage chimney smokes,	近处的茅屋烟囱冒着炊烟，
From betwixt two agèd Okes,	袅袅升起在两株老橡树间，
Where Corydon and Thyrsis met,	克里顿和哲西斯在此碰头，
Are at there savoury dinner set	在那里有可口的晚餐等候，
Of Hearbs and other Country Messes,	虽是野菜和其他乡间风味，
Which the neat-handed Phillis dresses;	都是菲丽丝的妙手所调配；
And then in haste her Bowre she leaves,	然后她急匆匆地离开茅舍，
With Thestylis to bind the sheaves; ...	和塞斯蒂里斯同去捆庄稼……

弥尔顿最著名的作品是《失乐园》（*Paradise Lost*），描写了天堂里一个太有野心的天使如何被逐出天庭，继而成为上帝的敌人——魔鬼撒旦。有趣的是，弥尔顿暗示说上帝是需要魔鬼的，就像你说过的，羔羊需要老虎。然而，弥尔顿的一些早期作品并不为人看好。弥尔顿在《欢乐颂》中用的那些古典人物的形象，诸如菲丽丝（Phillis）、克里顿（Corydon）、哲西斯（Thyrsis）和塞斯蒂里斯（Thestylis），还有像"香甜的""纤巧的"等词，来描绘农村生活是颇为优美的

一幅图景。在几乎一百年之后，农村牧师乔治·克莱布（George Crabbe），用了非常不同的方式来描绘农村，"构成穷人真实图景的东西"。有很多诗人把农村理想化了，以为农村的劳动者一边放羊一边写诗吹笛。克莱布的诗一开始就对此进行了讽刺。

The Village,by George Crabbe (1754-1832)
乡村　乔治·克莱布（1754—1832）

Fled are those times,if e're such times were seen,
乡村诗人过去常把绿色园田咏叹，
When rustic poets praised their native green;
倘真有如此光景，也不过昙花一现；
No shepherds now,in smooth alternate verse,
如今再没有牧童唱起悠扬的曲调，
Their country's beauties or their nymphs' rehearse;...
或和着少女的歌去称赞乡间美好……
Yes,thus the Muses sing of happy swains,
诚然，缪斯女神是歌颂快活的村夫，
Because the Muses never knew their pains:
因为缪斯从不知他们有诸般痛苦。
They boast their peasants' pipes; but peasants now
她们说农夫没事就把箫笛弄，可是

Resign their pipes and plod behind the plough;

现在粗手却抛了笛箫，把扶着锄犁；

And few,amid the rural tribe,have time

农民队伍中鲜有几个有那等悠闲

To number syllables,and to play with rhyme,...

去雕文琢句，把诗歌作得有板有眼……

克莱布承认，农场和田野对于地主来说是可爱的，可能对于那些无事可做却只好看热闹的人来说也是迷人的。

I grant indeed that fields and flocks have charms

我得承认，对审美的看官或是地主，

For him that gazes or for him that farms;

田野和牛羊的的确确有很多妙处；

But when amid such pleasing scenes I trace

可是在这怡人的景象背后我看到

The poor laborious natives of the place,...

这大地上可怜的人们在百般忧劳……

Then shall I dare these real ills to hide

那我怎么敢用倨傲而矫饰的诗行，

In tinsel trappings of poetic pride?

将这些真真切切的苦和难来遮藏？

因为是在乡村做神父，克莱布得以看到劳动者真实的生活状况，所以他不觉得他们贫寒的茅舍有什么诗情画意。

By such examples taught,I paint the cot,

受此类例子启发，我将那农舍描画

As truth will paint it,and as bards will not:...

不过据实写来，全然不像那些诗家……

Can poets soothe you,when you pine for bread,

你若饿得发慌，诗人可会给你面包？

By winding myrtles round your ruin'd shed? ...

屋舍倒塌，谁帮你除去蔓爬的藤草？

Ye gentle souls,who dream of rural ease,

好心人啊，你们梦想着农家多闲适，

Whom the smooth stream and smoother sonnet please;

你们爱清溪，爱那更清婉的商籁体

Go!If the peaceful cot your praises share,

去看看吧！看有无你们赞颂的宁静，

Go,look within, and see if peace be there;

去啊，看看里面，有没有所谓幽情。

If peace be his—that drooping weary sire,

可那是怎样的清幽——男的累弯了腰，

Or theirs,that offspring round their feeble fire;

孩儿围坐的炉里闪着微弱的火苗；

Or hers,that matron pale,whose trembling hand

还有面色苍白的老妻，两手颤巍巍

Turns on the wretched hearth th'expiring brand!

翻着粗陋灶台里渐渐熄火的木柴！

Amid this tribe too oft a manly pride

在这群人中也常有男子汉的豪情，

Strives in strong toil the fainting heart to hide;

为了藏起虚怯的心偏找重活拼命；

There may you see the youth of slender frame

那里你可以看到体质娇柔的青年，

Contend with weakness,weariness, and shame:

苦苦反抗着脆弱、疲惫，还有羞惭。

Yet urged along,and proudly loth to yield,

虽是被逼迫，可傲气得不愿意放弃，

He strives to join his fellows of the field;

他奋勇跑到田地去帮助他的伙计。

Till long-contending nature droops at last,

直到长期争强的身子骨最后枯萎，

Declining health rejects his poor repast,

病痛害得他没法咽下难吃的饭菜。

His cheerless spouse the coming danger sees,

忧愁的老婆眼见着危难步步进逼，

And mutual murmurs urge the slow disease.

相互的埋怨却让慢病来得更迫急。

亲爱的罗伊：

很多人在想象中认为农村生活不过是像那番景象，"农村的劳动者一边放羊一边写诗吹笛"，而我不幸就是这些人中的一员。在台湾，我们的确有这种传统的民谣和绘画，表现的农村就是这样。那些民谣本来都是在农村放牧的小孩子唱的，我们也都学会唱了。

上高中时，老师曾给我们看过一些凡·高的作品，他画了很多在他村子附近的穷人的生活。在我短暂的人生经历中，我从来没看到过什么艰苦的农村生活呢，所以我无法说仅仅通过读克莱布的诗就能真正理解农村的艰难。但是，读完了这首长诗之后，我很感动，尤其是这两句："我得承认，对审美的看官或是地主，田野和牛羊的的确确有很多妙处。"

这里的用意显然是表达一种纯粹的对比：一边是陶醉于风景之中的人们，一边是在田里干活的农夫。也许生活总是这样子，有人快活得不得了，有人难过得不得了，虽然我们所有人都站立在同样的地球上，沐浴着同样忠实可靠的阳光。

亲爱的素燕：

是的，克莱布笔下描绘的牧羊人的辛劳，和田园诗里面想象出的快乐场景非常不同。他这样写是想特别强调这一点：劳动者的生活如此艰苦，捞到好处的却主要是别人。

Oft may you see him,when he tends the sheep,

常常你会看见他放羊，在大冬天里，

His winter-charge,beneath the hillock weep;

这苦差事让他躲在山下默默饮泣；

Oft hear him murmur to the winds that blow

你常会听到他迎着狂风喃喃低语，

O'er his white locks and bury them in snow,

被吹乱的苍苍白发被冰和雪埋住，

When,roused by rage and muttering in the morn,

怒气难平时，他在一早就抱怨起来，

He mends the broken hedge with icy thorn:...

修补起破篱笆，那荆棘还冰冷雪白……

These fruitful fields,these numerous flocks I see,

我所见的这些肥地，和数不清的牲口，

Are others'gain,but killing cares to me;...

是别人的收获，却是我要命的烦忧。

349

我想知道，你觉得这首诗美吗？我能感受得到其中深深的理解和由衷的同情，还有真实，因为克莱布真的了解这些人的生活，所以这首诗可能比布朗宁或是雪莱的那些诗更美。你是怎么想的？

亲爱的罗伊：

也许人们都知道世界有正反两个方面，但是大多数人都宁愿看快乐的场面，而不愿面对残酷的现实，因为对每个人来说，生活在所有不同的层面都是痛苦的。要是人们甚至都没有足够的勇气去战胜自己的痛苦，包括肉体上和精神上的痛苦，那么他们怎么能真正地欣赏其他人艰苦生活中的美呢？

当然，我也喜欢读快乐的田园诗，因为它们非常美。但穷苦人生活的所谓故事还有另外一面，现在我渐渐地敢于学着去理解这另一面了。穷人的生命也很美，因为很真实。正如我努力去理解那些诗的美一样，上述的这种真实性帮我思考：我究竟能否有那样的智慧去看到我生命里诸多不幸中还有美丽的幸福。有一个众所周知但又一般未被很好地理解的说法："完美的残缺。"也许最美的诗歌写出的景色应该同时包括明亮和黑暗的两面。

亲爱的素燕：

因为我们现在正在思考诗歌中的同情这个话题，也许你可以更多地了解一些亚历山大·蒲伯这个诗人。他有很重的残疾，而且身体不好，但是这些在他的诗歌里一点影子都没有。他的诗优雅、明快、简洁而且机智。所谓机智，不是说他的诗很搞笑，而是有智慧和学问。蒲伯可以被视作现代意义上的古典诗人。他创作的时期是古典时期，大体上是在安妮王朝和18世纪上半叶乔治王朝的早期。英国人在17世纪的内战之后开始以当代的罗马人自居，而罗马的第一个皇帝奥古斯都正是在内战之后给国家带来了秩序、稳定和文化，所以英国人就以奥古斯都命名自己的那个时代。英国人对自己的这种看法不仅影响了英国的建筑和诗歌，而且有权势的人物时常穿起古罗马样式的衣服，命人为他们画像或是塑像以示威严。我给你讲这个，是因为你在名门豪宅或是博物馆里见到这样画像的时候，就不必为此感到迷惑了，其实那些人一般是不做那般打扮的。

现代法国学者和作家安德烈·莫华（André Maurois）在《伏尔泰》（*Voltaire*）一书中描绘了什么是古典风格：

……所谓古典精神，是情感的刚健加上形式的完美。一个伟大的古典主义者不是无知无觉的人；和了不起的浪漫主义者一样，他也有激情，但"他习惯于在上流社会的圈子里讲话、写作和思考，是这些习惯塑造了他"。词语的选择有轻灵的质感。作为古典主义的作家，要避免使用专门性、学究气或是粗鄙的语言，因为这样的语言在相契的朋友中是让人痛苦或是疲惫的。他追求的是明晰和迅捷，而且，在表达个人苦难的时候，是用一般的隽语，而不是抒情的呼号，因为情感的暴烈在品味上是低劣的。但是，尽管隽语读来通透，却能见到情感的奇葩；而且他自己很明了，正是那蕴藏的情感赋予了伟大的古典主义者独具个性的美。

蒲伯擅长用少许精心挑选的词来达到不寻常的效果，这种能力可能来自他对古拉丁文的研习。虽然蒲伯以为他的读者对古典文明应该有所了解，但是他的文风轻快易读，而且他不用可能令人不快的或是一般人看不懂的词语。比如，在下面的诗中所提到的怀疑论学派（Sceptics）和斯多葛学派（Stoics）是古希腊的哲学流派。也许这在诗中能很明了，并不难懂。蒲伯对于艾迪逊所提倡的新式自然风格的园林设计很有兴趣，所以他写的诗歌就很有效地表达了这种新式的设计原则，很令人难忘。

下面是从蒲伯写人性和人生的一首长诗中节选出的一小段。"Man"这个词传统上用来泛指人类，所以也包括女人，尽管在那个时代蒲伯思考的无疑大都是男人的生活。

An Essay on Man, by Alexander Pope (1688-1744)
论人 亚历山大·蒲伯（1688—1744）

Know then thyself, presume not God to scan,
先认识你自己吧，别妄图揣测上帝，
The proper study of mankind is Man.
想研究人类，对象本就该是人自己。

Placed on this isthmus of a middle state,

置身于如此的狭窄地带，不上不下，

A being darkly wise and rudely great:

睿智中透着幽暗，野蛮但不失伟大：

With too much knowledge for the Sceptic side,

在怀疑论者看来，人的知识嫌太多，

With too much weakness for the Stoic's pride,

在斯多葛派眼中，他的意志太薄弱。

He hangs between;in doubt to act or rest,

悬在中间，他拿不准该动还是该静，

In doubt to deem himself a God or Beast,

不知该把自己看成天神还是畜生；

In doubt his mind or body to prefer;

不知究竟更爱灵魂还是更爱肉体，

Born but to die,and reas'ning but to err;

生却为了死，思虑不停却错讹不已；

Alike in ignorance,his reason such

虽然理性若此，到头来是一样浑噩，

Whether he thinks too little or too much:

不论是他想得太少，还是想得太多：

Chaos of thought and passion,all confused;

思想和情感混混沌沌，乱成了一片；

Still by himself abused or disabused;

依旧被自己所迷惑，或迷途而知返。

Created half to rise,and half to fall;

被造出来，一半要登天，一半要入地；

Great lord of all things,yet a prey to all;

是万物的主人，却也是万物的仆役；

Sole judge of truth,in endless error hurled:

自命真理的唯一裁判，可错误不断：

The glory,jest,and riddle of the world!

人是这世间的荣耀、笑料，也是谜团！

人们在经历了将近 200 年的宗教和政治纷争之后，从信仰的时代迈进到理性的时代，社会由此发展成为一个世俗的社会，人们对宗教教条主义感到幻灭。他说，别以为你们可以理解上帝，所以根本就别浪费这份时间和精力。人类该研究的对象就是他们自己。这种态度就反映了上述的那种幻灭。你也许会有兴趣了解这个情况：在那个时代，英国有些人认为中国似乎是将俗世和理性结合得很好的范例，在中国没有宗教战争，相比起个人的思想和情感，中国人更重视社会的和谐。

"Know thyself"（认识你自己）这话曾被写在古希腊人最重要的神庙的大门上。人们今天有时也想认识自己，但是一种以自我为中心的自我沉溺，不是这话所说的意思。"认识你自己"，是要明白你作为人的本质，但作为人，你是在所有人之中，你是社会中的一部分；此外，你还要理解那个社会的本质。这是西方古典的看法，而且也可能是中国儒家的看法。经过两个世纪的宗教和政治斗争之后，社会支离破碎，人心充满恐惧，所以蒲伯时代的人们强烈地意识到需要重建社会。蒲伯在诗中的意思是我们人类太不完美了，根本没有权利去傲慢自大和顽固不化。

人类在性格中有很多特有的矛盾和困境，这一点蒲伯看出来了。他不像浪漫主义者或是现代作家那样，直言不讳地谈论自己的问题，甚或将个人遭遇写得让人倒胃口。但是现在你了解了他在生理上是这么个状况之后，再读诗的后半部分，看看你会不会觉得他可能是在用古典的方式很含蓄地说他自己。一颗杰出的心灵拘囿在一个残疾的身躯里，他每天的日子都很难捱，可能在这些诗句中都有所反映，虽然蒲伯写的是一种普遍的境遇："不知该把自己看成天神还是畜生，不知究竟更爱灵魂还是更爱肉体。"

蒲伯不是贵族，但他在早期通过翻译《荷马史诗》赚了一大笔钱，所以他的社交圈子都是贵族。他不大可能非常了解穷人的遭遇，也不大可能像克莱布或是布莱克那样去关注穷人。他有同情，但是另外的一种：不论人处在什么样的境遇之中，作为人，都要面对生活，都要妥协，而此间的艰苦都值得同情。

亲爱的罗伊：

这首诗真的反映了人类信仰的进步，开始时人类将希望全都交付给上帝，到了 18 世纪的英国，人性占据了主导地位。我想那是因为过去非常顽固地纠缠在一块儿的宗教和政治权势在欧洲导致了很多战争和杀戮。我想起来《理查三世》（*Richard III*）、《千秋万代》（*A Man for All Seasons*）和《克伦威尔》（*Cromwell*）那些电影。就像蒲伯一样，很多人可能都想提醒人们，不要因为对上帝的不同信仰而互相毁灭。人是无法理解上帝的。然而，我从他的诗中读出来这个意思：我们生活在一个社会中，周围是其他的人类。这是最实际也是最有趣的哲学，我们应该学着用这种哲学来处理和他人的关系，来让我们的世界变得越来越好。所以，最首要和最复杂的事情是理解和面对这个真相：人性的各个方面都包括伟大和谬误这两面。

"是万物的主人，却也是万物的仆役"这一句给我的印象最为深刻。我感觉这句是全诗的中心思想，说明了为什么人们一直不停地争权夺利，尽管数千年来全世界很多著名的哲人已经将人性的幽微说了再说。现在我感觉我能明白了，为什么英国人能以非常平和开放的心态面对精神和物质世界，并且达到了最高的水准，因为他们学会了思行合一，且皆有节制，因此在生活中取得了良性的进步。

十六

快乐圣诞

在充满魔力的圣诞节，我们祈祷：能用我们给别人带来的快乐照亮别人的梦想，年复一年，聚少成多，直到有一天，全世界人们的心中都会充满了希望。

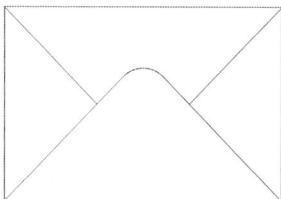

357

从我的孩童时代起，能过一个真正的圣诞节，就像在电影和图画中看到的那些圣诞节一样，一直是我强烈的愿望。因为那些圣诞节看上去有如此多的魔力和希望，尽管我在台湾从来没有过过那样的圣诞节。现在，我在英国已经度过了四个圣诞节，每个圣诞节都是我复苏的一个阶段。也许是因为我一相情愿，乐意相信，也许是因为我运气好，但是每逢在英国过圣诞节，我的愿望经常是神奇地实现了，甚至比我自己预想的还要多。从我所谓的"初学者的圣诞节"到"真正的英国圣诞节"，我敞开我的心扉，用真诚的微笑拥抱我全部的生活，就这样，我一点一点、自然而然地迈进了英国的文化。学习英国文化是条好的途径，帮我提高了自己调整心态的能力。

　　现在，我想不起来当时怎么就有勇气来到英国，身上只带了一纸签证、一丁点钱和一个小箱子，装了一件外套和几件衣服，甚至都不够我过冬用的。之前我在现实生活中甚至从来没从超市提着重重的袋子走回家去，也从来没去过集市买肉买菜自己做饭吃。对我这样被宠坏的女孩来说，来英国留学尤其不可思议。能够靠着我坚强的意志学着独立地活着，靠着这么点希望跑到这里来为开创我的未来而留学，我感觉我还是非常勇敢的。我从安逸的生活中跳出来，能很快地调整自己，适应如此拮据的生活，我甚至非常欣赏自己了。我在英国留学的第一年经历过相当的混乱，问题很大。我无法真正相信我还能再见到在新西兰共同学习过三个月的那位俄罗斯朋友。我和她有一个长远的愿望：我们应该克服我们的困难，去欧洲攻读硕士学位，而且我们一定得会师英国，庆祝我们海外留学的成功。

我在这里过的第一个圣诞节就很神奇，我许的愿成真了，就像是在电影里一样。我们在牛津站见的面，在我梦想中的牛津商业街对面的一家温馨的英国酒吧里喝了咖啡，然后我们去了一家超市去为我们的圣诞节采购。这还是我第一次看到为"真正"的圣诞节准备的这么多东西和吃的。我的朋友一边为我烹制她们俄罗斯的圣诞晚餐，一边给我讲她们是怎么在俄罗斯庆祝圣诞节的。晚餐后，我们决定做点我们从来没尝试过的事，因为这事只有在英国圣诞节上才有。这就是所谓的圣诞布丁。我们也不知道那次做得对不对，但那布丁让我们尝到了我们在英国的"初学者的圣诞节"的味道。我们不能说那布丁很好吃，但是对我们来说，更深入地研究一下英国人是怎么在这么重要的一天与家人分享圣诞布丁，是件非常新鲜而且刺激的事。

现在，我的心再也不孤单了。至少我知道还有其他人也会像我一样勇敢，甚至比我还要勇敢地去为梦想而奋斗，就像我和我的俄罗斯朋友那样。只不过是我们再也没有见过面而已。

我是在一个典型的传统家庭里面长大的，有各式各样的规矩，经常把我管得死死的。也许有人会说这些规矩不再适合现在这样的时代了。对于我来说，在这些条条框框下面没有被憋死，是挺不容易的。我在全台湾从北到南地漂泊，感觉随着年纪的增长被束缚得越来越紧。现在，我接受了英国的教育，感觉英国的文化在很大程度上都是心胸开放的，对不同的文化都怀着敬意。这也许就是英国人在学会接受其他的文化的同时，还能深刻地认识到保护他们自己文化也很重要的主要原因。

我终于进了一所大学来攻读硕士学位，我知道整整一年都再也不用担心我的生活了，我可以全心全意地扑在学业上面。我经常泡在图书馆里，学习我的专业，开心地看那么多的老书，驰骋在我自己的想象之中。看到我们图书馆廉价出售很多古老的诗集，我真是想买下来，读一读，仅仅为了满足我对英国文化的梦想。但是，我在英国过的第二个圣诞节却不像平常的圣诞节。我知我不该说那是我的运气，但是的确于我是罕见的机会。我听说罗伊从他船上的梯子上摔下去了，哪里也去不了，所以只能坐在火炉边读诗，并且在他的圣诞假期寄诗给我。我热切地抓住这次机会，决定就待在我的房间里，尽可能地多研读那些诗歌。我不知道仅仅是因为罗伊根本不能动，所以才能"喜欢"读我关于那些诗歌的回复，还是他真的有点喜欢看我对英国诗歌浅稚的理解。他给了我非常多的鼓励，让我在学习英国文化的时候用我自己的想法去思考那些诗歌。要琢磨出那些词的意思，还要在中英文化之间有我自己的想法，真是非常困难，但是也真是非常有趣，因为我感觉通过在整个寒假做这样的思维练习，我会变得更聪明，更开朗。令人惊异的是，这个法子竟然很灵，从我第一硕士的第二个学期到第二年开始攻读我的第二学位，我的学习有了非常大的进步。我感觉我的进步不仅是因为我的英文进步很快（虽然我知道我的英文还不完美），还因为在读诗的时候，我的心变得宁静平和了。

要是让我说我从这些诗歌中学到的最重要的东西是什么，我会说，读诗让我看到了一种新的意义，我称之为我生命中的三位一体。我曾梦到过雪给了我一只绿色的小玻璃花瓶，形状像科茨沃尔德茅舍。她知道我特别想有一座英国的小房子，里面就让书和音乐萦绕着我。不可思议的是，在花瓶的瓶底上制有"三位一体"的字样。我问雪那是什么意思。她说她们在中国接受的教育说没有上帝，但是在新加坡有人告诉她说基督徒相信上帝表现为三种形式：圣父、圣子和圣灵的三位一体。但是在那个梦里，还有一些不同的想法涌进我的脑海里，在潜意识里帮我弄懂了我的生活，所以我一醒来，还记得那些想法，于是就告诉了雪。很久以前，人在出生的时候，在其天真纯净的灵魂中还都带着最初的神性。但是，随着人性的扩张，出现了贪嗔痴，于是就像在亚瑟传奇中的圣杯一样，这神性就消失了。于是，处理人与人的关系和思考人类自身成为人性的一个新问题，也成为人类要研究的首要问题。最后，到了第三个阶段，纯粹的自我因为真正理解了人类的本质而在人性中获得升华。这个轮回在一生之中无法完成，也无法像我们在佛教思想中所认为的那样，在一个人的几次转世中完成。但这却可以看作是在不断变化的世界中很多代人所经历的社会进步。但是，在我人生的不同阶段，我感觉我只是在重复一个过程——去弄懂三位一体的意义，这是很多前人在上百年前甚至在上千年前就已经很了然了的，并且好心地留下来很多诗歌或是其他的文学作品，与我们分享他们的智慧，这样我们就可以跨越时空和他们成为朋友，就像在我最喜爱的威廉·科里（William Cory）的《赫拉克利特》（Heraclitus）里面所写的。

很多过去的记忆太让我伤心，于是我将它们封存在我的内心深处。但是随着我读了越来越多的诗歌，越来越自在地结合我自己的人生阅历来思考那些诗歌，那些痛苦轻缓地浮上心头，竟然一点一点给治愈了。这些经历也日渐构成了我全部的人生故事，过去的和未来的。有的时候我的确会感到痛苦，但是我不想再回避我心里的所有记忆了，它们已经成为我生活的一部分，我的一部分。我想将我度过的第二个英国圣诞节称作"痊愈的圣诞节"，既指罗伊摔伤的背部，也指我受伤的心灵，虽然二者没有什么可比性。

在"痊愈的圣诞节"之后，我开始能更为深刻地欣赏英国文化了，而且如饥似渴地想知道得更多，越多越好。我想将自己完全融入这古老的气氛之中，永远不要从这梦境中醒来，也许这只是个理想吧。但是现实通常不是那么和善的，不会让人在大白天里做梦。在一群英国的专业人士中学习，对于像我这样的外国人来说，有说不出来的困难。我对英国文化的了解实在少得可怜，但是，正在我为此特别沮丧之际，"文明的圣诞节"来援救我了。我的圣诞礼物中有本图书《文明》（*Civilization*），让我马上回想起我所有儿时对欧洲中世纪景象的梦想，而我去进一步探索这个神秘国家的希望又重新被燃起。然而，我的英文还是不够好，无法读懂那本书，所以我的热情只能极大地鼓动着我去翻词典，查找每一个生词，把这本书首先当作学习英文的教材。我整整一个寒假都用来读这本书，我不知道这么个读法有没有用。读了两个月，我也不太清楚我读的东西是什么意思，但是罗伊告诉我说，他从我交给课程老师的作业中能看得出我取得了很大的进步。我相信他的判断是对的，尤其当我看到我的分数一直在定期地提高，直到我读完硕士学位。

刚过完"文明的圣诞节"，我得到一个机会去牛津商业街里古老的圣母玛利亚大学教堂工作，这让我进一步走近了英国文化。这个工作让我能够自由出入教堂，而不觉得自己是个不速之客。我也觉得这是上帝的礼物，因为我曾经许过一个愿，能到某个教堂去工作，这样我就能自由而自然地出入基督教的世界了，虽然罗伊告诉我说只要我想，我随时都可以去教堂的。我在教堂的工作室里上了一个星期的班之后，得到了掌管钥匙的资格，能够亲自去开启和关闭这座中世纪教堂和塔楼，我真是兴奋极了。更为重要的是，我不再是个游客了。这种感觉真是棒极了，这时我和雪都可以说："钟声正从我们的教堂里面响起。""我们的教堂。"感觉我们是那座中世纪教堂的一分子，这感觉可真是奇妙。

我们教堂工作室有一位友善的英国女士，名叫安。12月的一个下午，我正和她忙着干活的时候，她好心地邀请雪和我去参加她们家的圣诞晚餐。难得的是，她的邀请让我们感受了一次"真正的英国圣诞节"。

我做了好一通功课，又咨询了我其他的英国朋友，最后敲定了我的礼物包的内容：一瓶红酒，一盒饼干，一个饰有中国画的鼻烟瓶，还有一个绣着月季的丝质唇膏盒。到节日那天我送上这份东西方文化搭配的礼物，不知道别人会有怎样的感觉，我的心有一点忐忑不安。但是一看到等在我们公寓外面的安脸上洋溢着友善的面容，我的紧张立刻就没有了。此时，阳光明媚。

在我们的面前的是她们家漂亮的房子，在门口有一株小圣诞树，非常可爱地闪着光。"就像到家一样随意。"安让我们别有什么拘束，"今天你们就是放松、放松再放松。" 一迈进她家门，我就感到特别温馨，跟着她进了客厅。她给我们介绍了她的丈夫约翰。就像往常的电影里一般，英国人的家里总是有猫有狗，在约翰的脚边有一只白猫，很文静，温驯地看着我们。这时，电影中的一个画面变成了真实：一位英国绅士，在他脚边跟着他漂亮的猫咪，在一座英国房子里沐浴着下午的阳光在读一本深奥的哲学著作。我们又一次发现，我们正在经历着在英国各地一般都能见到的场面：两个外国人，神奇地走进了这部英国电影，在其中非常欢快地交谈起来。

安的儿子和儿媳到了，于是晚餐开始。一晚上我都无法相信我是身在真实的世界中。我们什么都谈，包括牛津、猫、英国人的生活和宗教信仰。不知怎么的，他们说起了死亡，边说还边开玩笑。当时雪忍不住笑了出来，跟我说她瞧见英国人居然可以在圣诞节期间谈论死亡，感到非常惊讶，因为在中国文化中，在新年期间说起死或是别的什么不快的事情是犯忌的。

能参加安她家的节日晚餐，能这样切近地享受英国文化，对我来说真是件开心的事。神奇的是，那天晚上，我将我所有的烦恼都丢在了身后，这个家人团聚的"真正的英国圣诞节"，我过得非常非常快乐。

　　由于我在这里度过了四个奇迹般的圣诞节，我壮起胆子向上帝祷告：我非常想能有一座地道而温馨的英国房子，就像安和约翰那样，这样就能用我给别人带来的快乐照亮别人的梦想，用这种魔力迎来所有的圣诞节，就像这么多年我所感受到的。如果能这样，年复一年，聚少成多，直到有一天，全世界人们的心中都会充满了魔力和希望。

（京）新登字 083 号

图书在版编目（CIP）数据

亲爱的素燕 / 胡素燕，[英] 普利思著；胡素燕绘；刘劲飞译.
——北京：中国青年出版社，2012.10
ISBN 978-7-5153-1109-8

Ⅰ．①亲… Ⅱ．①胡… ②普… ③刘… Ⅲ．①随笔－作品集－中国－当代
②随笔－作品集－英国－现代 Ⅳ．① I267.1 ② I561.65

中国版本图书馆 CIP 数据核字 (2012) 第 236524 号

北京市版权局著作权合同登记：01-2012-3611
Published by Snowflake Books Ltd.
Copyright © Su Yen Hu 和 Roy Preece，2010

责任编辑 ｜ 万玉云 wenzhu.wyy@gmail.com
装帧设计 ｜ 识 一 yh119_222@sina.com

出版发行　中国青年出版社
社　　址　北京东四 12 条 21 号
邮　　编　100708
网　　址　www.cyp.com.cn
营 销 部　010-57350364
媒体运营　010-57350395
编 辑 部　010-57350405
雄狮书店　010-57350370
印　　刷　三河市君旺印装厂
经　　销　新华书店
开　　本　880×1230 1/32
印　　张　11.5
字　　数　235 千字
版　　次　2012 年 11 月北京第 1 版
印　　次　2012 年 11 月河北第 1 次印刷
印　　数　1-8000
定　　价　33.00 元

本图书如有印装质量问题，请凭购书发票与质检部联系调换
联系电话：010-57350337